책혐
시대의
책읽기

책 혐 시 대 의 책 읽 기
—아름답고 잔인한 '생각의 진화과정' 따라잡기

2018년 4월 30일 초판 1쇄

지은이 김욱

편　집 김희중
디자인 씨디자인
제　작 영신사

펴낸이 장의덕
펴낸곳 도서출판 개마고원
등　록 제2-877호(1989년 9월 4일)
주　소 경기도 고양시 일산동구 호수로 662 삼성라끄빌 1018호
전　화 031-907-1012, 1018
팩　스 031-907-1044
이메일 webmaster@kaema.co.kr

ISBN 978-89-5769-450-3 03800
ⓒ 김욱, 2018. Printed in Goyang, Korea.

책을 세대의

아름답고 잔인한 '생각의 진화과정' 따라잡기  김욱 지음 **개마고원**

책읽기

의

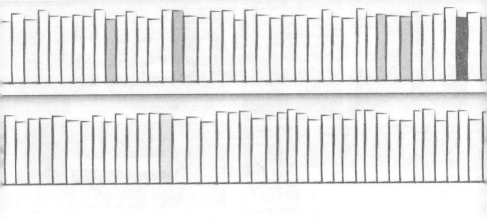

요컨대 학생은 사유가 아니라 사유하기를 배워야 한다.

우리는 지성을 끌고 가는 것이 아니라 인도해야 한다.

지성이 장차 능숙하게 자기 힘으로 나아가기를 바란다면 말이다.

— 임마누엘 칸트, 『1765-1766년 겨울학기 강의공고』 (전기가오리, 2016) 중에서

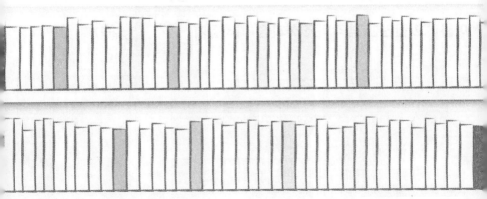

머리말

이해하는 것과 창조하는 것
―책읽기의 힘

지금은 기억도 가물가물한 오래전, '취미'가 뭐냐는 신상조사란에 '독서'라고 적는 사람들 숫자가 넘치던 때가 있었다. 그런 풍조가 못마땅했던 일부 지식인들은 '독서가 무슨 취미냐, 그냥 일상이지' 하면서 한마디씩 하던 시절이었다. 아마 그 지식인들은 숨쉬기가 취미가 될 수 없는 것처럼 독서도 취미가 될 수 없다고 생각했던 듯하다. 물론 요즘도 취미가 독서라고 꿋꿋하게 대답하는 사람들이 꽤 많을 것이다. 하지만 실제 생활 현실에서 남녀노소를 불문하고 책을 읽는 모습이 흔하게 관찰되지는 않는다.

내 보기에 우리 시대의 대세 취미는 단연 '시공을 초월한 스마트폰 들여다보기'다. 그 스마트폰으로 '전자책'을 읽고 있는 사람도 있겠지만, 그 억울한 독서인들을 뺀다고 해도 '시공을 초월한 스마트폰 들여다보기'가 대세 취미라는 건 흔들림 없을 것이다. 설령 내가 간과한 이런 저런 다른 취미가 대세라 해도, 적어도 독서가 우리 시대의 대세 취미는 아닌 것이 분명하. 독서가 대세이기는 커녕 어느 측면에선 우리는 지금 '책혐시대'에 살고 있다고 생각한다.

잠깐, 우리 시대가 '책혐시대'라고? 지금이라도 대형 서점에 가면 형형색색 진열돼 있는 책이 장관일뿐더러, 과거엔 없던 온라인 서점들이 성장세를 이어가고 있고, 2016년 연간 신간도서 발행량이 총7만5727종[1]이라는 통계수치도 '책혐시대'와는 뭔가 어울리지 않는 것 아닌가? 2017년엔 성인 독서율이 사상최저치로 추락해, 성인 약40%는 책을 1권도 안 읽었다[2]지만 그래도 약60%는 1권 이상 읽었다는 얘기 아닌가? 그게 어딘가? 말인즉슨 우리 시대가 '책사랑' 시대가 아닌지는 몰라도, 적어도 '책혐'시대라고 할 수는 없지 않은가? 이런 나름의 논리로, '책혐시대'란 주장을 지나치다고 생각하는 독자도 분명 있을 것이다.

하지만 난 우리 시대가 '책혐시대'란 주장을 포기할 생각이 없다. 책은 여러 가지 이유에서, 또 여러 가지 상황에서 혐오의 대상이다. 이상하게 들릴 수도 있지만 나름 근거가 있다. 여기서 내가 말하는 '책'은 그냥 까만 글자가 적힌 흰 종이들을 모아 한 쪽 면을 고정시켜 읽게 만든 물건 전체를 지칭하는 게 아니다. 내가 말하는 '책혐' 대상으로서의 책은 '즉각적인 실용성이 떨어지는' 그중 일부다. 이 일부의 책은 분명히 어떤 경향성을 가지고 책혐 대상이 되고 있다. 그런데 이런 현상이 실제로 있다고 해도, 우리가 굳이 그 극복을 위해 인위적으로 애를 써야 할 이유가 있을까? 나는 그럴 필요가 있다고 생각한다. 그것이 우선적으로 이 책에서 하려는 얘기다.

정작 안타까운 일은 많은 사람들의 눈앞에 '장기적인 도움을 줄 좋은 책'이 있어도 못 알아볼 수도 있거니와, 심지어는 그 책을 읽고서도 읽지 않은 사람들과 하등 다를 바 없는 책읽기를 할 수도 있다는 사실이다. 그렇게 되면 그 책은 적어도 그들에게는 '책'이 아닐뿐더러, 그 물건을 읽은 그들은 그저 흰 종이 위의 검은 글자를 훑고 지나간 사람들이 될 뿐이다. 어떤 책의 가치가 제대로 발현되느냐 마느냐는 전적으로 독자의 책읽기 능력에 달려 있다. 좋은 책이 좋은 독자를 만나지 못하면 책도 그렇지만 독자야말로 더 억울한 일이다. 이런 억울한 일이 없도록 해야 한다. 이것이 결과적으로 독자가 이 책에서 얻었으면 싶은 소득이다.

그런데 모두가 자기 것으로 만들었으면 좋겠다 싶은 '좋은 책'이 정확히 뭘까? 모두 나름 알고 있는 '좋은 책'의 정체를 딱히 이런 책이라고 별스럽게 말하려니 외려 조심스러워진다. 더군다나 사전은 양서(좋은 책)를 '내용이 교훈적이거나 건전한 책'이라고 규정하고 있어 난감하기까지 하다. 이런 규정은 어디선가 많이 들어본 것 같은 관변 취향으로 읽힐 뿐이다. 한 걸음 양보해서 그런 책을 포함할 수는 있겠다. 하지만 그것이 '좋은 책'의 본질은 결코 아니라고 본다. 나는 좋은 책(양서)이란 세상의 진실을 이해하도록 도와 독자를 창의적으로 각성시켜주는 책이라고 생각한다. 이런 범주의 좋은 책에는 시대의 한계 속에서 불건전하거나 비상식적이라고 배척받는(받았던) 내용도 얼마든지 담길 수 있다. 역사적으로 수없이 반복돼온 숙명적 사연이기도 하다. 그리고 그 각성은 물론 독자의 개인적 여건에 따라 제각각 다르게 찾아올 것이다.

그럼 재깍재깍 좋은 책을 알아보고, 또 읽으면서 그 책의 가치를 자기 것으로 만들 수 있는 능력을 어떻게 향상시킬 것인가? 그게 고민이다. 상투적으로 말한다면 일단 많은 시간과 노력, 그리고 돈이 드는 일이라고 말할 수 있다. 뭐라고? "많은 시간과 노력, 그리고 돈이 드는 일"이라고? 아무 노력 없이 단칼에 알아보는 비법 얘기를 해주려는 게 아니고? 이쯤에서 '그럼 그렇지' 하면서 실망스런 표정으로 책을 덮으려는 독자들이 틀림없이 있을 것이다.

잠깐만 기다려 달라. 내가 약간의 도움을 줄 수 있다. 어떻게든 결국은 각자가 상당한 시행착오를 거치면서 자신의 책읽기 역량을 높이는 것이 유일한 해법이겠지만, 다른 사람의 풍부한 경험에서 나온 팁도 큰 도움이 될 수 있다. 사실 나름 유용한 이야기가 담긴 다른 책읽기 책도 많이 있다. 하지만 내가 하려는 이야기가 모두 담겨 있는 책을 찾지는 못했다. 그래서 직접 쓸 수밖에 없었다.

우선 이 책의 의도를 납득시키기 위해 한 사례를 들겠다. 2016년 이세돌과 알파고의 바둑 대결을 기억할 것이다. 그 제4국에서 이세돌이 78번째 수를 둔 순간이었다. 한국 바깥의 바둑해설자들을 포함해 거의 모두 비명에 가까운 탄성을 질렀다. 중국기사 구리가 78수가 놓임과 거의 동시에 평가한 '신의 한 수'였다. 이후 알파고는 몇 차례 '떡수'를 두고는 '포기AlphaGo resigns'했다. 이에 대해 구글 딥마인드 최고경영자 데미스 허사비스는 알파고가 "네 번째 판을 진 것은 이세돌 9단의 78수가 16만 건의 입력된 기보에 나오지 않는 창의적인 수였기 때문"이라며 "그래서 알파고가 대응하지

못했다"고 설명했다.[3]

  그런데 정작 우리가 눈여겨봐야 할 대목은 이런 것이다. 이세돌이 78수를 두기 전까지 그런 수를 둘 수 있었던 바둑기사는 역사 속에 없었다는 얘기다. 단순히 그 78수만을 의미하는 게 아니라 그 수를 두기 위한 사전 구상까지 포함해 하는 말이다. 이상한 일은 78수 다음에 벌어진다. 그토록 상상하기 힘들었던 78수를 이세돌이 놓자마자 왜 그렇게 많은 사람들이, 몇몇 프로기사는 거의 동시에, 그보다 많은 다수의 프로기사는 순식간에, 아마도 상당히 많은 아마추어 바둑 애호가들까지도 그 수의 가치에 대해 설명을 들은 후 이윽고 나름 이해할 수가 있는 것일까? 그 수가 알파고조차도 예상치 못한 그토록 절묘한 '신의 한 수'라는데 그 수를 이해하는 것은 그 수를 두는 데 비해 왜 그토록 쉬운 것일까?

  여러분이 책을 읽는 것은 이세돌의 78수를 창조하는 일이 아니다. 이세돌이 창조한 78수를 설명 듣고 이해하는 일이다. 바꿔 말하자면 천재들처럼 창조하는 건 아무나 할 수 있는 일이 아니지만 그들의 창조에 대해 설명을 듣고, 다소 시간이 걸리더라도, 나름의 방식으로 그것을 이해하는 것은 그렇게까지 감당 못할 어려움은 아니라는 얘기다. 그러니 아무리 천재들이 쓴 책이라 할지라도, 그것을 읽거나 설명 듣는 차원의 문제를 창조의 차원으로 환원시켜, 책 읽는 행위에 대해 그렇게까지 겁먹을 필요는 없다.

  한데 이해하는 것과 창조하는 것이 그렇게 다른 차원의 문제라면, 게다가 모두들 이해보다는 창조를 원한다면서 프로기사들이 다른 기사들의 기보棋譜를 그렇게 열심히 공부하는 이유는 뭘까?

이상할 것 하나도 없다. 창의적인 수들을 이해하고, 그런 수들에 익숙해지는 것이 곧 자신의 사고능력을 진화시킬 수 있는 결정적 수단이기 때문이다. 그렇게 열심히 이해하려고 노력하다 보면 모두 자신의 수준에서 나름의 창의적인 방식으로 기력棋力을 향상시킬 수 있는 건 분명하다. 모두 나름의 차원에서, 나름의 역할을 하며 사는 것이지 모두가 천재가 돼야 하는 건 아니지 않는가? 다행인 건 그중 누군가는 78수를 능가하는 수를 찾게 될 것이라는 사실이다. 그것이 책의 역할이다. 그러니 누가 책을 멀리할 수 있겠는가?

당연했지만 알파고의 시작도 다른 기사의 기보를 학습하는 일이었다. 그것이 바탕이 돼 자신의 지능으로 바둑을 두게 된 것이다. 그런 과정도 놀라운 일이었는데, 아연실색한 일은 단지 1년여가 지난 후엔 인간의 바둑 기보가 아닌 바둑 규칙만을 주입받은 '알파고 제로'가 이세돌을 이긴 '알파고 리'를 무참하게 눌러버렸다는 사실이다. 상상이 깊어질수록 두려운 일이다.

하지만 알파고가 아무리 창의적으로 인간보다 바둑을 더 잘 둔다 해도, 심지어 불합리한 바둑 규칙의 개선까지 내놓을 수 있다고 해도, 알파고 제로가 스스로 만든 바둑 규칙을 인간에게 강요할 순 없다. 그것을 채택하는 건 완전히 다른 차원의 문제다. 인간 자연지능의 산물인 인공지능이 인간 자연지능을 뛰어넘는 것이 곧 주체적인 인간 역사의 종말을 의미하는 건 아니다. 인류는 보통의 인간들이 뛰어난 소수를 통제하는 게임의 규칙을 진화시켜온 미스터리한 역사를 가지고 있다. 그 진화의 역사는 바로 민주주의다.

인공지능을 두려워하는 건 민주주의의 종말을 두려워하는 것과 같다. 민주주의의 진화 역사 속에 그 뛰어난 소수의 하나일 인공지능도 편입시켜야 한다. 그러기 위해 대중부터 전문가까지 인간의 생각과 마음이 역사 속에서 어떻게 진화해왔는지 따라잡아야 한다. 그 진화의 기록인 책을 제대로만 읽는다면 어느 순간 자신이 창의적인 두뇌로 인간의 가야 할 길을 생각하는 독자임을 발견하게 될 것이다. 그렇게 우리는 생각의 진화과정에 모두 동참해야 한다. 특별한 소수가 아닌 '모두'가 그래야만 할 분명한 역사적 이유가 있다. 이 책은 바로 그 분명한 역사적 이유를 설명하고, 모두의 동참을 안내하는 소박한 길잡이 목적으로 쓰였다.

그 목적을 위해 나는 다짐하듯 여러분을 상기시킨다. 여러분은 인간의 창의적인 생각이 필요 없는가? 학교에서, 일터에서, 휴식 속에서 그저 다른 사람의 머리로 생각하고, 그들을 추종하며, 시키는 대로만 일하며, 최소한의 균형감각도 없이 그들의 생각이 마치 내 생각인 것처럼 자신을 속이며 살고 싶은가? 단순한 기계는 지능을 가진 인간처럼 진화하고 있는데 거꾸로 지능을 가진 인간은 단순한 기계처럼 퇴화해도 좋은가? 그게 편하고, 익숙하고, 이익이고, 좋은가? 감히 말하지만, 정말 그렇게 생각한다면 아무 미련 없이 이 책을 덮어도 좋다.

'책의 해' 2018년 4월

저자 씀

차례

제1장

책과 화해하기

1
베스트셀러 읽는 사람들

내 경험으로 말하자면, 책과 (거의) 담쌓기를 하고 지내는 사람들에게 책읽기를 권했을 때 책읽기 그 자체를 혐오하거나 책읽기라는 말만 들어도 참을 수 없다는 듯 적대감을 보이는 사람은 없었다. 그들에게서 가장 많이 나오는 반응 중 하나는 '무슨 책부터 읽어야 할지조차 모르겠다'는 것이었다. 물론 이 말은 책읽기에 관한 약간은 허심탄회한 대화가 오고 간 뒤의 상담 같은 것이긴 하다. 어쨌든 이런 고백은 학생이건, 일반인이건 공통된 고민에서 나온 것으로 보인다. 사실 책에 관한 사전 지식이나 경험이 일천한 경우 이런 반응은 어쩌면 당연한 것이기도 하다.

하지만 천천히 곱씹어보면 이런 반응조차 이데올로기적이 아닌가라는 생각이 든다. 무슨 책을 읽어야 할지조차 모르는 사람이라면 '무슨 책부터 읽어야 하나'라는 순응적인 질문보다는 '책을 왜 읽어야 하는가'라는 도발적인 반문을 할 법도 하기 때문이다. 말하자면 책을 읽긴 읽어야겠는데 무슨 책부터 읽어야겠냐고 묻는 사람들은 책을 읽어야 하는 이유를 알고 있다는 의미이기도 한데, 과연 그들은 그 이유를 정말 알고 있는 것일까? 만약 알고 있다면, 그 중요함을 알면서도 그간 책을 읽는 노력을 거의 하지 않았다는 말인데 이는 단순히 게으르다는 말 아닌가?

나는 '무슨 책부터 읽어야 할지 모르겠다'는 사람들의 대부분은 살면서 책을 읽어야 할 필요성을 제대로 느끼지 못한 사람들이 태반일 거라고 생각한다. 어린아이라 할지라도 자신이 진정 필요하거나 갈망하는 것이 있다면 그토록 아무 노력도 하지 않고 무심할 수는 없다. 사실 책을 읽지 않는 것과 책의 필요성을 느끼지 못하는 건 '악순환'이라고 봐야 한다. 책의 필요성을 느끼지 못하므로 책을 읽지 않고, 책을 읽지 않으므로 책읽기의 필요성을 느끼지 못하는 것이다. 예컨대 등산이라고는 해본 적이 없는 사람에게 누군가 등산이 건강에 좋으니 해보라고 아무리 권해도, 등산 없이도 잘 살아왔거니와 등산을 했을 때와 안 했을 때의 차이를 전혀 모르니 등산의 필요성을 어디에서 특별히 느낄 기회가 없는 것과 마찬가지다.

문제는 그렇게 무사태평하게 책 없이 자기 갈 길을 가는 동안에 누군가 책이라는 비기秘器를 손에 쥐고 자신을 앞서 가고 있는 사태다. '책이 정말 그렇게 강력한 비기인가' 하는 건 천천히 검증해보기로 하자. 그전에 뭔가 묻고 싶은 말이 입 주변을 간지럽게 맴돌고 있을 것이다. '정말 책 없이는 잘 먹고 잘사는 게 어려운가?' 당연히 그건 아니다. 제3자 입장에서는 정말 책읽기 때문에 누군가에게 유리한 인생살이가 펼쳐지는지 알 수조차 없거니와, 최악인 것은 자신처럼 책과 담 쌓고 사는 사람 중에서 인생의 로망을 찾는 게 훨씬 빠를 만큼 '책 없이 잘 먹고 잘사는 사람들'이 도처에 널리 있다는 사실이다. 이렇게 되면 오히려 거꾸로 된 신화가 퍼질 수도 있다. '책을 멀리해야 잘 먹고 잘산다!'

난 여기서 그래도 모두가 책을 읽어야 인간이 인간답게 살 수 있다는 식의 철학적 장광설을 늘어놓을 생각이 없다. 노숙자에게도 인문학 공부의 효용이 있었다는 사례를 들은 적도 있지만 모두에게 적용되는 일반적인 얘긴 아닐 테고, 누가 보더라도 지금 당장은 책을 읽을 만한 처지가 못 되는 사람도 많을 것이다. 그나마 조금씩이라도 책을 읽을 만한 처지는 되지만 그럴 생각이 전혀 없는 사람도 있을 것이다. 개인적으로는 권장할 만한 삶은 아니라고 생각하지만, 어쨌든 책과 멀리 떨어져 사는 것도 하나의 삶이다. 책 안 읽는 삶에 대한 우월적 냉소가 아니다. 평생 글 한 줄 읽지 않고 농사만 짓는 농부도 인생의 해탈을 할 수 있고, 평생 글만 읽고 산 지식인이 나라를 파는 일에 앞장설 수도 있다. 책 없이도 인생과 세상에 대한 깨달음을 얻을 수 있다는 것을 기꺼이 인정한다. 특별한 경우지만 책 없이도 해탈할 수 있고, 오히려 책이 없어야만 해탈하는 데 도움이 된다고 주장하는 승려들도 많으니 책 읽는 행위를 신비화할 생각은 결코 없다.

하지만 책을 보려면 볼 수도 있는 처지고 책읽기의 필요성도 느끼고는 있지만, 그저 단순히 소극적 게으름 때문에 책을 보지 않는 사람들이나 책을 읽지 않는 삶에 뭔가 회의가 있는 사람들에게는 해줄 말이 있다.(말이 나온 김에 덧붙이는 당연한 사족이지만, 이 책은 책읽기에 나름 일가견을 가진 사람들을 위한 책은 아니다.) 그건 인간이 삶에서 '쾌락', 순화시켜 말하자면 '행복'을 느끼는 방법에는 여러 가지, 여러 차원이 있음이 분명하고, 책읽기는 어쩌면 가장 강력한 쾌락일지도 모른다는 점이다. 일차원적인 삶에 비교해 말하느라 얘기가 좀 이상하게 흐르고 있지만 '쾌락'이라는 차원에서도 책읽기는 상당히 강력한 수단인 것만은 분명하다. 어쩌면 책 없이 잘 먹고 잘사는 것으로 인생에 아무 불만이 없는 이들 중에도 만약 책읽기의 효용과 쾌락을 알기만 했다면 책을 읽느라 인생의 상당 시간을 보냈을 사람이 부지기수일지 모른다.

책을 왜 읽어야 하는지에 대한 자세한 얘기는 역시 천천히 생각해보기로 하고, 애초의 주제로 다시 돌아가 보자. 무슨 책을 읽어야 할지 모르는, 혹은 일 년에 잘해야 책을 한두 권 살까말까 하는 책읽기 초보자가 큰 맘 먹고 대형 서점에 들어갔다 치자. 눈앞에 펼쳐진 책의 바다 앞에서 현기증이 날 것이다. 도대체 무슨 책을 골라야 내가 이 서점에 귀한 시간과 돈을 낸 보람이 있는 것일까? 막막할 것이다.

사실 그가 자신에 맞는 '좋은 책'을 선택할 수 있는 방법은 거의 없다. 점원에게 밑도 끝도 없이 식당의 '추천메뉴'를 부탁하는 것처럼 '추천도서'를 부탁하는 것도 좀 이상한 데가 있고(병원에 가서 밑도 끝도 없이 '추천치료'를 부탁하는 행위와 비슷하다고 본다), 자신이 직접 골라보는 것도 마음속의 거대한 독서계획을 고려할 때 섣부른 행동일 가능성이 높다. 결국 그의 눈은 '베스트셀러' 목록으로 향하기 십상이다. 그나마 다른 사람들이 많이 읽고 있다는 베스트셀러가 안전한 것이다.

베스트셀러의 장점은 여러 가지가 있다. 내가 여기서 말하는 것이 모든 베스트셀러에 적용되지는 않겠지만 많은 경우에 비슷하게 해당되리라 본다. 우선 베스트셀러의 가장 큰 장점은 쉽다는 것이다. 약간의 예외는 있지만 그렇게 쉽지 않고서는 많은 사람들이 구입하여 읽는 베스트셀러가 되기 힘들다. 따라서 어쩌다 한 번 책을 사는 독자일수록 책읽기 능력이 낮을 수밖에 없고, 그런 독자들까지 책을 잘 읽을 수 있을 정도로 쉬워야 베스트셀러에 오를 가능성이 높아질 것이다.

쉽다는 건 당연히 큰 장점이다. 하지만 말을 바꾸면 그 한계가 너무 뻔하다. 예컨대 초등학생들이 배우는 수학의 사칙연산은 쉽다. 그러므로 누구라도 그 문제에 접근할 수 있는 장점이 있다. 하지만 거기에만 그친다면 세상의 어려운 문제를 설명하거나 해결책을 제시하는 데는 역부족일 것이다. 쉬운 책은 더 어려운 책도 이해할 수 있는 능력을 기르는 훈련의 장이 될 수만 있다면 좋은 역할을 하는 것이 분명하다. 하지만 모두가 다람쥐 쳇바퀴 돌 듯 그 쉬운 책만 빙빙 돌고 있다면, 즉 베스트셀러만 빙빙 돌고 있다면 그건 심각한 문제라고 할 수 있다.

더군다나 쉬운 책이 빠지기 쉬운 중요한 함정이 있다. 쉬운 책이 어려운 문제를 왜곡 없이 어렵사리 쉽게 설명하는 데 성공한 책이라면 그건 좋은 책이다. 하지만 그게 아니라 그저 상투적인, 따라서 누구나 듣는 데 어려움을 느끼지 않는 설명으로, 어려운 문제를 쉽게 단순화시킴으로써 문제의 본질을 서슴없이 왜곡시키는 책은 나쁜 책이다. 그런 책도 부지기수다. 최악인 것은 그런 상투적인 설명, 즉 들어서 누구나 이해할 수 있는 기존 이데올로기에 아무 생각 없이 복무하는 쉬운 책이 넘쳐난다는 사실이다.

나는 지금 읽기 쉬운 모든 책이, 기존 이데올로기에 부합하는 주장을 담은 모든 책이 나쁜 책이라는 주장을 하려는 게 아니다. 우리 삶의 근간이 되는 기존 지식을 정리해줄 목적으로 쉽게 쓰인 책도 많고, 생각을 가다듬는 데 유용한 비판적이고 창의적인 쉬운 책도 얼마든지 있다. 다만 독자가 옥석을 가릴 능력이 없다면, 그저 알맹이 없이 쉽기만 한 베스트셀러를 무용하게 소비하거나 그 해악에 빠지게 될 공산이 크다는 말일 뿐이다. 아무리 베스트셀러를 우호적으로 평가한다고 해도 그중에는 하찮거나 심지어 해롭기까지 한 한심한 책 내용이 쉽게 읽힌다는 이유만으로 베스트셀러가 되는 경우도 분명히 있(많)다.

베스트셀러의 또 다른 장점은 대화의 트렌드를 따라갈 수 있다는 점이다. 그나마 어쩌다 책에 관한 대화가 나올 경우 '당신 루소의 『사회계약론』을 읽어봤느냐'는 식의 질문이 나올 가능성은 거의 없다. 아마도 책이 화제가 된 경우 예컨대 '당신 요즘 그 베스트셀러 『책 잘 읽으면 모두 천재된다』 읽어봤냐'는 식의 질문을 하는 게 당연하다. 그 획기적인 책을 읽지 못했다면 자신이 구입한 만만찮은 '그 베스트셀러 『꿈만 잘 꿔도 모두 성공한다』'로 반격을 가할 수도 있다. 이렇게 그 내용이 뭐든 베스트셀러는 대화의 트렌드를 따라가는 데 아주 유용하다. 청소년들이 특정 TV프로그램을 못 보면 친구들 사이의 대화에 끼지 못할까봐 그 프로그램을 놓치지 않으려는 태도와 비슷할 것이다.

물론 이런 현상을 부정적으로만 볼 일은 아니다. 하지만 어떤 하찮은 베스트셀러가 이런 지위를 획득해 대화를 지배하는데도 그것이 하찮다는 확신 없이 대화 트렌드에 주눅이 들어 끌려만 다닌다면 이 또한 문제다. 이렇게 되면 결국 문제는 다시 책을 보는 안목이다. 그런데 읽지도 않은 책이 하찮다는 걸 어떻게 아냐고? 요즘 같은 인터넷시대엔 온라인서점의 책 소개나 각 일간지 서평만 열심히 찾아 읽어도 책을 쓴 취지의 대략은 얼마든지 파악할 수 있다. 거기에다 일반인의 서평은 물론이고 전문서평가의 글까지 있다. 그러니 책읽기의 수준을 높이다보면 100%는 아니겠지만 읽지 않고도 대충 양서를 구분하는 능력이 꽤 생긴다고 주장하는 것이다. 이런 주장이 허세처럼만 들려 못 믿겠으면 한번 스스로 책읽기 능력을 길러보길 바란다.

조금 범위를 확장하면, 베스트셀러의 의외의 장점(?)은 과시욕의 수단이기도 하다는 데 있다. 쉽게 말해 읽기에 상당히 부담스러운 베스트셀러가 샤넬이나 프라다 등과 같은 사치품의 역할을 하는 경우다. 이 경우는 베스트셀러보다는 좀 더 고급스런 장정의 희귀한 책이 더 효과가 좋을 수도 있지만 다른 사람들이 너무 그 존재를 모르면 그것도 문제니, 웬만큼 알려진 베스트셀러가 더 좋을 것이다. 과거 호킹의 『시간의 역사』 같은 책이 아주 유용했다. 나도 구입했는데(믿거나 말거나 난 읽긴 읽었다), 이 책은 미국 위스콘신대 수학교수 조던 엘렌버그가 '사놓고 읽지 않는 책 지수(Hawking Index)'를 (재미 삼아) 만든 계기가 되기도 했다.

나는 이런 사치품 구입을 반드시 나쁘게 생각하는 건 아니다. 하지만 문제는 자신의 역량에 맞지 않는 책을 베스트셀러라는 이유만으로 구입할 경우 다른 책 구입의 기회가 사라진다는 점이다. 책을 마구잡이로, 시도 때도 없이 구입하는 책 낭비벽이 있는 사람들이야 책을 장식용이나 사치품으로도 구입하고, 수면제나 베개로도 구입하고, 심지어 냄비받침이나 화풀이용 무기로 구입해도 별 문제가 아니겠지만 책값을 아껴야만 하는 보통 사람들이야 당연히 조금은 신중해야 한다고 본다. 이런 문제 또한 책 보는 안목을 길러가면서 해결하는 수밖에 없다.

지금 이렇게 베스트셀러에 대해 '디스'를 하는 덴 내가 베스트셀러 작가가 못 돼서 하는 질투도 조금 있다. 하지만 그것이 결코 전부는 아니다. 믿어주기 바란다. 지금 내 주장은 베스트셀러의 유용성이 분명히 존재하고, 베스트셀러 중에도 얼마든지 역사에 길이 남을 훌륭한 책이 있으며, 시의적절한 문제제기와 이슈에 참여할 수 있는 계기를 만들어주는 역할을 하고 있지만 조심해야 한다는 것이다. 말하자면 서점에서 마음에 드는 책을 고르고 싶은데 책을 고를 능력이 없어 베스트셀러만을 집어들 수밖에 없는 초라하고 무능력한 사태를 극복해야겠다는 주장이다.

중요한 건 베스트셀러를 추종하는 것이 아니라 자신의 책읽기 능력을 끊임없이 키워가는 것이다. 그 능력에 맞춰 책을 읽다보면 베스트셀러를 보기도 하고, '저주 받은 걸작'도 보게 되고, 역사적 고전도 보게 될 것이다. 사실 시대를 대표하는 걸작이 베스트셀러에서 나오기도 하고, 뒤늦게 겨우 발견되기도 하니 내 얘기가 베스트셀러에 대한 편견만은 아닐 것이다. 기억하기 바란다. 베스트셀러 목록은 좋은 책과 나쁜 책이 혼재돼 있는 그저 최신의 책 무더기일 뿐이다. 게다가 좋은 베스트셀러보다 더 역사에 기여하고 있는 훌륭한 책이 산더미처럼 쌓여 있다는 사실까지 감안해 그 가치를 평가해야 한다. 이 책이 베스트셀러가 될지도 모르니까 베스트셀러에 대한 디스는 이쯤에서 접기로 한다.

2
왜 책 낭비만은 피하려 하는가

내가 직업상 책과 밀접한 삶을 살아온 관계로 종종 학생들을 포함해 주위에서 다짜고짜 좋은 책 추천을 부탁받는 경우가 있었다. 그럴 때마다 상당한 고민에 빠졌다. 왜냐하면 그렇게 책을 추천받기 원하는 사람들은 대개 책읽기를 거의 하지 않은 경우가 대부분이기 때문이다. 사실 책을 어느 정도 읽은 사람이라면 그렇게 막연하게 책을 추천받으려 하지 않는다. 요리 전문가에게 질문을 하더라도 요리 초보자는 '맛있는 김치찌개는 어떻게 만드나요'라는 식으로 막연하게 질문할 것이고, 어느 정도 요리를 하는 사람이라면 '묵은지로 만드는 김치찌개의 시큼한 맛을 줄이려면 어떻게 해야 하나요'라는 식으로 보다 구체적으로 질문할 것이다. 비슷한 이치다.

다소 이상하다는 생각도 들지만, 내 경우엔 나이를 먹어갈수록 책 추천을 그렇게 진지하게 하지 않으려는 아이러니한 경향이 생긴 것 같다. 굳이 이유를 찾자면 두루뭉술하게 책 추천을 받는 사람일수록 추천 책을 진지하게 찾아 읽을 가능성이 낮을뿐더러, 책을 추천한다는 게 추천받는 사람의 입장보다는 추천하는 입장에서 책 읽기에 대한 '욕심'을 더 반영하는 것 같다는 회의감이 커졌기 때문이다. 물론 지금도 누구에게든 얼마든지 책 추천을 해줄 용의는 있다. 하지만 그 추천을 나름 최대한 활용할 수 있는 사람은 그렇게 많지 않을 듯싶다. 말을 해놓고 보니 책을 추천받는 사람의 능력만 탓하는 듯해 말을 조금 바꾸자면, 내가 책을 효율적으로 추천할 수 있는 능력을 발휘한다는 게 쉽지 않다는 의미이기도 하다. 왜 책을 추천하고 추천받는 단순한 일이 서로 궁합이 맞지 않으면 생각만큼 큰 효과가 없는지 따져볼 필요가 있다.

가끔 세계적인 유명 인사(어느 분야든 상관없다)가 한국에 초빙돼 와서 여러 사람들에게 노하우를 전수하는 코멘트를 해주고 가는 뉴스를 본 적이 있을 것이다. 예컨대 골프 분야라 해보자. 그 유명인의 한마디를 듣기 위해 많은 사람들이 몰리고, 그의 한마디 한마디를 경청한다. 경우에 따라서는 어린 학생들을 상대로 간단한 개인 레슨을 해주기도 하는데, 어떤 학생에겐 그 유명인에게서 들은 간단한 코멘트가 평생을 이끌어줄 좌표가 되기도 할 것이다. 반면 어떤 학생에겐 지나가 흩어지는 그저 그런 시간낭비가 될지도 모른다. 이 차이는 어디에서 오는 걸까? 간단히 말하자면 그간의 '고민(문제의식)'에서 온다.

어린 학생이든 성인이든, 자신의 골프연습에서 어떤 고민도 없는 사람이라면, 아무리 대단한 유명인의 레슨이라도 큰 의미가 없을 것이다. 귀한 레슨이 그저 지루한 공염불처럼 들릴 수도 있다.

하지만 평소 아무리 노력해도 해결이 안 되는 어떤 문제 때문에 고민하고 있던 누군가가 '운 좋게도' 그 레슨을 통해 해답을 들을 수 있었다면 그 조언은 벼락같은 깨달음으로 다가올 것이다. 엄청난 시간을 들인 강의가 아니라 간단한 한마디도 얼마든지 자신의 문제를 해결할 수 있는 비법이 될 수 있다. 그 세계적인 유명인은 모두에게 공평하게 비법을 전수해줬지만 그 효과는 공평하지 않은 것이다. 한마디로 그 유명인의 레슨이 효과가 있으려면 레슨을 받는 사람과 해주는 사람의 궁합이 잘 맞아야 하는 것이지, 그저 유명인이니까 아무런 고민 없는 수강생에게까지 공평하게 효과가 있을 것이라고 기대해서는 안 된다.

긴가민가하는 독자를 위해 한 가지 사례를 더 첨언해보자. 세계 바둑의 대세를 한국으로 돌려놓았던 유명한 바둑기사 조훈현 얘기다. 그의 스승은 일본인 세고에 겐사쿠다. 그는 평생 한·중·일 3명의 천재 기사만을 받아들였는데 그중 한 명이 조훈현이었다. 조훈현은 세고에의 내제자內弟子가 돼 서가에 꽂힌 바둑 정석사전을 발견한 충격을 이렇게 말했다.

말하자면 바둑의 1+1=2는 알았지만, 1+100=101이 어떻게 이뤄지는지 몰랐다. 체계가 없었기 때문이다. 그런데 정석사전에 다 설명이 돼 있었다. 그것이 정석인지도 모르던 나는 밤새 5권을 다 뗐다.[1]

누군가는 평소 어떤 사안에 대해 호기심이란 게 전혀 없다가 우연히 책을 보면서 호기심이 생길 수도 있다. 하지만 책 이전에 어떤 사안에 대한 호기심이 생겨 책을 통해 그것을 개화시키는 경우가 더 많지 않을까 싶다. 그런데 전자의 경우라면 지금 책과 불화하고 있는 우리가 어떻게 책과 화해할 수 있는가에 대한 고민을 다루는 이 책의 주제와 별 상관없는 얘기다. 책을 통해 없던 호기심이 생겨 그 호기심을 충족·발전시킬 수 있는 경우라면 그것으로 행운이고, 그것으로 족하다. 그렇게 적극적으로 행운을 붙잡으면 된다. 문제는 불행하게도 많은 사람들이 책과 불화하는 탓에 움트는 호기심을 개화시킬 수 있는 인생 절호의 기회를 놓치고 있다는 점이다. 더 안타까운 건 아마도 그들은 그런 기회가 소리 소문 없이 자신들의 주위를 맴돌다 사라진다는 것도 모르리란 점이다. 그러니 후자에만 국한시켜 얘길 진행하기로 하자.

다시 조훈현 얘기로 돌아가면, 그는 바둑 천재에 속한다. 그 천재가 세고에의 내제자가 되는 행운까지 얻었으니 그의 경험을 일반화해 우리들에게 그대로 적용시키는 건 무리다. 하지만 그의 경험에서 우리는 '책'에 관한 어떤 힌트 같은 걸 얻을 수는 있다. 우선 조훈현은 어떻게 밤새 그 5권(사전이다!)을 완독할 수 있었을까? 아니, 그런 능력보다는 어린(내제자로 들어갔을 때 그의 나이는 9살이었다) 그가 그 책에 어떻게 그런 흥미를 느낄 수 있었을까?

애초에 조훈현에게는 그 흥미라는 게 전혀 없었는데 바둑 정석사전이라는 책을 열심히 읽고 나서 그 이후에야 어떤 흥미가 생긴 것이 아니었다. 바둑에 대한 천부적인 재능과 호기심이 있던 그는 바둑 정석사전 책을 보고 그 책이 펼쳐 보여주는 오묘한 세계에 정신없이 빠져들었던 것이다. 아마도 조훈현 얘기는 밤새 바둑정석이란 책을 보면서 바둑을 '체계'적으로 이해했단 의미일 것이다.

'체계적 이해'는 아무리 강조해도 지나치지 않을 만큼 대단히 중요한 의미를 담고 있다. 여러분도 이 책을 다 읽고 나면, 내가 책 읽기를 체계적인 사고 능력을 기르는 행위와 거의 동일시한다고 느낄 것이다. 여러분 중에도 혹 '찢어진 백과사전'처럼 두서없이 잡다한 지식을 이미 갖고 있는 사람도 있을 것이다. 그런 사람들은 책읽기를 통해 그 지식들이 어떻게 체계적으로, 그리고 입체적으로 아름답게 정리될 수 있는지 조훈현 같은 경험을 하게 될 것이다. 일종의 해탈 경험이다. 물론 그런 잡다한 지식을 별로 갖고 있지 않은 사람도 걱정할 건 조금도 없다. 중요한 건 능력껏 지식의 소재를 늘려가며 책읽기를 통해 체계적으로 세상을 이해하는 것이지, 체계 없이 잡다한 지식의 소재만을 잔뜩 쌓아놓는 게 아니니까.

얘기가 잠깐 옆으로 새는 듯하지만, 난 이미 구입한 책을 모르고 다시 구매하는 경우가 꽤 있다. 소장 책이 많아 감당하기 힘든 장서가들이 흔히 겪는 일이기도 하다(고 많은 장서가들이 자신들의 어이없는 낭비 행위를 가족에게 들킬 경우 변명하며 지낸다). 가만 생각해보면 아무리 책이 많아도 체계적으로 정리가 돼 있지 않으면 사실상 없는 것과 마찬가지다. 아니, 오히려 집안만 어지럽힌다. 우리 두뇌는 어떨까? 우리 두뇌 속의 지식이 있는지 없는지 찾을 수도 없을 만큼 무질서하게 배치돼 있다면 그건 없는 지식이나 마찬가지다. 아니, 쓸데없이 머리만 복잡하게 만들거나 판단만 어지럽히고 있는 사태라고 봐야 한다. 공부를 하는 것, 세상을 이해하는 것, 사고를 깊이 한다는 건, 마냥 온갖 책이나 지식을 모은다는 의미가 아니라 그것을 체계적으로 이해하고 소장한다는 의미다.

앞서의 골프레슨 얘기와 상통하지만, 조훈현은 9년간 세고에의 내제자로 수련을 쌓았는데 그 9년 동안 직접 지도받은 대국은 열 판이 채 안 됐다. 깨달음이란 단 '한 수'에서도 올 것이다. 그것을 갈고닦는 건 미래의 노력이다. 물론 조훈현은 세고에와의 지도대국과는 별도로 수없이 많은 기보를 공부하고, 수없이 많은 연습대국을 치렀을 것이다. 이런 연습대국 없이는 깨달음도 명국도 기대하기 힘들다. 그러므로 우리는 더 밑으로 내려가 이 수도 없는 연습대국, 즉 문제의식을 키우고, 찾아 헤매고, 고민하고, 해결하지 못했던 '시간 낭비'에 대해 말해야 한다.

혹 다이어트를 해본 경험이 있는가? 그래서 성공해본 경험이 있는가? 꼭 다이어트가 아니라도 좋다. 공부든, 운동이든, 요리든, 게임이든, 연애든, 뭐든지 좋다. 뭔가 남들보다 조금이라도 잘하는 것이 있는가? 뭐 대한민국 최고는 아니더라도 그나마 자신이 주위의 남들보다 조금 더 자신 있는 뭔가를 말하는 것이다. 내가 하고 싶은 질문은 이런 것이다. 그 자신 있는 뭔가를 어떻게 이루었는가? 단 1분 1초의 시간 낭비도 없이, 단 한 차례의 시행착오도 없이, 이 세상에서 가장 효율적인 방법으로, 유일한 정도正道를 따라 그 성취가 이루어졌는가? 세계 최고의 누구라도 좋다. 그 성취가 이렇게도 해보고, 저렇게도 해본 일체의 어이없는 '낭비' 없이 이뤄졌다고 주장하는 걸 들어본 적이 있는가?

우리 모두는 시간 낭비 없는 성취를 꿈꾼다. 그렇게 할 수만 있다면 그보다 좋은 일은 없을 것이다. 한데 현실은 그것이 불가능하다는 것을 보여준다. 단지 그렇게 할 수 없다는 안타까운 불가능을 보여주는 게 아니다. 어쩌면 현실은 그런 성취를 위해서는 반드시 그런 낭비 혹은 시행착오, 실패가 불가피하다는 것을 우리에게 알려주는 건지도 모른다. 왜 그럴까? 왜 성공은 불가피하게 실패를 전제하는 것일까? 성공은 실패를 통한 깨우침 없이는 불가능하기 때문이다. 우리는 실패를 통해 '그렇게 하면 안 된다'는 것을 수도 없이 배워야만 하는 것이다. 과학실험에서도 바로 '그렇게 하면 안 된다'는 실패의 경험을 요령 있게 포착해 정리하면 훌륭한 논문이 될 수도 있다. 성공의 결과만을 포착하는 게 과학적 지식의 전부가 아닌 것이다. 그렇게 실패의 깨우침 없이는 언제라도, 심지어 성공한 후에라도 쓰라린 실패를 맛볼 수밖에 없는 것이다.

여러분도 잘 안 되는 '쪽박'가게를 잘 되는 '대박'가게로 바뀔 수 있게 전문가가 도와주는 국내외 TV프로그램을 봤을 것이다. 그렇게 단시간 내에 그렇게 많은 것이 바뀌고 잘 될 수 있다니? 보는 모든 이들이 흐뭇하다. 그런데 궁금하지 않은가? TV방송이 끝나고 한 5년쯤 뒤에 그 가게는 어떻게 됐을까? 여전히 호황을 누리고 있을까? 전문가의 조언으로 큰 깨달음을 얻은 사람은 자신의 힘으로 그 가게를 잘 유지하고 있을 것이다. 하지만 그렇지 못한 사람은 행운에 힘입어 그 절호의 기회를 맞았음에도 불구하고 지속가능한 성공으로 연결시키지는 못했을 것이다. 그렇게 보면 성공한 후에 실패하기보다는 성공하기 전에 실패하는 것이 덜 잔인할지도 모른다. 결국 문제는 내 고민에 대한 나의 깨달음이지 내 고민을 관찰한 남의 깨달음이 아니다.

우리는 모두 효율적인 진보를 원한다. 당연히 그게 최선이다. 가능만 하다면, 수영을 배우는데 세계적인 수영코치의 가르침에 따라 단 한 차례의 물 먹음이나 헛발질도 없이 수영의 비법을 깨달아 세계적인 수영선수로 성공할 수 있다면 그게 최선이다. 하지만 현실은 그게 불가능하다는 것을 보여준다. 하다못해 다이어트에 성공한 사람 얘기라도 귀담아 들어보라. 가장 흔한 경험담이 '안 해본 다이어트가 없다'는 말일 것이다. 모든 분야의 성공한 사람들도 대체로 비슷한 얘길 한다. 성공한 사람들이 나오는 다큐 TV프로그램을 보다보면 '아니, 성공하기 위해 저렇게까지 실패와 낭비를 해야 했나'라는 생각까지 들어 질릴 정도다. 우리는 애초에 '낭비 없는 성공'을 꿈꿀 수 없다. 기껏해야 자신만의 깨달음을 통해 낭비를 최소한도로 줄일 수 있을 뿐이다.

이제 다시 책 얘길 하자. 우리가 전문가에게 책을 추천받거나, 좋다는 양서에 집착하는 것은 가능한 한 '낭비'를 줄이고자 하는 목적에서다. 하지만 이런 희망이 100% 성공할 수는 없다. 우리는 책읽기에서 상당한 낭비를 감수해야만 한다. 책읽기니까 어쩔 수 없이 감수해야 하는 특수한 낭비가 아니라 책읽기라도 어쩔 수 없이 감수해야만 하는 보편적 낭비다. 수준 높은 클래식 음악을 듣고 싶으면, 배운 지 몇 달밖에 안 되는 어린아이들의 피아노나 바이올린 소리를 들어보며 괴로운 시간을 낭비해보기 바란다. 세계적인 연주자들이 얼마나 신기한 연주를 들려주는지 귀가 두 배는 더 트일 것이다. 수없이 다이어트에 실패한 사람일수록 성공한 사람들의 다이어트의 비법을 효율적으로 소중하게 들을 수 있을 것이다.

자신의 문제의식 없이 타인의 문제의식만으로 책을 읽으려는 사람은 사상누각의 책읽기였음을 언제라도 깨닫게 될 것이다.

조금 더 현실적으로 쉽게 얘기해보자. 책을 읽어서 나와 세상에 관심을 갖게 된다면 그것으로 좋은 일이다. 하지만 그게 어렵다면 쉬운 해결책을 찾기 바란다. 오직 '나'에게만 관심이 있다면 '나'에 대해 생각을 늘려보기 바란다. '나'에 대한 얘기를 담은 책을 찾아보면 많은 도움이 될 것이다. 시답잖은 책을 몇 권쯤 읽으면서 시간 낭비를 해보는 것도 상관없는 일이다. 오히려 그렇게 가끔씩 내 멋대로 읽어보길 권장한다. 모두들 최소한 몇 벌쯤 시답잖은 옷을 사서 '낭비'를 해본 경험이 있지 않은가? 그런 낭비를 통해 옷 낭비를 하지 않는 비법(최소한 교훈)을 조금이라도 얻지 않았는가? 옷 낭비는 가끔씩 해도 좋지만 책 낭비는 절대 하면 안 되고, 시답잖은 소개팅 낭비는 가끔씩 해도 좋지만 책 낭비는 있을 수 없는 망조라고 우기는 건 불공평한 편견이다. 다행히 좋은 옷이나 연인을 만나기 위해 무릅써야 하는 낭비보다는 그래도 나은 해결책이 있다. 도서관을 이용하면 낭비에 대한 후회가 경제적으로는 훨씬 줄어들 것이다. 물론 낭비가 줄어들면 그만큼 '깨달음'에 대한 타격감은 적겠지만.

그렇게 책을 읽다보면 곧 좋은 책도 만나게 될 것이다. 아마도 '나'에 대한 관심은 '우리'에 대한 관심으로 넓혀질 것이고, 세상에 대한 관심으로 확대될 가능성이 높다. 사회적 모순에 대한 관심이 큰 사람은 자신의 방식대로 책읽기를 시작하면 된다. 제대로 생각하고 읽는다면 나와 우리, 세상이 무관하게 따로 굴러가는 게 아니란 걸 이렇게든 저렇게든 결국 깨닫게 될 것이다. 그렇게 자신의 사고를 넓혀가다보면 책을 보는 눈도 점점 넓어지고 높아질 것이다.

당연히 '좋은 책 추천'을 활용하는 건 언제나 좋은 일이긴 하다. 하지만 (다른 모든 분야와 마찬가지로) 그것만으로 해결되지 않는 '낭비의 효용성'이 있다는 걸 절대 잊지 말기 바란다. '일체의 낭비 없는 깨달음'이란 현실과 거리가 먼 불가능한 상상에 불과하다. 그런 불가능한 상상이 현실 속에서 실현되기를 진심으로 원한다면 약간은 '얌체 같은 소망'이라고 할 수밖에 없다. 심지어 추천받은 좋은 책이나 지금 읽는 이 책도 누군가에겐 낭비일 수 있다. 책 낭비에 대한 필요 이상의 거부감이나 두려움을 떨쳐버리기 바란다.

3
'책혐시대'에서 살아남기

'책혐시대에서 살아남기'란 소제목은 누구보다 출판인들이 실감할 듯싶다. 해방 이후 우리나라에서 출판업 호황이 언제였던가 가물가물하지만, 출판업의 현 상황은 그야말로 살아남기가 지상명령 아닌가 싶다. 왜 이렇게 됐을까? 무슨 분서갱유 같은 참사가 횡행하고 있는 것도 아닌데 책은 왜 점점 우리 곁을 떠나고 있는가? 관점을 조금 바꾸어 생각해볼 필요도 있겠다. 이런 현상이 불가피한 순리라면 우리는 책혐시대가 왜 도래했는지 묻지도 따지지도 말고, 어차피 도래한 책혐시대를 그냥 쌍수를 들어 환영하며 살아야 하는가?

사실 '책혐'이라는 표현은 다소 과장이 섞였다고 인정할 수밖에 없다. 나쁜 책(심지어 비싸고 두껍고 현학적이기까지 하다면 최악일 것이다)에 관해 험담을 늘어놓는 경우는 흔하지만, 모든 책에 대해 대놓고 혐오감을 표시하는 경우는 보기 힘들기 때문이다. 심지어 독재정권의 금서목록도 모든 책을 대상으로 하지는 않는다. 하지만 내가 굳이 '책혐시대'라고 표현하는 건 그저 자극적인 표현을 즐기기 위한 것이 아니다. 분명히 우리 시대에 전통적인 의미에서 책이라고 부를 만한 것에 대한 혐오현상이 광범위하게 존재한다. 그것이 두드러지게 느껴지지 않는 이유는 종이로(또는 전자책으로) 만들어진 책이라는 물건과 떨어져 살 수 있는 사람은 거의 없기 때문일 뿐이다.

그러므로 나의 책혐이란 표현을 조금 구체적으로 제한할 필요가 있을 것 같다. 내가 말하는 책혐이란, 모든 책을 '혐오(싫어하고 미워함)'하는 현상을 말하는 것이 아니라 내 나름대로 규정한 다소 제한된 형태의 책을 혐오하거나 최소한 기피하는 현상을 가리키는 것이다. 그러므로 나만의 주관적인 의미를 담고 있다. 우선 어떤 종류의 제한된 책인가? 간단히 말하자면 우리의 생각을 비판적으로 돕는 책이다. 즉 우리들의 생각이 보다 깊어지고, 보다 자유로워지고, 보다 진일보할 수 있도록 돕는 책이다. 특정 이데올로기에 대한 내 나름의 호불호를 말하는 게 아니라 어떤 생각이든 그것을 자신 있게 이성적·논리적으로 수립할 수 있는 능력을 키워주는 책을 말한다. 이렇게 제한적인 의미로 책을 규정한다면, 내가 사용하고 있는 '책혐'이란 표현을 조금 더 관대하게 받아들여줄 수 있을지도 모르겠다.

내 관점에서 다시 정리하면 교과서(참고서 포함)나 실용서적, 자기계발서(상당부분) 등은 대상에서 제외된다. 그것은 책이라기보다는 일종의 '공구' 같은 것들이다. 사실 이런 책을 읽고 '나 책 많이 읽었다'고 주장하는 사람은 거의 없을 테니, 사족일 수도 있겠다.

잡지나 칼럼은 좀 모호한 측면이 있는데, 긴 호흡의 논리 전개가 결핍된 글이 많기 때문에 상당부분 제외될 가능성이 높다고 본다. 그런데 책읽기에 대한 거부감을 어찌할 수 없는 사람들이나 책읽기에 익숙치 않은 처지의 사람들에게는 쉽게 접할 수 있는 잡지나 칼럼을 주의 깊게 읽는 게 그나마 대안이 될 수도 있다. 하지만 사실관계만을 전하는 신문 뉴스 글은 아무리 많은 분량을 읽어도 당연히 제외된다. 지금 이 책의 목적이 하나하나 이런 걸 따지는 게 아니므로, 위에서 말한 '우리의 생각을 비판적으로 돕는 책'인지 아닌지는 후에 말할 내용을 더 참고해 각자 판단하는 게 좋을 듯싶다.

보다 구체적인 얘기로 들어가자면, 아마도 책혐현상에서 가장 먼저 보편적으로 떠오르는 역사적 경험은 '금서'일 것이다. 하지만 이런 금서목록이란 것도 모든 책에 대한 혐오가 아닌 당대 비민주적 권력자가 일부 책에 대한 혐오를 겁박과 함께 표현한 정치적 현상에 불과하다. 그들이 찬양하는 책 목록은 따로 있고, 그들은 그걸 강권하고 좋아한다. 문제는 지금이 그런 강압적인 시대가 아님에도 불구하고 책혐현상이 널리 퍼져 있다는 점이다. 더군다나 이 현상이 자발적이니만큼 따로 원망할 대상도 없다. 이런 상황이니 오히려 이를 세상의 진화로 받아들여야만 하는가라는 체념적 생각까지 든다. 하지만 난 꿋꿋하게 이런 현상을 퇴행으로 여긴다. 이런 내 관점이 소수자 혐오에 저항하는 것처럼 어쩌면 당위적 소망으로 들릴지도 모르겠다. 그런 측면도 있으므로 굳이 부정하지 않겠다.

함께 기억을 더듬어보자. 여러분의 부모님은 언제부터 여러분들에게서 '책'을 떼버리려고 했을까? 아마도 중학생 때부터일 것이다. 나도 그랬다. 그때는 고등학교 입시가 있었는데, 중3 때『바람과 함께 사라지다』를 읽다 혼이 난 적도 있다. 지금은 더 말할 나위가 없을 것이다. 우리나라에서 입시는 '책혐'의 뿌리 깊은 온상이다. 초등학교 때까진 자녀들이 책을 읽는 게 뿌듯한 부모도 자녀가 중학교에 입학하는 순간부터 책은 기피대상으로 전락한다. 논술시험이 구세주 역할을 했지만 이것도 거의 시험기술 정도로 간주되는 퇴락 과정을 겪는 중이다.

대학에 입학하면 달라질까? 그간의 일천한 책읽기 경험을 반성하고 죽자사자 책을 읽게 되는 걸까? 꿈같은 이상이다. 대학생들이라고 눈앞에 떨어진 급한 불이 없겠는가? 고루한 책을 읽느니 전공서적이나 취업을 위한 자기계발서 한 줄이라도 더 읽는 게 남는 것이라고 생각들 한다. 취업을 한 후에는 어떨까? 이제 여유 있게 책을 볼 시간이 남아도는가? 턱도 없는 소리다. 직장인이야말로 책볼 시간이 없다고 말하기에 딱 좋다. 은퇴 후엔 어떨까? 그땐 시간이 많이 있을 것이므로, 책 보려는 엄두를 낼 수는 있다. 하지만 무슨 책을, 어떻게 봐야 하나? 지금까지 책읽기 능력을 키워놓지 않았다면 책읽기가 난공불락의 성처럼 느껴질 것이다. 그렇게 초로에 접어들면 이제 눈은 침침해지고 기력까지 쇠해져 책읽기는 결국 남의 일이 되고 만다. 세상에서 가장 대기 쉬운 핑계는 책읽기를 할 수 없는 이유에 대한 게 아닐까 싶다. 이 세상에서 책읽기보다 덜 급한 일이 대체 얼마나 있겠는가?

한데 이제는 퇴임한 전 미국 대통령 오바마의 얘기가 우리에게 많은 걸 생각하게 한다. 나도 예전엔 충분히 책을 가까이 할 수 있는 것으로 보이는 누군가가 시간이 없어 책을 읽지 못한다고 말하면 그러려니 하면서 오히려 안타까운 마음으로 이해했다. 이젠 그런 주장을 믿지 않는다. 오바마는 백악관 시절 거의 매일 밤, 한 시간이나 밤늦게까지 책을 읽었다고 말했다.[2] 그래서 이제는 누군가 '나는 오바마보다 더 바쁜 몸이다'고 주장하지 않는 한 시간이 없어 책을 읽지 못 한다는 얘길 믿지 않는다. 시간이 없어 책을 읽지 못하(않)는 게 아니라면 그 이유가 뭘까? 우선 인터넷 얘기부터 해야 한다. 책읽기와 경쟁하는 게임 등 오락 얘기가 아니라 그것을 대체한다고 여겨지는 인터넷 정보 얘기다.

최근의 책혐시대 추세를 선도적으로 끌고나가는 건 누가 뭐래도 '인터넷'이 아닌가 싶다. 예전엔 집에 구닥다리 백과사전 한 질만 있어도 큰 자산이었다. 지금은 어떤가? 시시각각 다르게 변해가는 모든 정보가 인터넷이라는 바다에 떠다니고 있다. 이 현상은 우리의 삶 중 많은 것이 바뀌게 했다. 이제 누구라도 일반적인 차원의 정보의 부재보다는 정보의 홍수를 더 걱정하고 있다. 문제가 있다면 인터넷 접근 능력일 뿐이다.

그런데 이 정보의 홍수는 우리에게 한 가지 큰 착각을 안겨주었다. 인터넷의 '정보'를 지난 시대 책을 통해 추구했던 '사고' 능력과 혼동하게 됐다는 것이다. 정보가 많으니 그만큼 사고능력도 늘었다는 착각이다. 이런 생각이 맞는 거라면 인터넷은 완벽하게 책을 대체하는 수단이 된다. 굳이 책을 볼 필요가 없는 세상이 도래했다고 볼 수도 있다. 정말 그런가? 정보는 조직적 사고를 포함하는가? 불가능하다. 정보를 이해하기 위해선 별개의 조직적 사고능력이 필요하다. 아무리 정보가 많아도 조직적으로 이해하지 못하면 그건 아무 의미 없는 공허한 쓰레기더미에 불과하다. 다루기 힘들 정도의 거대한 정보는 오히려 판단을 마비시키는 장애물 역할을 하기까지 한다. 내가 인터넷이 몰고 온 책험 사태를 염려하는 건 사고능력 없는 정보 홍수를 염려하기 때문이다. 책을 통해 정보를 체계적으로 조직하는 긴 호흡의 논리적 사고능력을 키워가지 않으면 정보의 홍수 속에 빠져 허우적거리면서 권력자에게 조종받는 삶을 즐기는 인간로봇만을 양산하게 되리라 우려하는 것이다.

여기서 잠깐 '가장 바쁘게 시간에 쫓기고, 가장 많은 정보에 접하는' 미국 대통령 오바마 얘기를 다시 들어보자. 그는 책읽기의 효용에 대해 이렇게 말했다.

사건들이 너무 빨리 요동치고, 너무 많은 정보들이 전해질 때, 책읽기는 때때로 시간을 늦추고, 통찰력을 얻고, 다른 사람의 입장을 이해할 수 있는 능력을 주었다.[3]

놀랍지 않은가? 미국 대통령이 '너무 빠른 시간을 늦출 필요성과, 엄청난 정보에 대한 통찰력'을 말하며, 그 탈출구를 책읽기에서 찾았다니. 그의 경험적 발언은 인터넷 시대가 초래한 책험시대를 왜, 그리고 어떻게 극복해야 하는지를 명쾌하게 대변하고 있다.

한 가지 더 인터넷 글에 대해 추가하자면 우리가 읽는 인터넷 '공짜' 글에도 좋은 글이나 정보가 많이 있긴 하다. 하지만 인류 역사에 등장한 모든 책(자료)이 완전히 무료로 공유되고 있는 건 아니다. 우리가 굳이 비용을 지불하고 구입하는 책이야말로 정말 시장에서 가치를 겨루는 질 좋은 핵심자료일 수 있다. 만약 인터넷 공짜 글이 서점의 모든 책을 완전히 대체할 수 있을 만큼 질 좋은 글들이라면 내가 굳이 책읽기를 강조해야 할 이유도 없을 것이다. 인터넷 공짜 뉴스가 유료 종이신문을 대체한 것은 광고라는 전통적 수단의 매개가 있었기 때문이다. 앞으로 언젠가 책도 그럴 날이 있을지 모르겠지만 적어도 아직은 아니다.

　(정보를 담은 글이든 다른 뭐든) 인터넷 글이 책과 다른 큰 특징 중 하나는 짧다는 것이다. 우리는 점점 짧은 글에 중독되고 있다. 심지어 긴 인터넷 기사조차 읽는 게 부담스럽다. 트위터는 하이쿠보다는 조금 여유 있는 140자 이내의 표현을 요구하고 있고, 페이스북은 그나마 조금 더 긴 글이 유통되지만 책에 비하면 어림없는 분량이다. 교수들은 학생의 글쓰기 능력이 인터넷 식의 짧은 글 짜깁기처럼 되고 있어 한탄한다. 우리가 짧은 글에 익숙해진다는 것은 간단한 이야기 혹은 간단한 논리전개에만 익숙해진다는 의미와 유사하다. 번개처럼 뇌리를 스치는 시적 영감이나 직관을 경험하고 표현하는 것도 중요하다. 그래서 시집을 읽는 것도 중요하다. 하지만 그것만이 전부는 아니다. 자신의 생각을 논리로 뒷받침하기 위해서는 긴 호흡의 사고능력이 필수적이다. 긴 논리전개를 담은 책에 익숙해지지 않는다면 당연히 긴 호흡의 논리나 사고과정을 표현하는 데 어려움을 겪을 수밖에 없다.

　우리가 책을 읽지 못하는 혹은 읽지 않으려는 가장 큰 이유는 시간 부족이 아니라 책을 읽으면서 감수해야 하는 뇌의 피로감이라고 짐작한다. 책은 긴 호흡을 필요로 한다. 한 쪽을 읽기 위해서는 그 앞 쪽을 기억하고 있어야 한다. 그 앞 쪽은 또 그 앞 쪽을 기억해야 의미가 있다. 이렇게 보면 책을 읽는다는 것은 지금 읽고 있는 쪽의 앞 쪽 전체를 기억해야 한다는 의미이기도 하다. 이는 가벼운 소설을 포함해 모든 책읽기에 공통된다. 만약 앞 쪽을 기억하지 못하면, 즉 앞 쪽 이야기나 논리전개를 기억하지 못하면 현재 쪽을 읽을 수가 없고, 따라서 자꾸만 앞 쪽을 뒤적이게 된다. 심한 경우 현재의 문장을 읽으면서 그 앞 문장으로 자꾸만 후퇴하는 경험을 하기도 하는데 이런 경우라면 심지어 짧은 인터넷 글 읽기에서도 어려움을 겪을 것이다. 일반적으로 말한다면 책의 긴 글 읽기와 인터넷의 짧은 글 읽기는 뇌의 피로감이라는 측면에서 상당히 큰 차이가 있다. 그래서 긴 글 읽기에 익숙하지 않은 사람은 책이 좀 두껍기만 해도 뭔가 부담스럽다는 느낌부터 오는 것이다.

만약 오늘 읽던 책을 내일이 아닌, 일주일쯤 후에 다시 집어 들었다고 하자. 우리의 뇌는 다시 예열을 시작해야 한다. 일주일 전의 기억을 찾아야 하고, 집중하기 위한 준비를 해야 한다. 하루라도 책을 읽지 않으면 뇌에 거미줄이 처지는 것이다. 이 거미줄을 제거하는 과정은 생각보다 쉽지 않다. 한 달씩 건너뛰는 책읽기라면 더욱 그럴 것이고, 몇 달이 지나면 차라리 처음부터 다시 읽는 게 더 나을지 모른다. 한마디로 책읽기는 뇌를 단련시켜가지 않으면 안 되는, 생각보다 피로한 작업이다. 한 시간 동안 책을 읽는다는 것은 단순히 한 시간 동안 일정 속도로 일정 분량의 글자를 읽는 것을 의

미하지 않는다. 한 시간 동안 상당히 부담스럽게 뇌를 사용해야 한다는 의미다. 그래서 날마다 한 시간 정도의 틈이 있더라도 막상 그 시간에 책을 집어 들고 읽는다는 게 부담스러운 것이다.

우리의 뇌는 가능하면 편한 걸 추구한다. 생각 없이 볼 수 있는 드라마나 예능 프로그램이 편하고, 거실·주방·화장실을 왔다 갔다 하면서, 심지어 몇 회씩 건너뛰면서 봤다 안 봤다 해도 얼마든지 이해가 되는 막장 드라마는 더욱 편하다. 문제는 그래서 정말 책읽기가 그런 식의 TV프로그램 시청과는 비교할 수도 없을 만큼 엄청나게 지난한 작업이냐 하는 것이다. 아니다. 책읽기가 어렵게 느껴지는 사람은 습관이 안 돼서 그렇게 느끼는 것뿐이다. 여러분들도 평소엔 안 쓰는 근육을 써본 경험이 종종 있을 것이다. 다음날 당연히 뻐근하다. 그렇게까지 대단한 노동이나 운동이 아니었음에도 그런 현상을 겪는다면 스스로 한심해지기까지 했을 것이다. 책읽기도 마찬가지다. 우리가 조금 쉬운 책부터 시작해 책읽기 근육을 늘려간다면 책읽기를 방해하고 있는 어려움은 자연스럽게 소멸해갈 것이다. 한마디로 책읽기 그 자체가 어려운 것이 아니라 책읽기 습관을 들이는 것이 어려울 뿐이다. 그러니 책읽기 그 자체가 감당하기 어려운 것처럼, 그리고 마치 시간이 없어 불가피하게 책읽기를 할 수 없는 것처럼 나 자신을 속이면 안 된다.

만약 게으른 뇌를 극복할 수 있다면, 우리는 인터넷이 지배하는 책혐시대에 남들보다 한 차원 더 높은 사고력을 가지게 될 것이다. 그것이 얼마나 위력적인 무기가 될 수 있는지는 직접 경험해보길 바란다. 책혐시대에서 살아남자는 것은 단순히 책을 신성시하는 맹목적인 구호가 아니다. 인터넷이 해결해주지 못하는 사고의 조직력과 통찰력을 체계적으로 키우자는 얘기며, 논리의 호흡을 조금 천천히 길게 가져갈 수 있는 능력을 끈기 있게 기르자는 얘기다.

갈수록 단순명료해지는 IT기기를 보면서 기계의 논리능력이 갈수록 단순해진다는 착각을 할 수도 있다. 하지만 상황은 정반대다. $E=mc^2$이란 단순한 아름다움을 보고 그 도출 과정도 그렇게 단순할 것으로 착각해서는 안 된다. 겉모습은 단순해질지라도 그 단순함을 성취하기 위한 논리구조는 점점 복잡해지고 어려워진다. 우리가 세상의 어려움을 단순하고 아름답게 파악해 세상을 진보시켜 나가기 위해서는 그만큼 더 복잡한 논리를 소화할 수 있는 능력을 키워야 한다. 이런 능력은 갈수록 더욱 필요하고 유용하다. 그런 능력을 필요로 하는 정보가 무한대로 확산되고 있기 때문이다. 우리가 정보의 주인이 되느냐 노예가 되느냐는 책읽기를 통한 우리 사고능력의 진보에 달려 있다. 그러니 아무리 우리 시대가 책혐시대라 할지라도 누가 어떻게 감히 책읽기를 소홀히 할 수 있겠는가!?

4

책혐의 대가는 '일찍 늙는 대한민국'

우리는 우리 문자 한글을 좋아하고, 자랑스러워한다. 머리 좋은 사람들은 반나절이면 뚝딱 배울 수 있는 문자이기도 하다. 옛날엔 알파벳에 비해 큰 단점이 하나 있었다. 자·모음과 받침을 알파벳처럼 옆으로 풀어쓰지 못하고, 한 글자씩 모아쓰기를 해야 했기 때문에 적어도 출판(조판)을 하는 데 있어서는 그 실용적 뛰어남을 실감하기 힘들었다. 한데 컴퓨터 시대가 도래한 이후, 이제 그런 문제도 완전히 해결됐다. 이런 저런 의견이 많지만 한자 겸용도 하지 않는다. 한마디로 우리나라는 문자를 해독하는 여건으로는 세계 최고 수준이라고 할 수 있다.

그럼 세계 최고 수준의 문자 여건을 향유하는 우리나라의 문맹률(요즘은 문자해독율로 바꿔 말한다)은 얼마나 될까? 생각보다는 조금 높은 편인 것 같지만 그래도 상당히 낮은 수준이라고 할 수 있다. 통계청 조사(2014년 기준)[4]에 따르면, 문해능력을 4단계로 나눴을 때 가장 낮은 단계인 '일상생활에 필요한 기본적인 읽고 쓰

고 셈하기 불가능'한 수준1의 우리나라 추정인구는 264만2142명
(6.4%)이다. 그런데 연령별 분포에 상당한 차이가 있어서 60세 이
상 인구를 빼면 문해능력 수준1의 인구수는 연령별 차이가 거의 없
이 미미하다.[5]

다른 한편, 문화체육관광부 연구개발비로 수행된 한 사례 연구
(2015년)[6]를 참고하면 우리나라 국민의 언어능력을 좀 더 구체적
으로 가늠해볼 수 있다. 이 연구는 OECD의 주도로 이루어진 2011
년~2012년 16세부터 65세까지의 국제성인역량조사 데이터를 이
용했고, OECD 가입 21개국을 비교 대상으로 삼았다. 이 연구는
통계청 조사보다는 조금 엄격하게 언어능력을 "사회참여, 목표달
성, 개인의 지식과 가능성 개발을 목적으로 문서화된 글을 이해·평
가·활용하며 글로써 소통하는 것"으로 규정했는데, 주목할 만한
결과를 보여준다.

우선 국제성인역량조사에서 한국인의 언어능력은 272.6점으
로 조사국의 평균인 272.8점에 가깝다. 그런데 연령대별로 살펴보
면 특이한 사실이 나타난다. 16~24세 연령대의 한국인은 292.9점
으로 매우 높은 점수를 보인다. 일본, 핀란드, 네덜란드에 이어 4위
를 차지한다. 조사국 평균인 279.6점보다 13.3점이 더 높은 점수이
다. 반면, 55~65세의 언어능력이 상위권에 속한 국가는 일본, 슬로
바키아, 영국이다. 55~65세 한국인의 언어능력은 244.1점으로 하
위권에 속해 있다. 평균인 255.2점에서 11.1점이 낮은 점수이다.
이 연령대별 점수 차이를 더 자세히 살펴보면, 조사국 전체 통계에
서 16~24세의 점수는 55~65세보다 평균 약 24점 높다. 그런데 한

국은 16~24세와 55~65세의 점수 차이가 48.8점으로, 젊은 세대와 중·노년 세대의 언어능력 차이가 가장 큰 나라라는 것이다.

이제 질문을 해야 한다. 왜 우리나라는 청소년기와 24세(대학 졸업 직후 무렵)까지만 해도 언어능력이 세계 최고 수준인데, 55세를 넘어서면서부터는 그 최고 수준이 무색하게 하위권을 맴돌게 되는 것일까? 혹 우리 국민의 책읽기 습관과 관계가 있는 것은 아닐까? 당연히 그런 의심을 해볼 수 있다.

위 연구에서는 나라별로 연령대별 독서율과 독서빈도도 정리해놨다. 한국인의 평균 독서율은 OECD 평균에 가깝지만 연령대별로 분석해보면 매우 다른 양상이 나타난다. 구체적으로 살펴보면, 16~24세의 독서율은 87.4%로 조사국 중 1위다. 25~34세의 경우 85.1%로 5위로 떨어진다. 그러다 35~44세는 81.4%로 8위가 된다. 45~54세는 68.8%로 평균 이하로 떨어져 16위가 된다. 이제 문제의 55~65세가 된다. 이 나이 때의 한국인의 독서율은 몇 위일까? 나는 별로 놀라지 않았지만 독자들은 조금 놀랄지도 모르겠다. 51.0%로 최하위다!

물론 언어능력을 결정짓는 요소는 많을 것이다. 그리고 나라마다 특이사항도 있을 것이다. 하지만 나는 적어도 위 통계를 감안할 때 우리 국민의 독서율과 언어능력 사이엔 유의미한 상관관계가 틀림없이 있을 것이라고 생각한다. 내 생각이 맞다면 우리는 스스로를 이렇게 평가할 수 있을 것이다. '우리나라 사람들은 24세(대학 졸업 직후 무렵)까지는 책을 많이 읽어 두뇌개발이 세계 최고 수준이지만 그 나이를 넘어서면 점점 책을 읽지 않아 다른 나라 사람

들에 비해 뇌가 급격하게 빨리 늙는다!'

우리나라 사람들은 세종대왕이 창제한 한글이 쉬워 문맹률이 낮다고만 생각해왔다. 완전한 편견이다. 그 뜻이 뭔지도 모르면서 한글을 읽는 능력만 가진 사람들이 많다(문맹률이 적다)는 게 무슨 자랑이 될 수 있을까? 실질적 문맹률은 결코 우리나라 사람들이 스스로 생각하는 것처럼 낮지가 않다. 약병에 한글로 적힌 주의사항이나 사용법을 읽지 못하는 사람들은 비교적 적지만 그 뜻을 정확히 이해하지 못하는 사람들은 의외로 많다는 의미다. 이 말이 실감나지 않는 사람들은 인터넷 기사의 댓글들을 유심히 읽어보기 바란다. 기사의 뜻(문맥)을 이해하지 못한 댓글이 상당히 많다. 댓글을 다는 사람들은 그래도 뭔가 적극적으로 자신의 뜻을 표현하려는 사람들이다. 그런 사람들이 그 모양이라면 자신의 뜻을 표현하는 데 소극적인 사람들의 경우는 어떨까?

아마도 이런 주장에 크게 개의치 않는 독자들도 있을 것이다. 앞에서 국제성인역량조사에 나타난 한국인의 언어능력이 조사국의 평균에 가깝다고 했기 때문이다. 'OECD국가 중에서 평균이면 뭐 그렇게 걱정할 필요가 있을까' 하는 태평함일 것이다. 하지만 사태를 조금 더 분석해보면 그렇게 여유로울 수가 없다. '평균'의 함정이 있기 때문이다.

한번 상상해보자. 대학을 갓 졸업한 OECD 기준 상위의 언어능력을 갖춘 대한민국 인재들이 취업을 한다. 그들의 직장은 대한민국 모든 곳에 펼쳐져 있다. 하지만 그들은 정책결정권자가 아니라 지시를 받는 실무자들이다. 그들을 지시하는 상사들은 회사 경영을 물려받거나 해서 특별히 젊은 경우도 있겠지만 보통은 신입사원들보다 훨씬 나이가 많을 것이고, 바로 OECD 기준으로 언어능력이 낮은 그들 '늙은 두뇌'가 정책을 결정한다. 어쨌거나 그렇게 신입 인재들은 조금씩 승진해가겠지만 그러면서 그들도 점점 책과는 멀어진다. 그러다 그들의 언어능력도 이제 OECD 상위 수준에서 점점 멀어져 55세를 넘어서면서 하위 수준으로 추락한다. 그렇지만 그들 중 살아남은 소수가 우리나라의 정책결정을 행하는 지배계층이 된다. 한마디로 갓 입사한 신입사원들이 아무리 언어능력이 뛰어난 젊은 두뇌일지라도 그들은 늙은 두뇌의 지배를 받아가며 생존하다 정책결정자가 되었을 땐 그들도 역시 OECD 평균보다 늙은 두뇌의 반열에 끼게 되는 것이다. 대한민국의 전체 평균이 핵심이 아니란 얘기다.

젊은 신입사원들이 '꼴통'으로 생각하는 늙은 두뇌의 상사들도 한때는 같은 연령대의 OECD 평균보다 상위의 두뇌활동을 했을지 모른다. 하지만 그들은 자신들의 뇌를 최고속도로 늙어가도록 방치한 탓에 나이에 비해 엄청나게 뒤떨어진 뇌를 갖게 되었다. 그럼에도 불구하고 사회는 제도와 문화를 통해 나이보다 늙은 뇌를 지배계층으로 올리고 그들의 판단에 기꺼이 지배당하고 있다. 우리는 왜 대한민국 곳곳에서 생물학적 나이는 그렇게까지 늙지 않은 사람들이 그렇게 나이보다 늙은 결정을 함으로써 시대에 뒤떨어져가고 있는지 생각해봐야 한다. 나이보다 훨씬 늙은 두뇌를 설득하기 위한 기안이나 보고서에 소비하는 국력 낭비를 생각해보라. 20대와 50대의 간극만이 문제가 아니다. 20대는 30대를, 30대는 40

대를, 40대는 50대를 이해시키기 위해 엄청난 에너지를 낭비한다. 이 상태대로라면 지금 이 사태를 한심하게 생각하는 젊은 신입사원들도 머지않아 실제 나이보다 늙어버린 뇌를 가지고 자신은 젊다고 착각하며 살게 될 것이다. 한심하면서 슬픈 이야기의 반복이다.

물론 세상에 대한 통찰력이 언어능력에 의해서만 결정되는 건 아니다. 하지만 언어능력이 뒤떨어진 사람들이 다른 영역에서는 고도의 경쟁력을 가질 것이라고 볼 수는 없다. 만약 언어능력에 국한된 얘기라 못 믿겠다면 일상적 측면에서 한 번 유심히 관찰해보기 바란다.

우리나라는 세계 최고 수준의 대학진학률을 자랑한다. 근래 조금 하락했지만 70%에 가깝다. 그런 젊은이들이 영화를 보고 카페에 앉아 대화를 나누는 장면을 연상해보기 바란다. 만약 그들의 대화 수준이 영화가 '재미있다/없다' 배우(연기)가 '맘에 든다/안 든다'는 정도의 대화 수준을 벗어나지 못하고 있다면 많이 걱정해야 한다. 젊은이들의 언어능력이 세계 최고 수준이라지만 그들의 언어능력이 어떤 방식으로 개발되고 있는지, 말을 바꾸면 그들의 잠재적 언어능력이 어떤 상태인지 우려하지 않을 수 없다.

젊은이들은 곧 나이를 먹는다. 이번엔 좀 더 나이 든 사람들의 대화를 한번 연상해보기 바란다. 술이 아닌 커피나 차를 마시며, 한두 시간을 부동산이나 골프, 이성(야한 농담), 자식자랑, 타인 험담 혹은 돈 얘기 말고, 일상의 주제라도 인문학적으로 자신의 생각을 논리적으로 표현하며 담소를 나눌 역량을 가진 사람들이 얼마나 될까? 그렇지 않은 경우가 더 많겠지만 우리나라 남자들이 흔히 술집이나 노래방에서 도우미를 찾는 경우도 한번쯤 다른 각도에서 그 원인을 생각해볼 필요가 있다. 아마도 함께하는 술친구와 담소 없이 즐길 수 있는 가장 좋은 상황은 도우미와 함께 술을 마시며 취해 있는 상태일 것이다. 담소를 할 줄 모르니 도우미와 함께 술을 마시고, 도우미와 함께 술을 마시니 담소가 필요 없을 것이다. 그렇게 뇌를 늙어가게 만들고, 늙은 뇌를 감추며 살아가고 있다.

『중앙일보』 '고혜련의 내 사랑 웬수'라는 에세이 칼럼에서 은퇴한 남편에 대한 이런 하소연이 언급된다.

"종일 집에서 혼자 바둑을 두기에 뒷산에 가자고 했지. 근데 오가는 2시간 동안 혼자 앞서가며 '빨리 와, 어서 오라니까' 오로지 이 말만 일곱 번을 하더라고." (…) 게다가 높은 자리, 전문직 출신일수록 남의 눈치 안 보고 살아 부부 모임 등 인간관계에서도 적응이 힘들어 '물가에 내보낸 애처럼' 조마조마 하단다. "당신은 명령조로 말하고 남을 무시하는 것이 문제"라고 일러줘도 '소귀에 경 읽기'란다.[7]

많은 한국 남성들은 자신의 정체성을 '지위'에서 찾는다. '지위, 즉 명함이 자신의 시작이자 끝인 사람들이 너무나 많다. 그들은 자신들의 뇌가 어떤 상태인지 거의 모른다. 눈에 보이지가 않기 때문이다. 얼굴은 눈에 보이므로 다크서클이 내려앉거나, 피부가 조금만 거칠어져도 신경을 쓰는 사람들이 자신의 뇌가 수축되고 시간보다 빠르게 늙어가는 것에 대해서는 천하태평이다. 뇌가 늙었으면 감수성으로라도 인간관계를 보완해야 할 텐데 그런 능력에선 여성보다도 한참 못하다. 이렇게 나이보다 늙어버린 뇌를 가지고 은퇴하면 누구와 무슨 할 말이 있겠는가? 노후를 위해 열심히 저축하는 사람들은 많아도 뇌의 젊음을 위해 젊은 나이 때부터 열심히 책읽기 저축을 하겠다는 사람들은 드물다.

조금 범위를 넓혀 생각해보자. 젊은이들이 나이 든 사람들과 대화를 하지 않으려는 이유가 뭘까? 재미가 없기 때문이다. 왜 재미가 없을까? 뇌가 늙어 있기 때문이다. 심지어 나이보다 더 늙은 뇌(본인들은 잘 모른다)를 자랑하기까지 한다.(과문한 탓인지 난 나이보다 더 늙은 얼굴을 자랑하는 건 경험하지 못했다.) 늙은 뇌로부터는 결코 현재에 대한 통찰이 나오지 않는다. 과거 농경시대엔 일상적인 차원에서는 통찰보다는 경험이 중요했다. 하지만 이제 경험이나 정보는 널려 있다. 필요한 것은 이런 경험이나 정보를 체계적으로 바라볼 수 있는 통찰이다. 일상적인 차원에서도 그렇다. 만약 나이 든 사람이 이런 통찰을 가지고 있다면 주위의 젊은이들이 그와 얘기하려고 스스로 다가올 것이다.

세대 간 대화단절의 대표적 예는 부모 자녀 사이다. 경우가 조금씩 다를 테지만 흔히 보이는 자녀들과의 대화부재엔 패턴이 있다. 아마도 한국의 부모들은 대화를 통해 부모가 원하는 '단기적 목적'을 이루려는 경우가 대부분일 것이다. 몇 차례 인위적 대사가 오고 간 뒤에 곧 부모의 훈계 내지는 가르침이 이어질 것이다. 이건 대화가 아니다. '단기적 목적'을 위해 초조해진다고 목적이 달성되는 것도 아니다. 진심으로 자녀들과 평생에 걸쳐 소통하고 싶다면 대화를 해야 한다.

무엇이 대화인가? 서로의 생각을 이야기로 주고받는 것이다. 그런데 부모의 뇌가 늙어 있다면 자녀들과 대화하기 어렵다. 자녀와 세상사에 대한 호기심을 논리적으로 주고받는 대신 부모 머릿속을 가득 채우고 있는 일방적이고 목적적인 훈계를 하는 게 전부일 수 있다. 그러다보면 '공부 못하면 거지 된다'는 식의 자극적인 협박성 훈계만 난무하기도 한다. 만약 어릴 적부터 부모와 자녀가 온갖 세상사에 대해 대화해왔다면 자연스럽게, 어쩌면 자녀가 먼저 (하기 싫은) 공부를 주제로 대화하려 할지도 모른다. 먼 길처럼 보여도, 일상적이고 잡다한 대화를 나누는 것만이 대화의 본질이자 지름길이다. 그 길을 찾지 못한다면 다른 길은 없다.

그럼에도 불구하고 뇌가 늙은 부모는 그 대화의 방법을 모를뿐더러, 그 방법을 찾기 위해 노력조차 하지 않는다. 그나마 세상일에 바쁜 늙은 뇌의 부모가 할 수 있는 선택은 자녀들을 학원에 보내놓고 위안을 삼는 정도일 것이다. 하지만 학원이 부모의 늙은 뇌를 대신해주진 못한다.

유대인 랍비 마빈 토카이어는 한국을 방문해 역대 노벨상 수상자 가운데 유대인 비율이 30%가 넘는 것도 "주입식 교육보다는 토론과 질문을 강조하고 부모가 평생 자녀와 함께 공부하는 동반자이자 친구가 되는 유대인의 전통 덕분"[8]이라고 주장했다.(참고로 유대인 추정 인구수는 전세계 인구의 0.2%정도다.) 그의 주장이 일리가 있다면 한국 부모들은 곤경에 빠질 수밖에 없다. '자식 공부가 부모에 달려 있다니!?' 이는 지금 부모가 학교 주입식 공부를 밤늦게까지 옆에서 같이 해주라고 말하는 게 아니다. 그 정성으로 부모의 뇌를 젊게 유지해 자녀와 함께 평생 생각하고 토론하는 삶을 살아야 한다는 것이다.

자녀와 대화할 수 있도록 부모의 뇌를 젊게 유지시켜주는 방법은 책읽기밖에 없다. 그런데 그런 노력은 귀찮아 못하겠고 다른 방법이 없을까? 없다! 자녀와의 대화는 돈·학원·훈계 등으로 대체하거나 해결될 수 있는 문제가 아니다. 그렇게 대화 없이 자란 자녀가 자신의 자녀들과는 대화를 잘 할 수 있을까? 내 얘기를 세상물정 모르는 한가한 책상물림 얘기로 치부할 독자도 있을지 모른다. 하지만 그건 인생을 살아오면서 책읽기 저축을 못한 부모의 책임회피성 태도이자, 자조적인 탄식이라고 생각한다.

대한민국의 뇌가 빨리 늙는 것은 단지 한 세대의 문제만이 아니다. 그 부작용은 서서히 개인의 삶을, 나라의 활력을 좀먹게 할 것이다. 긍정적으로 말을 바꾸면 부모의 뇌가 젊으면 자녀가 그 혜택을 받고, 또 그 자녀가 대를 이어 혜택을 받게 될 것이다. 그 총체적 혜택이 젊고 강한 대한민국으로 나타날 것이다. 육체적인 나이가 급격하게 노화하는 나라인데, 그것도 모자라 정신이 더 급격하게 노화하는 나라, 그것이 대한민국의 미래라면 생각만 해도 싫어진다.

5
내면 속의 책혐, '도끼 같은 책 피하기'

지난 1000년을 대표하는 인류의 가장 위대한 사상가는 누구일까? 사람들에게 각자의 생각을 물어보는 수밖에 없겠는데, 영국에서 뉴 밀레니엄을 앞두고 조사를 해봤다. 영국 BBC 방송이 1999년 9월 실시한 온라인 여론조사에서 지난 밀레니엄(1000년)을 대표하는 가장 위대한 사상가로 카를 마르크스가 선정됐다.[9] 참고로 독일의 베를린 장벽은 1989년에 무너졌고 소련은 1991년에 붕괴됐으니, 마르크스가 존재감 없이 초라하게 역사의 뒤안길로 사라진 조사결과가 나왔대도 놀랄 일이긴커녕 오히려 당연하게 여겨질 시기였다.

도대체 이런 조사결과는 뭘 의미하는 걸까? 19세기에 마르크스가 영국에서 『자본』을 완성하고 그곳에서 죽었으니 분명히 마르크스와 영국이 특별한 인연이 있는 것은 사실이다. 하지만 영국인과 이방인 사이의 그런 정도 인연이 이런 조사결과를 가져온 것은 아닐 것이다. 아무리 특정 국가에서 뉴 밀레니엄을 앞두고 실시된 이

벤트성 여론조사라지만 공산주의라면 생각조차 하기 싫은 사람이 많을 수밖에 없는 우리나라 국민으로서는 납득하기 힘든 결과일 수도 있다. 그래도 우리는 바로 그 납득하기 힘든 결과의 의미에 대해 차분히 한번쯤 생각해볼 필요가 있다고 본다.

그 의미와 관련해서 우선 내 경험부터 얘기하는 것이 좋겠다. 아마도 뉴 밀레니엄이 몇 년 지난 때였을 것이다. 법철학 강의였던 것으로 기억하는데, 나도 영국인들과 같은 생각이었는지 마르크스에 대한 강의시간이 늘어나고 있었다. 나름 균형 있는 강의를 한다는 심정으로 마르크스의 논리를 조금 자세히 설명했던 게 화근이었다. 앞자리에 앉은 학생 한 명이 자꾸 눈에 띄었다. 평소 앞자리에 앉아 열심히 강의를 듣던 학생이었는데 왠지 마르크스 강의를 시작한 때부터 머리를 책상에 숙이더니 심지어 얼굴표정까지 붉으락푸르락 한 것 같았다. 급기야 그 학생이 이의를 제기했다. '무슨 마르크스 얘기를 그렇게 길게 하느냐'는 것이었다. 아차 싶었다. 사실 학부 학생들에게 필요 이상으로 설명한다는 생각도 들어서 알았다며 대충 마무리했는데, 지금도 기억에 남을 만큼 여운이 있다.

그 학생은 무엇 때문에 그렇게 마르크스에 거부감을 가진 것일까? 그 학생은 이유를 말하지 않았지만, 당시 내 느낌엔 단순히 마르크스라는 특정 인물에 대한 언급이 불균형하게 늘어난 데 반발했던 것은 아닌 듯했다. 왜냐하면 내가 마르크스 이야기를 시작한 거의 첫 시간부터 그 학생에게서 그런 거부감을 봤다고 기억하기 때문이다. 나는 그 학생이 무슨 이유인지는 모르겠지만 마르크스 얘기를 듣기 싫어하는 성향이 있었다면 그 자체는 존중한다. 어쩌면 신앙 때문일 수도 있고, 정치적 이유 때문일 수도 있고, 내가 알지 못하는 어떤 집안 내력이 있을 수도 있다. 하지만 거부감은 거부감이고, 나름의 체계를 갖추고 있는 어떤 논리를 그렇게 아예 외면하려는 태도는 학문은 물론이고 자기발전에도 결코 도움이 되지 못한다.

정말 그런 것인지 이 에피소드를 조금 확장시켜보자. 내가 말한 학생은 조금 강한 의사표현 때문에 눈에 띈 경우지만, 우리들 보통 사람들은 이런 성향 혹은 경험이 없을까? 모두 다소간에 그런 성향이 있다고 본다. 즉 누구라도 뭔가 자신이 좋아하는 얘기에 더 접근하려 하고, 자신이 싫어하는 얘기엔 그 내용이 뭐든 점점 멀어지려는 성향 혹은 경험이 있을 거란 얘기다. 나부터도 예외가 아니다. 단지 나는 내가 싫어하고, 심지어 혐오하는 주장에 대해서도 가능한 한 정확히 그 논리적 취지 혹은 근원을 이해하려고 무진 애를 쓰고 있을 뿐이다. 어쩔 땐 그런 인위적 노력이 정신건강에 안 좋다는 느낌이 들기도 한다. 그런데 왜 굳이 그래야 하는가?

있는 그대로 관찰해보자. 권력자들은 아부를 듣고 싶어 하고, 학자들은 존경한다는 말을 듣고 싶어 하고, 연인들은 사랑한다는 말만 듣고 싶어 한다. 실제로 훌륭한 치적이 있는지, 존경받을 만한지, 사랑이 얼마나 깊은지와는 별개로 우리는 그런 말을 지치지 않고 듣고 싶어 한다. 그렇지 않은 사람도 있겠지만 그런 경우는 오히려 예외다.

이런 인간적 성향은 책읽기에서는 어떻게 표출될까? 기본적으로 대다수 독자들은 자신의 기존 성향을 확인시켜주고, 강화시켜

주고, 위안을 주고, 심지어 거짓 환상을 통해서라도 현실의 고통을 잊게 해주는 글을 읽고 싶어 한다. 왜 그러지 않겠는가? 권력자들이 비판을 싫어하는 만큼이나, 학자들이 자신의 실수를 지적당하기 싫은 만큼이나, 연인들이 권태기를 인정하기 싫은 것만큼이나, 독자들은 자신들의 성향을 깨는 글을 싫어한다. 즉 사람들은 보고 싶은 것만 보고, 듣고 싶은 것만 들으려는 심리적 성향이 있다.

이와 관련된 한 흥미로운 실험이 있다.[10] 학생들에게 '공정한 세계'에 관한 믿음을 측정하기 위해 고안된 설문지를 배부했다. "학교의 성적 평가는 합당하게 이루어지고 있다"라든가 "죄 없는 사람이 감옥에 가는 일은 극히 드물다" 같은 문항들로 이루어진 설문지였다. 그 후 학생들에게 각자 정해진 이동경로에 따라 다른 장소로 가달라는 공지사항을 전달했다. 학생들의 이동경로에는 세계의 빈곤과 기아 문제를 호소하는 전시물들이 걸려 있었다. 설문이 끝난 후 학생들에게 이동하는 동안 무엇을 보았느냐고 물었다. 세상이 공정하다고 믿는 학생들일수록 이 전시물들과 관련된 요소들을 잘 기억하지 못했다. 웬일인지 '세상이 공정하다'는 자신의 신념을 깨는 전시물이 잘 보이지가 않았던 것이다.

애초에 한 사람의 기존 관념이 어떻게 형성됐는지, 또 그것을 심리적으로 왜 지키려 하는지는 여기서 나의 관심이 아니다. 강조하고 싶은 것은 이러한 경향을 일단 당연한 사실로 인정해야 한다는 점이다. 이런 당연한 사실을 인정하지 않으려는 사람들이야말로 오히려 자신들은 마치 보고 싶지 않은 것도 당연히 자연스럽게 보고 있고, 듣고 싶지 않은 것도 기꺼이 잘 듣고 있다고 우기는 셈이다. 기본적으로 목사가 불경에 큰 관심이 없다고, 또 승려가 성경을 열심히 읽지 않는다고 탓할 일은 아니다.

그런데 문제는 목사가 불교를 비판하려 하고, 승려가 기독교를 비판하려 할 때 생긴다. 다행히 특별한 경우를 제외하고는 목사나 승려는 그런 곤란을 피할 수 있을지 모르지만, 세속의 우리 모두는 어쩔 수 없이 그렇게 비판적으로 살 수밖에 없고, 또 그렇게 살아가야만 한다. 문제는 바로 여기에 있다. 정치인은 상대 정치인을 비판해야 하고, 학자는 다른 학자의 주장을 비판해야 하고, 회사원은 다른 회사의 제품을 비판적으로 바라봐야 하고, 한 나라는 다른 나라의 외교정책을 비판적으로 통찰할 수밖에 없다. 이는 피할 수 있는 문제도 아니고, 선호의 문제도 아니다. 그것이 지금까지 인간이 생존해온 진화의 방식이다.

그렇다면 그런 비판적 사고를 어떻게 키울 것인가? 책읽기야말로 바로 그런 비판적 사고의 총체를 가장 효과적으로 경험하는 행위다. 이와 관련해서 자주 인용되는 프란츠 카프카의 유명한 발언이 있다. 오스카 폴락(프란츠 카프카의 김나지움 동창생)에게 보낸 편지에 기록된 내용이다.

우리는 다만 우리를 깨물고 찌르는 책들을 읽어야 할 게야. 만일 우리가 읽는 책이 주먹질로 두개골을 깨우지 않는다면, 그렇다면 무엇 때문에 책을 읽는단 말인가? 자네가 쓰는 식으로, 책이 우리를 행복하게 해주라고? 맙소사, 만약 책이라고는 전혀 없다면, 그 또한 우리는 정히 행복할 게야. 그렇지만 우리가 필요로 하는 것은 우리에게 매우 고통을 주는 재앙 같은, 우리가 우리 자신보다 더 사랑했던 누군가의 죽음 같은, 모든 사람들로부터 멀리 숲 속으로 추방된 것 같은, 자살 같은 느낌을 주는 그런 책들이지. 책이란 우리 내면에 존재하는 얼어붙은 바다를 깨는 도끼여야 해. 나는 그렇게 생각해.[11]

실제로 카프카는 자신의 내면에 존재하는 얼어붙은 바다를 깼고, 또 그의 책으로 다른 사람의 내면에 존재하는 얼어붙은 바다를 깨주었다. 하지만 그는 특별한 사람이다. 아마도 보통 사람들은 책속에서 행복을 느끼기 원하는 오스카 폴락의 태도에 더 공감할 것이다. 그런 사람들은 자신들의 내면 깊숙이 존재하는 연약한 바닷물이 상처받지 않도록 그 겉을 견고하게 지켜주는 얼음으로부터 무한한 편안함과 행복감을 느낄 것이다. 카프카의 말대로 자신을 지켜주는 얼음이 깨져 재앙·죽음·추방·자살 같은 느낌을 받는다면 그 참사를 기꺼이 선택할 용기 있는 사람들이 얼마나 있을까?

우리들 내면 깊숙한 곳에서 출렁이는 연약한 바닷물을 갑옷처럼 지켜주는 견고한 얼음은 기존 이데올로기일 수도 있고, 세상에 대한 정서적 불감증일 수도 있고, 기존 지식이나 권위라는 프레임일 수도 있고, 맹목이나 억압일 수도 있다. 한마디로 말하면 한걸음 한걸음의 깨달음을 가로막는 모든 장벽이다. 그런 만큼 그 장벽을 깨지 않으면 앞으로 나아갈 수 없다. 그리고 진실과 대면할 수 없다. 만약 책이 그 계기를 만들어준다면 그야말로 '도끼'라고 할 수 있을 것이다. 그 도끼로 두뇌의 안락함을 고통스럽게 깨부숴야만 얼음 밑에 존재하는 바닷물처럼 우리들의 잠자는 감수성의 속살을 드러낼 수 있다. 카프카는 바로 그런 도끼를 원했고, 바로 그런 도끼를 원할 만큼 용기 있는 사람이었다.

하지만 우리는 카프카처럼 특별한 사람이 아니다. 그렇더라도 한번쯤은 생각해봐야 한다. 누군가 오직 '사랑'에만 관심 있는 독자가 있다고 하자. 그래서 사랑에 관한 글만 읽으며 행복해지고 싶다고 하자. 만약 그의 바람대로 '미움'에 관해서는 단 한마디도 없는 사랑 책(그런 책이 있을 수 있다면)만 읽는다면 그의 책읽기는 성공한 것일까? 그럴 수 없다. 사랑이 무엇인지 알고 싶다면 반드시 미움을 알아야 한다. 미움이 뭔지를 모르는 사랑 전문가는 상상하기 힘들다. 추함이 뭔지 모르는 아름다움 전문가, 남자가 뭔지를 모르는 페미니스트, 전쟁이 뭔지를 모르는 평화 전문가는 아무래도 이상한 일 아닌가?

보통 사람은 말할 것도 없거니와, 학자의 경우에는 더더욱 학문이 깊어질수록 그를 가로막는 기존의 '얼음' 같은 장벽과 마주해야 한다. 그리고 그것을 깨야만 한다. 굳이 예를 들 필요도 없겠지만, 코페르니쿠스·다윈·마르크스·니체·프로이트 등등 역사의 얼음을 깬 모든 사상가들은 기존 이데올로기나 사고의 프레임에 저항해야만 했다. 자연과학이든 사회과학이든 심지어 예술 등에서까지, 우리 문명의 진보과정이 모두 그렇다. 친숙하게는 우리의 일상을 지배하는 혁신적 신상품도 기존의 얼음을 깬 사고의 혁신을 거쳐야만 했다. 그러니 카프카처럼 모든 책읽기를 그런 고통 속에서 행할 수는 없다 하더라도 "우리 내면에 존재하는 얼어붙은 바다를 깨는 도끼" 같은 책이 우리 두뇌의 편안함을 깰 것을 두려워해 아예

'묻지마 혐오'를 하는 건 작심하고 피할 일이다.

마르크스로 시작한 얘기니 마르크스를 통해 우리의 현실을 이해해보자. 지금은 그나마 많이 달라지긴 했지만, 1980년대까지 우리는 '묻지마 반공국가'였다. 가장 희극적인 것은 마르크스의 주장을 듣도 보도 못한 채 마르크스를 비판해야 하는 일이었다. 답답할 노릇이었다. 상대가 내게 뭐라고 욕을 한 것 같은데 그가 무슨 욕을 했는지도 모른 채 멱살 잡고 싸우(라)는 꼴이었다. 그 희극은 비극적으로 우리 사회를 괴롭혔다. 이제 와 별일 아닌 듯 말하고 있지만, '마르크스의 주장은 알 필요 없고 무조건 마르크스를 비판해야 한다'는 명제가 어떤 사태를 야기했겠는가? 권력자가 '너 빨갱이지!' 한마디만 하면 빨갱이가 뭔지도 모른 채 빨갱이가 될 수밖에 없었던 세상을 살아야 했다.

우리 사회가 그런 맹목적 시절을 통과했다손 치더라도 그 후유증은 여전히 우리 곁을 맴돌며 끈질기게 우리를 괴롭힌다. 고개를 들어 인터넷을 포함해 주위를 둘러보기 바란다. 상대의 주장이 마음에 안 들면 상대의 논리엔 아예 관심 없이 상대를 무조건적인 악으로 규정하고 비판하는 태도는 너무 흔하다. 이젠 금서가 아니라 책혐이 그 역할을 대신하고 있다. '너 빨갱이지!'가 '너 악당이지!'로 바뀌어 우리 문화를 옥죄고 있는 것이다. 우리의 토론문화를 한번 유심히 관찰해보기 바란다. 상대의 주장을 듣고 조목조목 비판하는 태도보다는 '상대 하는 말 따로, 내 할 말 따로' 토론(?)을 하는 경우가 더 흔하다. 이런 맹목적 태도와 우리 책읽기 경향은 떼려야 뗄 수 없는 관계이기도 하다.

계급투쟁을 싫어하더라도 마르크스를 읽어볼 필요가 있다. 마찬가지로 페미니즘을 반대하더라도 그 주장을 이해해볼 필요가 있다. 파시즘이 역겹더라도 그 원인을 분석해볼 필요가 있다. 세계시민주의자는 민족주의자의 논리를 들어볼 필요가 있고, 법률가는 경제학자의 논리를 들어볼 필요가 있다. 생산자는 소비자의 생각을 읽어야 하고, 아군은 적군의 존재와 전략을 이해해야만 한다. 그 역도 마찬가지다. 그렇게 세상을 총체적으로 이해하는 과정 자체가 바로 우리의 성향(정체성)을 확립해가는 과정이어야 한다. 책읽기를 통한 총체적 통찰의 필요성을 자신의 일방적 성향(정체성)을 확립한 이후에나 고려할 먼 훗날의 한가한 여유 같은 것이라고 생각해선 안 된다.

카프카의 도끼 같은 책이 반드시 자신의 생각을 근원적으로 전복시키는 책들만을 가리키는 건 아닐 게다. 자기 사고의 한계를 깨우치게 한다면 그게 바로 얼음을 깨는 도끼 같은 책이다. 하다못해 누군가 자신에 대한 험담을 하더라도 무조건 치고받을 일이 아니라 듣기조차 싫은 험담의 내용을 듣고 차분히 따져 물을 수 있는 태도와 능력을 길러야 한다. 놀랍게도 그런 능력을 길러주는 게 바로 책읽기고, 도끼 같은 책의 역할이다.

그러니 도끼 같은 책에 대한 내 마음속의 혐오를 그만 진정시켜야 한다. 나를 더 강하게 키우는 것은 내 틀에 박힌 생각을 지루하게 반복하는 책이 아니라 내 생각에 '감히' 도전하는 책들이다. 내 생각은 진리이니 그런 책은 있을 수 없다고? 내 생각에 반하는 책은 그 내용을 안 봐도 뻔한 엉터리라고? 인터넷에 나도는 한마디만

들어도 누군가의 속셈 따위 모두 알 수 있으니 시간낭비할 필요 없다고? 제발 진정하기 바란다. 나를 고통스럽게 위협하는 불온한 책의 도전을 물리칠 수 있다면 내 생각은 더 강력해질 것이고, 물리칠 수 없다면 그 책이야말로 카프카가 그토록 강렬하게 원했던 바로 그 도끼 같은 책일 것이다. 그런 책들을 만나 내 마음속의 두꺼운 얼음이 깨지고 세상을 바라보는 내 눈이 번쩍 뜨인다면 얼마나 큰 행운인가?!

6
학자들의 놀라운 책험세계

대통령 문재인은 신설된 초대 중소벤처기업부 장관 후보에 포항공대 교수 박성진을 지명했다. 박성진은 국회 인사청문회에서 이렇게 자신의 종교적·과학적 소신을 밝혔다.

> 김병관/더불어민주당 의원 : 창조과학자들은 과학적인 근거를 가지고 (지구 나이가) 6000년이라고 주장하고 있습니다. 그 부분에 대해서 후보가 동의하시나요?
>
> 박성진/중소벤처기업부 장관 후보자 : 동의하지 않습니다. 저는 신앙적으로 믿고 있습니다.[12]

아마도 초등학생들을 포함해 많은 사람들이 어리둥절했을 것이다. 나는 다른 사람들에 비하면 그래도 덜 놀란 편이다. 그런 정신세계가 있다는 걸 이미 어느 정도는 알고 있었기 때문이다. 내가 좀 더 놀란 건 장관직을 눈앞에 둔 그가 의외로 솔직담백하게 이런

저런 소신을 밝힌 점에 있다. 할 말을 다 못하고 '그래도 지구는 돈
다'고 중얼거렸다는 갈릴레이의 믿거나 말거나 이미지와는 상반된
처신이다. 이런 용기 있는 소신은 평가받을 만하지만, 지구 나이가
6000년이라는 창조과학자들의 주장에 "동의하지 않"지만 "신앙적
으로 믿고 있"다는 그 용기의 내용이 갈릴레이와는 달리 논리적으
로 엉망진창이다.

내가 '지구 나이 6000년'에 관한 박성진의 소신 발언 얘기를 꺼
낸 건 그 발언 자체의 내용보다는 그를 둘러싸고 벌어졌던 주변 담
론들 때문이다. 당시 청와대는 비서실장 임종석 주재로 참모진들
이 토론을 벌인 결과 "창조과학은 신앙이기 때문에 검증 대상이 아
니고, 뉴라이트 사관에 대한 문제제기는 과도한 문제제기라는 것
이 다수의 의견이었다"고 밝혔다. 이와 관련해 다른 청와대 고위관
계자는 박성진에 대해 "본인이 진보와 보수를 깊이 있게 고민한 것
이 아니라 내제[재]화된 보수성이 있는 '생활보수'"라며 "'상식적
인 수준의 역사관'을 갖고 있으면 환영을 하겠지만 일반적인, 특히
공대 출신으로 일에만 몰두해온 분들이 건국절 관련 문제를 깊이
있게 파악하지 못했을 수 있다"고 두둔했다.[13]

이런 청와대의 세속적 인식에 대해 '변화를 꿈꾸는 과학기술인
네트워크'에 속한 한 교수는 "공대 교수였던 박 후보자가 '평소 역
사의식을 별로 고민해본 적이 없는 소시민'이니 '상식 수준의 역사
관'을 가지고 있지 않아도 괜찮다는 표현은 스스로를 과학자로 생
각하는 저에게는 정말 속상한 이야기"라며 "모든 공직자가 역사 전
문가여야 한다고 생각하지 않지만 청와대가 장관급 후보자에 대해

'상식 수준의 역사관'을 가지고 있지 않지만 연구만 해온 공학자니까 괜찮다는 식으로 말하는 것은 공학자에 대한 모독"라고 비판했다.[14]

우리는 청와대 한 고위관계자의 "일반적인, 특히 공대 출신으로 일에만 몰두해온 분들"에 대한 인식에 대해 조금 더 상세히 들여다볼 필요가 있다. 나는 청와대 관계자의 이런 인식 혹은 이미지가 단지 그의 아주 개인적이고 특별한 관점에 기인한 것으로 생각하지 않는다. 열심히 자기 전문분야 일만 하는 사람들은 그 일 외에 아무것도 모르는 백치(정확히 표현하면 어떤 세력의 편을 들고 있는, 혹은 자신이 그러고 있다는 사실조차 의식하지 못하는 백치)일 수 있다는 인식은 의외로 광범위하게 퍼져 있다. 그렇다면 이런 인식이 잘못된 것일까 아니면 실제로 그런 것일까? 박성진은 자기 입으로 직접 이 궁금증을 풀 수 있는 실마리를 제공했다.

-전두환 정부에 대해서는 어떻게 생각하나

박성진: 잘못을 했다고 생각하고, 구체적인 것에 대해서 공부를 해보지는 않았다. 제가 따로 너무 중요하니까 책을 보고 이런 적은 없었다. (…)

-역사교과서 국정화 추진하는 분들과 인식이 유사한 듯하다.

박성진: 교과서 국정화에 대해서는 크게 신경 쓴 적이 없는데, 교수님들 사이에서는 있었던 것으로 알고 있었다. 갑론을박이 있었던 것으로 알고 있다.[15]

우리는 원점에서 얘기를 해야 한다. 나는 지금 박성진의 전두환이나 국정교과서 문제(뉴라이트 사관)에 대한 인식을 구체적으로 드러내 비판하려는 게 아니다. 지금 내 관심은 한 분야에서 최고 수준의 전문가 대우를 받는 장관 후보자가 자기 전문분야 외의 일에 대해서는 완전한 무지일 수 있는 사태 그 자체다. 앞에서 한 교수는 그런 인식을 "공학자에 대한 모독"이라고 했지만 나는 많은 경우 '사실에 근거한 모독'일 수 있다고 본다. 공학자뿐만이 아니다. 청와대 관계자가 얼핏 흘리듯이 언급했지만, "일반적인" 전문가의 모습일 수도 있다. 나는 각 분야의 전문가(학자)들이 자기 분야 외의 책을 얼마나 읽고 있는지 심히 의심하는 사람 중에 한 명이다. 내식으로 관찰한다면 박성진 사태는 학자들의 놀라운 책혐세계를 보여주는 빙산의 일각이다.

내 얘기를 위해 글쓴이의 맥락과는 상관없이 인용하지만, 다음 인용문을 보면 전문가 혹은 학자의 책읽기 삶을 어느 정도는 이해할 수 있을 것이다. 철학자 이유선은 자신의 책에서 이런 얘기를 한 바 있다.

나는 거의 일년내내 책을 읽으면서도 항상 책을 읽으면서 살았으면 하는 꿈을 꾸면서 산다. 아마도 나는 책을 읽으면서도 그 책이 내가 진정으로 읽고 싶은 책은 아니라고 생각하거나, 책을 읽는 대부분의 상황이 내가 꿈꾸었던 여유 있는 상황이 아니라고 생각해서 그럴지 모르겠다. 내가 읽는 책들은 강의를 하기 위해 반드시 읽어야 하는 책이거나, 거의 아무도 읽지 않을 논문을 쓰기 위해 어쩔 수 없이 읽어야 하는 책들이다. 그리고 늘 시간에 쫓겨서 책을 읽는다. 아무리 읽어대도 책들은 마치 공포영화의 좀비들처럼 새롭게 나타난다.[16]

오해하지 말기 바란다. 나는 이유선이 자신의 전공분야 이외의 책도 아주 많이 읽는 학자라고 생각한다. 그는 단지 지금 내 얘기와는 별개의 얘기를 하기 위해 위 인용문을 썼을 뿐이다. 그럼에도 불구하고 그가 묘사한 학자들의 책읽기 풍경은 실감난다. 그리고 그의 묘사를 실감하는 것만큼이나, 나는 '학자들이 정말 자신의 전공분야 외의 책을 읽지 않(못하)고, 따라서 자기 전공분야 외의 문제에 대해서는 거의 문외한인 사태가 있을 수 있다'는 참고자료로 위 글을 활용하려 한다.

나는 진심으로 궁금하다. 책 속에 파묻혀 사는 학자들이 자기 전공분야 외의 책을 읽는 정도와 일반 독서애호가들이 교양으로 생각하며 각 분야의 책을 읽는 정도 차이는 얼마나 될까? 굳이 박성진 사태가 아니라도, 나는 일반 독서애호가들의 교양 정도가 더 뛰어날 수도 있다고 생각한다. 좀 더 직설적으로 표현하면 책읽기를 좋아하는 일반인의 교양수준에 미치지 못하는 전문가 혹은 학자들이 아주 많을 것이라는 얘기다. 혹 자신을 예로 들어 이 무책임한 말에 공감하지 못하는 학자가 있다면 그는 빼기로 한다.

자세히 말할 순 없지만 우리나라에서 자기 전공분야를 고수하기 위한 배타적 태도는 유별나다. 어떤 경우엔 밥그릇 싸움처럼 보이기도 하고, 어떤 경우엔 자기 학문분야에 대한 우월감의 표출로 보이기도 한다. 어쨌든 나는 우리나라에서 학문간 융합연구가 제대로 이뤄지지 않는 원인이 자기 전공분야만을 신주단지처럼 모시는 오래된 배타적 문화와 깊은 관련이 있다고 본다. 참고로 한국연구재단 예산 4조 원 중 약 10%가 타 학문과의 협업에 배정돼 있는데 이 예산은 어떻게 활용되고 있을까? 서울의 한 공대 교수는 "서로 알지도 못하는 교수 둘이서 일단 융합과제를 제출하고 돈이 나오면 정확하게 반으로 나눈다"며 "연구는 각자 따로 하고, 보고서 쓸 때만 얼굴을 보는 식"이라고 말했다.[17]

이런 사태는 앞으로 잘 개선될 수 있을까? 지난 2015년 교육부는 미래사회의 변화에 발맞추기 위해 새 교과과정으로 개편한다고 발표했다. 모든 학생이 인문·사회·과학기술에 대한 기초소양을 기르고 인문학적 상상력과 과학기술 창조력을 갖춘 '창의융합형 인재'로 성장하도록 교육의 패러다임을 바꾸려는 것이 그 목적이었다.[18] 국가적 차원에서는 이런 변화가 필요하다고 생각했으니 개혁을 하는 것일 테고, 나는 당연히 그런 시도가 의도대로 잘 됐으면 하고 바란다. 하지만 이것이 악명 높은 한국 입시 토양에서 어떻게 한국적으로 변형될지는 아무도 모를 일이다.

나는 학자들이 자기 전공분야 외의 문제에 대해 무지한 경우에도, 인문·사회과학자들이 자연과학에 대해 무지한 것보다는 자연과학자들이 인문·사회과학에 대해 무지한 것이 사회적으로 더 심각한 문제라고 생각한다. 그 이유는 이런 것이다. 만약 어떤 유명 인문·사회과학자가 원자력에 대해 무지하더라도 사회가 그의 무지를 이(악)용해 원자탄을 만들 수는 없다. 그가 '나도 원자탄을 만들 수 있다'고 허풍을 쳐도 사회는 그의 무지에 아무 반응도 하지 않을 것이다. 그게 화가 나 이번에는 '힉스는 멍청이다'고 소리쳐도, 그의 무지는 기껏해야 주위 사람들을 즐겁게 하는 조롱거리 정도로서만 의미가 있을 뿐이다. 유명 학자인 그로서도 이런 경우 제풀에 지쳐 '문(과라서 죄)송합니다'를 절감할 것이다. 반면 노벨 생리의학상을 수상한 한국인 과학자가 탄생해서, 그가 만약 '동성애는 자연스럽지 않으니 강력하게 처벌해야 한다'며 사회운동을 한다면 상당한 반향을 불러일으킬 것이다. 그게 신이 나 이번에는 '남북통일을 절대 반대한다'고 주장하면 찬성과 지지로 큰 논란이 빚어질 것이다. 이런 경우 그가 과연 '이(과라서 죄)송합니다'를 실감할 수 있을까? 그렇지 않을 가능성이 훨씬 크다. 그래서 '문송'보다는 '이송'이 더 위험할 수 있는 것이다.

나는 전공분야 외 문제에 대한 무관심을 비교하기 위해 '무지'라고 표현했지만 사태를 정확하게 묘사하는 단어는 아니다. 인문·사회과학이 자연과학과 비교해 특이한 점은 거의 모든 문제에서 진리처럼 정해진 답이 없다는 점이다. 어떤 입장이든 무지로 받아들여지기보다는 그저 철학의 상이함과 이해관계의 충돌로 해석되는 경우가 대부분이다. 자연과학자들뿐만 아니라 심지어 전문지식 없는 유명인들이 사회적 이슈에 대해 어떤 경우에는 전문가들보다 더 큰 영향력을 발휘하기도 하는 건 바로 그런 이유 때문이다.

내가 이런 문제를 학자들 차원에서 말하고 있지만, 사실 이런 식의 메커니즘이 작동하는 원리는 바로 민주주의에 있다. 일반 시민은 자연과학적 진리 판단에 관여하지 않는다. 그것은 학자들만의 일이다. 그래서 아이러니컬하게도 그 발전 속도가 놀랍도록 빠르다. 이 과정에서 일반 시민이 관여하는 것은 진리 판단이 아니라 어떤 연구가 어떤 방향으로 진행돼야 하는지 정도다. 그 선택도 상당히 제한된 범위 안에서만 가능하다.

반면 인문·사회과학적 선택은 원리적으로 말한다면 일반 시민들 손에 맡겨져 있다. 그래서 역사적으로 그 발전 속도가 느릴 수밖에 없다. 심각하게는 과학기술 발전 속도와 인문·사회과학적 발전 속도의 불균형이 가져올 위험도 감수해야 한다. 그것이 민주주의다. 민주주의하에서 우리는 모두 여론조사라는 이름으로 인문·사회과학적 발언을 요청받는다. 심지어 어떤 문제에 대해 잘 모르더라도 투표라는 행위를 통해 선택해야만 한다. 그러니 보통 사람들보다 현명한 것으로 판단되는 자연과학자들이 잘 모르는 사회적 문제에까지 대담한 발언을 하더라도 이상하기는커녕 심지어 주목까지 받게 되는 것이다. 이런 상황인데 만약 자연과학자들이 일반 시민들보다 더 빈약한 책읽기로 사회적 발언을 서슴지 않는다면 그 결과가 어떻겠는가?

사회과학자로서 자연과학자들의 인문·사회과학적 무지만을 경고하는 것처럼 돼버렸는데, 사실 주장의 강조점은 그 반대다. 대개의 경우 사회과학자가 바보가 되거나 죄를 짓는다면 그 자신의 학문으로 그렇게 될 뿐 자연과학에 무지해서가 아닐 것이다. 하지만 자연과학자가 인문·사회과학에 무지하면 사회에 이용당하는 바보가 되거나 원치 않는 죄를 지을 수 있다. 역사적으로 그래왔다. 긍정적인 차원에서 말하자면 시대는 인문·사회과학자들의 자연과학에 대한 무지를 염려하기보다는 자연과학자들의 인문·사회과학에 대한 무지를 더 염려하는 방향으로 진보하고 있다. 자연과학자들의 역할이 그만큼 더 중요하다는 의미다.

순수하게 학술적인 차원에서 보더라도 인문·사회과학적 소양은 자연과학자들에게 논문을 구상하고, 작성하는 데 엄청난 힘을 줄 것이다. 그리고 아무리 뛰어난 연구 성과를 거뒀어도 표현이 조악해 그 연구 성과를 창조적인 관점에서 아름답게 표현하지 못한다면 다 무슨 소용이겠는가?

자연과학자뿐만 아니라 인문·사회과학자들에게도 당연히 적용되는 얘기지만, 인문학의 진정한 힘은 자신의 연구에 대한 (히)스토리를 인식하게 해준다는 점에 있다. 그런 능력은 총체적 사고를 통해서만 가능하다. "창의성은 서로 다른 사물들을 결부시키는 것"[19]이라는 잡스의 말을 새겨들어야 한다. 책읽기는 단순히 필요한 정보를 얻기 위해서 하는 것이 아니라 그렇게 창의적으로 생각하는 방식에 대한 능력을 기르는 행위다. 전공과 무관한 책읽기, 다양한 책읽기, 인간(세상)에 대한 책읽기 없이 "서로 다른 사물을 결부시키는 능력"은 길러지지 않는다. 학자들의 얘기로 많이 채웠지만 정작 미래를 책임져나갈 학생들과 학부모들이 새겨들어주길 바란다.

제2장
책과 마주하기

성인물 읽는 아동·청소년

다음 수학문제를 풀어보기 바란다. 2016년에 실시한 한 국수학올림피아드 제30회 중등부 1차 시험 1번 문제다.[1] 4, 5, 6점 배점으로 돼 있는데 이 중 가장 낮은 4점 배점 문제다. 풀 수 없다면 나와 함께 그냥 문제만 감상해보기로 하자.

다음 두 조건을 모두 만족하도록 좌표 평면의 제1사분면에 있는 각 정수격자점에 수를 하나씩 쓸 때, (2016, 1050)의 위치에 쓰는 수를 구하여라. (단, 정수격자점은 x좌표와 y좌표가 모두 정수인 점)

(i) 점 (x, x)의 위치에는 x를 쓴다.

(ii) 점(x, y), (y, x), (x, x+y)에는 모두 같은 수를 쓴다.

중학생 대상의 문제지만 수학올림피아드 문제니까 그 수준에서는 최고 수준의 난이도일 것이다. 그런데 이런 문제를 풀 수 있는 중학생은 몇 명이나 될까? 아마 꽤 될 거라고 본다. 그렇다면 다음 문제를 풀 수 있는 중학생은 몇 명이나 될까? 내가 별로 고민 없이 낸 문제다. 독자들도 (이번에는 진지하게) 한번 풀어보기 바란다.

'세상에는 공짜가 없다'는 말이 무슨 뜻인가?

나는 이 문제에 제대로 답할 수 있는 중학생은 거의 없다고 본다. 그럼 독자들이 보기에는 두 문제 중 어느 문제가 더 어려운가? 성인의 경우 위 수학문제는 손도 댈 수 없지만, 아래 사회철학(?) 문제는 상당한 수준으로 설명할 수 있는 사람이 아주 많을 것으로 본다. 어쩌면 웬만한 성인은 정교하게는 아닐지언정 나름의 답을 할 수 있을 것이라고 추측한다. 왜 이런 의미심장한 사태가 발생하는 걸까?

위 수학문제를 논리적으로 간단하게 풀 수 있는 중학생 눈으로 아래 '공짜' 문제를 본다면 아예 문제 자체가 틀렸다고 항변할지도 모른다. 세상에 공짜가 없다니?! 엄마 따라 마트에 가면 얼마든지 볼 수 있는 공짜 시식코너부터 시작해서, 친구가 사준 공짜 빵에, 나이 든 어르신들은 지하철도 공짜로 타지 않는가? 그런데 세상엔 공짜가 없다는 말뜻을 어떻게 설명한단 말인가?

하지만 성인들 마음속엔 공짜가 없다는 말을 이해할 수 있는 직관이 있다. 아마도 살아오면서 알게 모르게 획득한 사회적 능력일 것이다. 지인들이 준 부조금을 공짜라고 생각해 자신은 답례를 한 적이 없다면 그 평판이 어떻게 될지, 거래처 직원이 공짜라며 준 값비싼 선물을 진짜 공짜라고 생각하면 어떤 일이 벌어질지, 심지어 메아리 없는 공짜 사랑이 있을 수 있는지에 이르기까지, 성인의 눈에는 세상엔 공짜가 없다는 것을 설명할 수 있는 사례가 무진장하다. 그가 천재라면 이 무진장한 공짜 없는 세상에서 거꾸로 진정한 공짜 사례를 찾아보려고 노력할지도 모른다.

어쨌거나 수학·과학적 논리를 놀라운 능력으로 이해하는 영재에 가까운 아동·청소년기의 학생들이 거의 못 보는 세상을 평범한 성인들이 아주 쉽게 볼 수 있다면 신기한 부조화다. 그런 측면에서 말한다면 수학·과학보다 인간과 세상을 이해하는 것이 문자 그대로 더 어려운 건지도 모른다. 양보해서 말해도 청소년에게는 수학·과학보다 인간과 세상일을 이해하는 게 더 어려울 수 있다. 실제로 그래서인지 수학영재, 과학영재, 나아가 스포츠영재, 예술영재라는 말은 아주 흔하게 들리지만 철학영재, 역사학영재, 정치학영재, 법학영재라는 용어는 들어본 적이 없다. 설령 누가 그런 용어로 아동이나 청소년을 지칭한다고 해도 나는 웬만해선 수긍할 수 없을 것이다.

그런데 아동·청소년의 능력을 너무 높이 평가한 나머지 그들에게 어울리지 않는 능력을 기대하는 경우가 있다. 나는 우리나라에서 아동·청소년에게 어떤 책들이 권장되고 있는지 알아보기 위해 인터넷 서점에서 검색을 하다 별 의미가 없는 것 같아 포기하고 말았다. 거의 웬만한 성인용 고전들이 다 그 대상에 올라 있다. 위인전을 말하는 게 아니다. 그들 위인의 저작물이 권장도서로 올라 있는 것이다. 물론 아동·청소년용으로 따로 편집돼 나오는 것이지만 이런 사태는 좀 생각해볼 필요가 있다.

내 어린 시절에도 성인용 도서가 아동용으로 편집돼 읽히는 경우는 꽤 있었다. 한데 이런 경향이 정도를 넘어 점점 더 심해지는 것 아닌가 하는 느낌이다. 나는 이런 식의 '선행독서'에 대한 안달이 대학입시와 관련 있는 것 같다는 막연한 의심만 하고 있다. 그 의심스런 연쇄고리는 이런 식이다. 서울대 홈페이지에는 '서울대 권장도서100선'이라는 코너[2]가 있다. 이는 중고등학생들을 위한 것이 아니라 '서울대 학생을 위한 권장도서 100선'이다. '관련교과목'도 친절하게 안내돼 있다. 그럼 정말 이 책은 대학에 가서 관련 교과목을 수강하면서 천천히 읽으면 되는 것일까?

서울대를 목표로 삼는 학부모들은 그렇게 안이하게 생각하지 않을 것이다. 『연합뉴스』는 서울대 등 대학들이 직접 작성한 '선행학습 영향평가 결과보고서'를 토대로 2017학년도 논술·구술고사에 인용된 책과 글이 무엇인지 분석[3]했는데, 서울대는 플라톤의 『국가』와 애덤 스미스의 『도덕감정론』을 인문·사회과학 면접·구술고사에 활용하기도 했다. 다른 유명 대학이라고 그 사정이 별반 다를 게 없었다. 훌륭한 역사적 혹은 현대의 고전들은 언제라도 논술·면접·구술고사에 등장할 준비를 하고 있다. 물론 대학으로서는 학생들이 모든 상황에 대비해 굳이 그런 고전까지 읽을 것을 기대하지는 않을지 모른다. 각종 보고서나 미디어 기사도 논문·구술에 활용됐기 때문이다.

하지만 우리나라 학부모들이 자식 공부에 대해서는 얼마나 열성적이고 철저한 사람들인가? 유명 대학들이 그런 식으로 자신들의 논술·면접·구술고사 방식에서 무능을 드러내는데도 불구하고 우리나라 학부모들에게 무심한 책읽기 지도를 기대하는 건 불가능에 가깝다. 대학이 이런 상황을 유발시키는 한 학부모가 어린 자녀들을 '선행독서'에 입문시키는 것을 막기는 무척 어렵다고 봐야 한다. 동시에 자신들의 일에 충실한 출판사가 재빠르게 소비자인 학부모의 기대에 부응하는 것 또한 당연하다고 봐야 한다.

2009년『한겨레』는 주니어김영사의 '서울대 선정 인문고전 만화 50선' 시리즈가 4년 반 만에 완간됐다는 소식을 전했다.[4] 2005년 여름 기획에 들어가 2007년 첫 책『마키아벨리 군주론』이 나왔고 드디어 마지막 권『헤겔 역사철학강의』가 출간됐다는 내용이다. 기사에 따르면 '서울대 선정'이란 문패가 들어간 건 애초 기획이 2004년 서울대 인문학부에서 발표한 '인문고전 100선'이 계기가 됐기 때문이고, 그 100권 가운데 청소년들을 위한 50권을 추렸단다. 놀랍게도 책은 당시까지 50만여 부가 팔렸는데, 출판사 쪽은 방대한 고전 목록이 만화로 재탄생한 건 '세계 최초'임을 내세우며 해외 수출 가능성도 타진한다는 것이다. 책 목록에는『아리스토텔레스 정치학』,『뉴턴 프린키피아』,『루소 사회계약론』,『마르크스 자본론』,『일연 삼국유사』,『정약용 목민심서』,『최제우 동경대전』,『신채호 조선상고사』,『노자 도덕경』,『한비자』,『간디 자서전』,『쑨원 삼민주의』 등이 열거되는데 "초등 고학년 이상"이라는 어마무시한 안내로 끝난다.

그런데 누가 봐도 압도적인 이 고전 목록에 뒤늦게 주눅 든 사람은 초등학생들과 학부모들이 아니라 판사 문유석이었다. 그는 할 말을 못 참고 이렇게 '임금님 귀는 당나귀 귀' 같은 발언을 해버린다.

> 키케로의 의무론, 칸트의 실천이성비판, 아함경, 우파니샤드, 율곡문선
> …. 잠시 서울대 교수님들 중 이 50선을 모두 읽은 분이 몇 분이나 될지
> 불경스러운 의문을 가져보았다. 나는 달랑 세 권 읽었더라. 부끄러운
> 마음으로 대신 뭘 읽었었는지 기억을 더듬어봤다. (…) 자녀에게 입시
> 를 위한 거룩한 고전 읽기를 강요하는 건 '읽기' 자체에 정나미가 떨어
> 지게 만드는 지름길이다. 부모가 할 수 있는 최선은 다양한 책이 집에
> 굴러다니게 하는 것, 그리고 부모가 먼저 뭐라도 읽고 있는 모습을 보
> 이는 것이 아닐까.[5]

솔직히 말하면 문유석이 나 대신 이런 '불경스러운' 발언을 입
밖에 내줘서 하마터면 고마운 생각까지 들 뻔했다. 하지만 정확히
말하면 서울대 교수들이 입시를 위해 이런 책들을 반드시 읽어야
한다고 하지는 않았다. 다시 냉정을 되찾고 나도 점잖게 한마디 덧
붙여야겠다. 나는 그 원인이 뭐든 아동·청소년의 성인용 고전 읽기
풍조는 궁극적으로 얻는 것보다 잃는 게 더 많다고 본다. 그렇게 하
는 독서는 근본적으로 '가짜 독서'이기 때문이다.

아동·청소년의 성인용 고전에 대한 선행 책읽기가 나쁜 가장
큰 이유는 그것이 나중에 성인 책읽기를 방해한다는 점이다. 아
동·청소년은 성인용 고전을 쉽게 각색된 형태(예컨대 만화 등)로 읽
는다. 당연하지만 쉽게 설명한다는 것은 저연령층이나 대중들을
이해시키는 나름의 장점이 있는 반면 내용 왜곡의 위험성을 동반

할 수밖에 없다. 그렇지 않다면 원저자가 그렇게 쓰지 않을 이유가 뭐 있겠는가? 게다가 아동용으로 재탄생된 성인물(소설 같은 경우)은 거의 전부 줄거리(재미있는 에피소드) 위주로 편집될 수밖에 없다.

아마도 우리나라에서 성인물이 아동용으로 각색돼 널리 퍼진 유명한 사례로는 『돈키호테』, 『로빈슨 크루소』, 『걸리버 여행기』, 『장발장(레미제라블)』, 『헬렌 켈러 위인전』 등이 있을 것이다. 요즘도 별반 다르지 않을 것으로 생각되지만, 이 아동용 책들이 연상시키는 전형적 이미지가 있다. 중세풍의 갑옷 차림으로 비루먹은 말을 타고 풍차를 향해 돌진하는 돈키호테, 헤진 바지를 입고 수염을 기른 채 홀로 무인도 생활을 하는 로빈슨 크루소, 소인국에서 거인의 모습이 돼 밧줄에 묶인 걸리버, 은촛대를 훔치고도 신부에게 용서받은 뒤 참회하는 장발장, 우물가에서 앤 설리번 선생의 도움으로 선천적 3중장애를 극복하기 시작하는 성스러운 위인 헬렌 켈러 등의 이미지가 그것이다.

하지만 그런 식의 아동용 이미지가 성인물로서의 고전에 접근하는 것을 막는다면 그 아동용 도서는 차라리 해를 끼치고 있는 셈이다. 중세가 무너지고 있는데 현실의 중세를 존재해본 적도 없는 황금시대로 착각하고 좌충우돌하는 시대착오의 기사 돈키호테, 제국주의적 침략과 기독교 문명의 우월성을 당연시하는 사실적 부르주아문학으로서의 『로빈슨 크루소』, 신성모독의 혐의를 받았던 사회풍자소설로서의 『걸리버 여행기』, 인간이 만든 법률이 인간을 향해 저지르는 악을 고발하는 『레미제라블』, 3중장애를 극복하고 진보적(사회주의적)인 정치투쟁에 나서는 헬렌 켈러 등 당대가 만들어낸 편집되지 않은 원본을 우리는 언제 읽을 것인가?

성인물로 각색된 동화를 재미있게 읽고 성인이 된 사람들은 나중에 자신이 그 원전을 읽었다고 착각하게 된다. 어릴 적 동화책을 재미있게 읽었으니 이제 그 원전이 추억의 책이 되는 것이다. 물론 이런 아동용 편집본이 나중에 성인용 원작을 다시 읽게 만드는 계기로 작용한다면 어쨌거나 큰 역할을 하는 것으로 볼 수 있다. 하지만 대개의 경우 그렇지 못하기 십상이다.

한편 청소년기에 대학 입시를 위해 지나치게 난해한 원전 고전을 읽는 경우는 또 그것대로 고전이 이해할 수도 없이 난해한 문장으로 돼 있고, 또 지루하기가 끝이 없다고 생각할 가능성이 아주 높다. 이런 경우에 대입이라는 목표가 달성되고 나면 심기일전해 다시 그 책을 집어들 생각이 들까? 나는 기대하기 힘들다고 본다. 이래저래 아무리 훌륭한 고전이라도 때를 만나야 하는 것이다.

그런 관점에서 유명한 첼리스트 므스티슬라브 로스트로포비치의 바흐 〈무반주 첼로 모음곡〉 녹음 에피소드[6]는 아주 흥미롭다. 책읽기와는 별개의 음악 얘기지만 충분히 새겨들을 만하다. 연주자에게나 음악애호가에게나 바흐의 〈무반주 첼로 모음곡〉은 거대한 산봉우리 같은 음악이다. 1991년, 로스트로포비치는 프랑스 부르고뉴의 작은 마을 베젤레의 성 마들렌성당에서 '마침내' 바흐의 〈무반주 첼로 모음곡〉 전곡 녹음을 했다. 1991년은 그의 나이 64세가 되는 해였다. 내가 오래전에 구입했던 그 음반 CD의 해설지에 적혀 있는 그의 말이 이채롭다. "이제 난 용기를 내어 내 생애와 아

주 깊이 연관되어온 바흐의 무반주 첼로 모음곡 전곡을 녹음해야
만 한다." 당대의 거장 대우를 받는 그가 "용기를 내서" 녹음을 해
야 한다고 했던 건 그의 젊은 시절의 회한과 깊은 연관이 있었다.

로스트로포비치는 20대에 모스크바에서 총 6곡으로 이루어진
모음곡 중 2번을, 30대에 뉴욕에서 5번을 각각 녹음한 바 있었다.
하지만 그는 이 녹음에 대해 자괴감을 감추지 않았다. "이 두 음반
만 생각하면 나는 스스로를 용서할 수 없다. (…) 그렇다고 이미 한
일을 어떡할 것이며 또한 인생은 계속 흘러가지 않는가." 설익은
연주를 세상에 내놓은 일을 평생 후회했던 것이다. 로스트로포비
치는 '때'를 기다렸고, 그는 60대가 되어서야 자신과의 약속을 지
킨 셈이다.

물론 로스트로포비치의 얘기는 다소 예외적이라고 할 수 있다.
바흐의 〈무반주 첼로 모음곡〉이라고 해서 젊은 연주자들이 녹음하
지 않는 것도 아니고, 요즘은 차라리 그의 그런 결벽증이 더 관심거
리일 수도 있는 시대가 됐다. 하지만 이 얘기를 굳이 꺼내는 이유는
인간과 세상에 대한 이해는 단순히 수학·과학적 논리나 음표의 연
결을 이해하는 것과는 다른 차원에서 인생의 숙성을 통해 깨우쳐
야만 하는 철학적 측면이 있다는 점을 말하고 싶어서다.

거듭 말하지만 아동·청소년에게 '때'에 걸맞지 않게 눈앞의 단
기적인 욕심으로 편집된 성인의 세계를 주입식으로 '선행학습'시
키려는 시도는 얻는 것보다 잃는 것이 더 많을 것이다. 그들은 성인
이 된 후 자신에게 주입된 선행독서의 폐해 때문에 로스트로포비
치처럼 뼈아픈 부끄러움을 느낄지도 모른다. 아예 그런 부끄러움

을 깨달을 기회조차 없다면 그건 더 큰 불행이다. 아동·청소년을 대상으로 하는 나이 제한의 논리는 나쁜 책뿐만 아니라 좋은 책 읽기에도 적용되어야 한다.

2

인문학의 은밀한 정체에 대하여

2011년, 우리나라엔 삼성을 중심으로 난데없이 인문학 열풍이 불었다. 대학에서조차 취업난으로 인해 밀려나고 있던 인문학에 대해 삼성이 관심을 갖게 된 진원지는 (이젠 엉뚱하게 생각되지도 않지만) 아마도 미국 기업인 스티브 잡스로 추측된다. 그의 입에서 인문학 얘긴 종종 나왔었는데, 태블릿 피시PC인 '아이패드'를 발표하던 2010년 1월엔 "애플은 인문학과 기술의 교차로에 서 있었다"고 발언함으로써 다시 세간의 주목을 받았다.

그 후 2011년 8월, "삼성전자는 인문학 소양을 지닌 소프트웨어 엔지니어 300여 명을 빠른 시일 안에 확보한다는 방침"이라는 보도가 나왔다. 이 기사에는 "애플이 감성이 녹아든 소프트웨어로 전 세계 소비자를 사로잡는 현실을 고민한 이 회장이 애플에 필적할 수 있는 소프트웨어 전문 인력을 확보[하]라고 주문한 것으로 알고 있다"는 삼성에 정통한 한 전문가의 코멘트가 덧붙여져 있었다.[8]

우리가 이미지에만 집착할 경우 삼성의 이건희는 그저 생각 없는 따라쟁이 정도로만 보인다. 하지만 이건희도 체계가 있든 없든 나름의 문제의식은 있었던 것 같다. 오래전인 1993년, 이건희가 중역들을 모아놓고 했다는 얘기를 들어보자. 그는 "앞으로는 소프트 싸움이야. 진짜 여러분이 좋아하는 놀고 쉬는 일, 그걸 해라 이 말이야. 여행, 레저 이게 일이야. 진짜 한번 놀아봐. 출근부 도장 찍는 짓 그런 거 하지 마. 없애버려. 집에 있으나 회사에 있으나 별 차이 없어"라면서 "좀 과장하면 앞으로 디자인이 가장 중요해져. 다품종 소량생산 개성화로 가는 거야. 디자인, 설계 이런 건 갑자기 앉아 있다가 생각나는 거야. 책상에 만날 앉아 있다고 되는 게 아니야. 자율에 맡겨봐. 내가 잘 알아. 그렇게 해야 경쟁력이 생기는 거야"라는 말들을 쏟아냈다.[9]

중역들에게 쏟아낸 이건희의 발언이 마치 상전이 머슴들을 부리는 듯한 반말투라는 사실에 주목하기 바란다. 그로부터 10여 년이 흐른 뒤 외국인의 눈에 비친 삼성의 모습이 흥미롭다. 다음 장면은 굳이 자세한 설명이 필요 없을 것이다. 한국 사람이라면 누구나 충분히 상상 가능한 익숙한 분위기일 것이기 때문이다.

2004년의 일이다. 파란 삼성로고가 박혀 있는 어느 건물 안. 청바지를 입은 40대 남성과 그의 동료 2명이 거대한 회의실로 들어갔다. 벽을 따라 들어가자 청색정장을 깨끗하게 빼입은 20여 명의 직원들이 줄맞추어 자리에 서 있었다. 이들은 본부장이 들어서자마자 일사불란하게 자리에 앉았다.[10]

위 40대 남성과 그의 동료가 삼성에 한 제안은 받아들여지지 않았는데, LG에서도 퇴짜를 받았다. 그들은 당시엔 초라했지만 나중에 구글의 부사장에 오른 앤디 루빈과 그의 동료였다. 지금 내 관심은 그들의 제안이 무엇이었느냐가 아니다. 우리는 삼성 이건희를 중심으로 펼쳐졌던 '인문학 소동'에서 인문학이 무엇인지, 나아가 우리의 문화적 토양과 인문학이 근원적으로 양립 가능한지에 대한 고민부터 해야만 한다. 그 깨달음을 위해 우선 다음과 같은 비수 같은 코멘트가 큰 도움이 될 것으로 본다.

IT 업계 한 전문가는 "인문학에 소양이 있는 개발자를 뽑아놓고 기계처럼 부리면 무슨 소용이 있겠나"라며 "한국형 OS 개발, SW 인력 충원 등도 중요하지만 SW 개발과정을 하드웨어적 사고방식으로 접근하는 병폐가 고쳐지지 않는 한 SW 강국은 요원하다"고 말했다.[11]

참고로 (믿거나 말거나) 박근혜도 집권 초기부터 이른바 '창조경제'와 연관시켜, 심지어 노숙자나 어려운 국민에 대한 복지정책과 연관시켜 인문학을 강조한 바 있다.[12] 중요한 건 인문학이 중요하다고 입으로 떠드는 게 아니다. 그런 건 최순실도 할 수 있다. 그 인문학이 우리의 전근대적 문화토양을 근원적으로 부정하는 토대 위에서만 실현가능하다는 사실을 깨닫지 못한다면, 즉 반말투로 인문학적 창의력을 훈시하는 이건희나 자신이 무슨 말을 하는지도 모르는 듯한 몽롱한 권력자 박근혜의 인문학이 코믹한 형용모순이라는 것을 느끼지 못한다면, 우리가 걸어야 할 인문학의 길은 아주 멀고 험난하다고 말할 수밖에 없다.

우리의 전근대적 문화를 말하다보니 자꾸만 영화 〈마션〉에서 얼핏 코믹하게 스쳐 지나가던 장면이 떠오른다. 화성에서 사고를 당한 우주인을 구하려는 계획이 난관에 봉착해 있을 즈음 창의력 넘치는 제트추진연구소의 천체동역학astrodynamics 학자가 그 해결책을 찾아낸다. 그의 머리에서 뭔가 아이디어가 착상되는 순간 그의 안중에는 세속적인 것이라곤 아무것도 없었다. 그의 그런 모습을 체념하듯 지켜보던 상사가 문을 닫고 나가려다 뒤돌아본다. 그들 두 사람 사이엔 이런 하릴없는 대화가 오간다.

"난 자네 보스야, 알지?"
(왜 그러냐는 듯 멀거니 잠시 쳐다보고 고개만 끄덕이며) "으흠…."

심지어 이 '얼간이 천재'는 자신의 아이디어가 실현가능하다는 걸 수퍼컴퓨터로 확인한 뒤 나사NASA 본부에서 설명하는데 누가 국장인지, 그 이름이 뭔지도 모르고, 별 관심도 없다. 그는 자신의 아이디어 설명에만 심취해 있다. 물론 재미를 위한 영화적 설정이지만 '있을 법한' 이 천재 에피소드에 관객도 미소 지으며 공감한다는 게 중요하다. 그건 전근대적 가부장 문화와 미래지향적 창의력 사이의 상극관계를 관객도 충분히 안다는 의미다.

굳이 귀를 쫑긋 세우고 있지 않아도 대한민국 여기저기서 인문학이 중하다고 설득하는 소리가 지속적으로 들린다. 하지만 나는 아이러니하게도 '인문학이란 무엇인가'라는 초보적 질문부터 진지하게 다시 정립해야 할 필요성을 느낀다. 이 초보적 질문에 잘못 대답한다면 우리는 기껏 '인문학이란 기업의 최대이윤을 재생산하기 위해 창의적 노예를 양산하는 기초학문이다'라는 식의 이상한 결론을 얻을 수밖에 없기 때문이다. 상식적으로 생각해봐도 '창의적 노예'라는 형용모순의 인간이 되기 위해 자발적으로 인문학 책 읽기를 하는 건 뭔가 좀 이상하지 않은가?

역사 속에서 우선 떠오르는 인문학 관념은 중세를 균열시킨 르네상스의 학문 경향과 결부돼 있다. 르네상스는 통상 "14~16세기에 서유럽 문명사에 나타난 문화운동"[13]으로 규정된다. 한데 이 문화운동의 발흥은 1303년 교황 보니파키우스 8세가 프랑스왕 필리프 4세에 의해 아나니에서 감금당하고, 1309년엔 로마의 교황청을 아비뇽으로 이전해야만 했던 이른바 '아비뇽 유수' 사건에 세속적인 차원에서 큰 영향을 받았을 것이다. 중세의 종교이념이 인간을 어떻게 지배했든 세속권력은 종교권력을 상대로 전환기적 균열을 냈고, 마침내 새로운 시대가 열린 것이다.

문자 그대로 문화운동(문예부흥) 차원에서 보자면 페트라르카F. Petrarca(1304~1374)가 그 원조격이다. 중세를 균열시켰던 르네상스 인문학에 대한 그의 신념의 핵심은 "고대 세계가 그 이후 중간에 끼어 있는 몇 세기가 제공한 그 어떤 것보다, 인간 행위에 대해 훨씬 더 효과적이고 훌륭한 모범을 제시한다는 믿음"[14]이었다. 그래서 역사학자 시어도어 래브는 이를 "혁명적 운동으로서는 독특하게도 그것은 과거 지향적인 혁명이었다"[15]고 말한다.

그들은 어느 시대까지 과거로 거슬러 올라가려 했는가? 로마,

그리고 그리스 시대였다. 그런데 우리는 페트라르카 이후 르네상스의 학자들이 과거로 행렬지어 거슬러 올라갔던 현상에서 아주 결정적인 다른 질문을 해야만 한다. 그들은 왜 그렇게 과거로 거슬러 올라가려 했을까? 이 역사적인 '역류 현상'을 결코 단순하게 지나쳐선 안 된다. 하지만 르네상스든, 이어지는 종교개혁이든, 계몽주의든, 근대 정치혁명이든, 그런 사건들을 그저 지루하게 세계사 속에 등장하는 연대기적 숫자로만 기억하는 독자들도 많을 것이다. 그렇다면 이렇게 다시 생각해보기 바란다.

우리가 지금 중세 속에 살고 있다고 가정해보자. 그런데 그 천년 중세는 무너져가고 있다. 하지만 우리의 생각과 삶을 지배하는 건 여전히 중세의 이념, 즉 교회의 이념이다. 우리는 하느님에게 원죄를 짓고 태어난 인간이다. 삶에 중요한 건 이성과 감성을 가진 인간의 있는 그대로의 모습이 아니라 신의 영광이다. 따라서 하느님, 더 정확히 말하면 교황과 신부들에게 터무니없이 많은 걸 지배받으며 살아야 한다. 이제 우리는 시대의 변화와 함께 이 모든 걸 근원적으로 의심한다. 그렇지만 이런 우리를 위로해주는 이념은 어디에서도 찾을 수 없다. 즉 미래는 아직 오지 않았다. 그럼 어디에서 우리의 이상을 찾아야 하는가? 인간이 신에게 찌든 이런 비인간적 모습으로 살기 전 시대가 있었는가? 있었다! 기독교 이전의 시대인 로마, 그리고 그리스가 있었다. 그때의 인간은 지금의 인간과는 다른 모습이었(을 것이)다. 자, 그렇다면 그때로 거슬러 올라가보자!

그렇게 해서 그들은 중세의 기독교에 찌들지 않은 인간을 어렵사리 혹은 불가피하게 과거에서 찾아야만 했던 것이다. 그 고대 인 간humanitas(키케로에서 그 기원을 찾는 고대 인문학)의 모습을 뿌리에 서부터 '되찾기(부흥, 재건하기)' 위해 고대 문헌 연구를 시작한 것 이 바로 인간의 학문 '르네상스 인문학'의 시작이었다. 따라서 우 리는 르네상스 인문학을 향해 거꾸로 물을 수 있다. 중세엔 인간이 없었는가? 그래서 인간의 학문, 인문학이 없었는가? 르네상스의 인 문학자들은 중세엔 '인간의 학문'이 아닌 '신의 학문'만이 있었다 고 대답할 것이다.

인간의 학문뿐만 아니라 (같은 철학적 맥락을 통해 함께 진보할 수 밖에 없는) 자연과학에 대한 연구도 종교의 야만적 박해를 뚫어야 했다. 엥겔스는 이 근대의 자연과학 연구가 독일인은 종교개혁으 로, 프랑스인은 르네상스로, 이탈리아인은 칭쿠에첸토Cinquecento로 부르는 위대한 시대에 시작되었다고 뭉뚱그려 말하면서, 정확히는 15세기 후반을 주목한다.[16] 그런데 종교 이데올로기의 지배에 천착 하는 니체는 "교회를 재건"한 루터에 의해 "르네상스가—의미 없 는 사건으로, 엄청난 헛수고가 되어버리고 말았다"며 탄식한다.[17] 니체가 보는 르네상스는 이런 것이었다.

르네상스가 무엇이었는지에 대해 드디어 이해했는가? 이해하기를 원 하는가? 그리스도교적 가치의 전도이자, 모든 수단과 본능과 천재들을 가지고 수행되었으며, 그 반대되는 가치인 고귀한 가치를 승리하게끔 했던 시도를……위대한 싸움은 이제껏 바로 이것밖에 없었다. 르네상 스의 문제 제기보다 더 결정적인 문제 제기는 이제껏 없었다. —나의

물음은 르네상스의 물음이다—[18]

니체의 탄식대로 과거(기독교 이전 세계)에서 인간의 모습을 찾으려던 시대의 한계에 갇힌 르네상스의 노력은 아주 오래가진 않았다. 시대는 이미 미래를 향한 길을 열어젖혔기 때문이다. 그 길이란 인간의 독자적 이성과 감성을 믿는 철학·자연과학·예술 등의 진보에 힘입은 바 컸다. 나는 지금 '인간의 독자적 이성과 감성'이라고 말하고 있지만 니체가 그토록 혐오한 '기독교 신'의 관념을 온전히 떨쳐버린, 인간 본연의 이성과 감성은 물론 아니다. 역사는 가히 혁명적이라고 생각되는 단절도 근원적으로 말하자면 단절이라기보다는 타협이라고 볼 수 있는 현상으로 점철돼 있다.

어쨌든 나는 지금 르네상스의 인문학이 고대로 거슬러 올라가 인간을 연구한 학문이므로 지금도 열심히 고대의 인간상만을 연구해야 한다는 말을 하려는 것이 아니다. 오히려 그 반대다. 고대로 거슬러 올라가는 르네상스 혁명의 물줄기를 미래로 나아가는 근대 혁명으로 바꿨듯이, 우리의 지향점도 미래를 향한 미래의 인문학이 돼야 한다는 의미다. 즉 내가 강조하는 것은 중세를 균열시킨 인문학자들의 고전 연구 그 자체라기보다는 그들의 '인문학적 정신'이다.

21세기 대한민국의 인문학이 출발하기 위해선 우선 중세 교회가 자신들의 모습으로 회고할 법한 이 부조리한 억압질서부터, 최소한 그 억압을 당연하게 생각하는 문화부터 깨는 것이 순서다. 무엇이 우리를 그렇게 억압하고 있는가? 당연히 자본의 힘이다. 하지만 이 자본의 힘을 단절하는 것은 (적어도 우리 시대엔) 신을 단절하는 것만큼이나 불가능한 유토피아다. 어쩌면 우리는 루터처럼 기껏 '자본개혁'을 할 수 있을지 모른다. 그렇더라도 현대의 인문학은 과거를 균열내고 어떻게든 인간 중심의 미래의 길을 찾으려는 노력에 다름 아니어야 한다.

　나는 잡스의 문제의식이 바로 이런 시대적 한계 상황에서 나온 것으로 본다. 그의 모순적 삶과 발언들을 진리처럼 들을 일이 아니라 21세기가 직면한 사회현상 속에서 바라봐야 한다. 우리 시대는 기술발전이 어떤 변곡점에 다다른 것이 아닌가하는 생각을 하게 만든다. 인공지능AI의 등장이 바로 그것이다. 이런 (미래는 아직 오지 않았지만 과거는 지나간 듯한) 상황 속에서 잡스는 마치 르네상스의 인문학자들이 그랬던 것처럼 과거 속에서 그 답을 찾으려 했던 듯 보인다. "돈은 사람을 우스꽝스럽게 한다"[19]는 문제의식 속에서 "소크라테스와 한끼 식사를 할 수 있다면 애플의 모든 기술을 내놓을 수 있다"[20]고 한 상징적 발언이 그렇다.

　르네상스 시대가 맞이했던 것처럼 앞으로 세상은 상상하기 힘들 정도의 기술발전을 수반할 것이다. 기술이 발전할수록 인간의 정체성에 대한 물음은 더 강해질 것이다. 그것이 지금 우리에게 요구되는 인문학의 필요다. 인문학은 단순히 창의성을 계발해 자본의 이윤을 극대화하기 위해, 즉 '창의적 노예'를 양산하기 위해 필요한 것이 아니다. 그것은 우리의 인간적 삶을 위한 것이다. 미래의 인간적 삶이 무엇인지, 어떻게 전개될지는 아무도 모른다. 우리는 그저 꿈꿀 뿐이다. 그 꿈은 잡스처럼 특별히 뛰어난 소수만을 위한 꿈이 아니다. 그 꿈은 우리 모두의 것이다. 그러므로 그 꿈을 위해 우리 모두는 미래를 향한 인문학 책읽기를 해야만 한다.

3

귀걸이 혹은 코걸이 '교양'에 대하여

국립국어원의 『표준국어대사전』에 의하면 교양이란 "학문, 지식, 사회생활을 바탕으로 이루어지는 품위. 또는 문화에 대한 폭넓은 지식"[21]으로 정의돼 있다. 간단히 말해 교양이 있다는 말은 '품위' 또는 '지식'이 있다는 말이므로 어떤 의미에서든, 그리고 누구에게든 이 말을 쓴다는 건 칭찬이라고 할 수 있을 것이다.

한데 우리가 위 정의에서 전제로 삼는 "사회생활을 바탕으로" 혹은 "문화에 대한"이라는 시·공간의 관념을 넣어 다시 생각해보면 결코 간단치 않은 문제가 제기된다. 예컨대 현대에 살면서 중세 이데올로기나 지식만을 지고의 선으로 생각하는 사람이 있다 하자. 그래서 그가 자신의 신념을 고집스럽게 현대의 사회생활에 관철시키려 한다고 해보자. 또는 한국에 사는 어떤 이방인에게 한국인이 우리 문화만이 선이라며 강요한다고 해보자. 그 역도 마찬가지다. 이 경우 우리는 그들을 '품위'나 '지식'을 가진 교양인이라고 부르려 할까? 오히려 그들을 '품위'나 '지식'이 없는, 즉 비교양인으로 치부할 가능성이 크다. 그렇다면 우리는 교양이 당대의 지배 이데올로기나 자기네 문화에 대한 닫힌 지식을 넘어서려는 태도와 긴밀한 관련을 맺고 있다는 것을 인정할 수밖에 없다.

어쨌든, 교양이라는 말이 제기하는 문제가 무엇이든, 국어사전 에서 교양을 뭐라고 규정하든, 돈이 최고인 자본주의 세상에서 교 양이 없다고 죽는 것도 아닌 마당에 굳이 우리가 교양에 관심을 기 울이며, 즉 교양을 위한 책읽기에 관심을 기울이며 노심초사할 이 유가 있을까? 지극히 세속적인 차원에서 해보는 질문일 뿐이지만 진지하게 대답하는 건 만만치가 않다.

현실 속 사례를 통해 생각해보자. 지난 수십 년간 우리나라의 검찰과 경찰은 주기적으로 수사권 문제를 둘러싸고 설전을 벌여왔 다. 설전이라곤 하지만 당연히 현재 경찰에 대해 수사지휘권을 행 사하고 있는 검찰이 우월적 지위에서 방어 논리를 펴고 있다고 하 는 게 정확할 것이다. 그런데 오래전부터 굳건하게 자리 잡고 있는 검찰의 그 방어 논리가 흥미롭다.

1998년, 서울고검에서 『수사지휘론』이라는 책자를 발간해 경 찰의 주장을 반박했는데, "범죄수사 외에도 경비, 방범, 교통 등 광 범위한 업무를 담당하고 있는 경찰에 수사만을 전문적으로 연구, 수행하는 검찰보다 높은 수사능력을 기대하기 어렵고", "범죄의 지 능화 및 신종범죄 출현에 효율적인 대처를 위해 고도의 법률지식 이 필요하고 경찰 이외에 노동부, 안기부 등 다양한 사법경찰 조직 이 존재해 효율적 수사권 행사를 위해선 전문적 법률지식을 갖춘 검사의 수사지휘가 필요하다는 현실적인 문제"를 거론했다.[22] 그러다 2003년, 경찰의 수사권 독립 문제가 부각되자 검찰은 다시 공세적으로 '경찰대학 위헌폐지론'이란 내부 문건을 작성했는데, 여기선 "민간인을 상대로 민생치안을 돌보는 경찰의 간부는 일반대학에서 시민으로서의 교양교육을 받은 사람들로 충원해야 옳다"[23]는 주장까지 나온다.

나는 지금 여기서 경찰의 수사권 독립이나 경찰대학 폐지론을 논하고자 하는 것이 아니다. 그저 이 쟁점에 대한 논박 과정에 등장하는 검찰의 논리가 흥미로워 인용하는 것뿐이다. 검찰은 경찰에 대해 정제된 말로 논박하고 있지만 일상의 직설화법으로 표현하자면 그 취지는 분명하다. 경찰은 검찰에 비해 전문지식이 부족, 즉 '무식'하고, 심지어 경찰대학을 나온 경찰 간부는 시민으로서의 '교양'도 없다는 주장에 다름 아니다.

뭔가 느껴지는 바가 없는가? 그 사실 여부를 떠나, 어떤 사회에서든 대체로 힘 있는 기득권 집단은 이런 식의 공격을 당하지 않는다. 그럴 수밖에 없는 것이 사회적으로 기득권 집단은 자신들만의 교양으로 무장하고 그것을 자신들의 계급집단에 필요조건으로 요구하면서 그 기득권을 유지하기 때문이다. 조선시대 과거시험은 좋은 예다. 조선시대 상민들이 양반계급에 무식하고 교양 없다고 공격할 수는 없었을 것이다. 물론 지배계급의 경우에도 무식하다거나 교양이 없다는 식의 공격을 당하기도 한다. 하지만 그런 경우는 지배계급 내의 다툼 때문에 벌어지는 내부 평가일 뿐이지 외부로부터의 공격일 가능성은 없다.

오늘날에는 어떨까? 오늘날엔 돈이 사회적 지위의 결정적 요소가 됐으므로 돈만 있지 '무식하고 교양 없는' 지배계급 구성원은 과거에 비해 훨씬 많아진 것으로 보인다. 하지만 그들이 '교양' 공격을 당하는 경우에도 그들이 느끼는 아픔은 약자들이 그런 공격을 당했을 때와는 비교할 수 없을 정도로 하찮다. 특히 우리나라는 지식계급의 지위가 굳건한 전통을 자랑하기 때문에, 오늘날에도 피지배계급·계층이 교양 공격을 당하지 않으려는 본능은 유별나다. 내용보다는 자격을 위한 것처럼 보일 정도로 세계적으로 유례없이 높은 대학 진학률은 그 한 예에 불과하다.

계급교양이 무기가 되는 사회에선 필연적으로 '짝퉁 교양' 현상이 등장할 수밖에 없다. 자신들의 계급교양을 통해 이데올로기적 지배를 수행하는 것조차 귀찮고 힘들어서 아예 짝퉁 교양을 그 대체 수단으로 통용시키는 현상은 가히 희극적이다. 지배계급은 지배계급대로, 또 그들의 출세와 욕망이 부럽기만 한 피지배계급은 피지배계급대로 손쉬운 짝퉁 교양의 유혹에 빠져드는 건 아주 흔한 일이다. 쉽게 말해 이른바 물질적인 '명품' 소장 능력을 짝퉁 명품으로 과시하듯이, 정신적인 '명작' 교양 능력을 글자의 뜻도 모른 채 (따라) 읊조리거나 (유명인이 쓴) 책 그 자체를 소장하는 것으로 대체하는 짝패현상이 아주 흔하다는 의미다. 물론 이런 현상은 어제오늘 일이 아니다. 인문학자 박숙자는 식민지 시대의 얘기를 담은 책『속물 교양의 탄생』에서 이렇게 말한다.

고급스러운 장정, 엘리트가 읽을 만한 서적 등 교양의 속물화에 따라 명작의 소장 가치가 중요하게 부상한다. (…) 명작을 통해 기대했던 자신과 세계를 이어주는 현실에 대한 성찰이나 의미 공유 대신 명작을 소장하는 행위를 통해 명작에 기대했던 욕망은 일시적으로 채워진다. 이 '소장 가치'는 물신화된 상품 목록처럼 기능하기 때문에 계급적·문화적·경제적 능력을 드러내는 기호로 둔갑한다.[24]

'속물 교양'이 지배계급의 무능일 뿐만 아니라 그들의 삶에 접근하려는 피지배계급의 욕망 투사일 수는 있다. 하지만 속물 교양이 아닌 진짜 교양일지라도 그 정체는 극히 모호하다고 하지 않을 수 없다. 좀 더 거슬러 올라가 본격적인 역사적 경험 얘기를 해보자.

자본주의 정치체제 형성기에 지배계급으로 발돋움하려는 제3계급 역시 교양 없다고 공격받는 설움을 겪었다. 즉 제3계급으로 떠오른 부르주아 계급은 기득권 계급인 제1(성직자)계급, 제2(귀족)계급으로부터 무능하고 교양 없다는 공격을 받아야만 했다. 이에 대한 공격적 답변이 바로 에마뉘엘 조제프 시에예스의 그 유명한 『제3신분(계급)이란 무엇인가』란 팸플릿이다. 그의 팸플릿에서 '교양 없다'고 공격받는 억울한 제3계급의 역사적 사연을 담은 한 문단을 인용해보자.

제3신분은 제3신분을 대표할 만큼 명석하고 용기 있는 성원을 갖지 못해서 귀족의 지식에 의존해야 한다고 주장함으로써 사람들은 우리가 방금 근절한 문제점을 강화시킨다고 믿었다. 이러한 터무니없는 주장에 대해서는 답변할 가치도 없다. 제3신분 중에서 자유로운 계층을 고려해보자. 나는 모든 사람들 중에서 일종의 여유로움으로 자유 교육을 받을 수 있고 양식을 함양할 수 있고 마침내 공적인 문제들에 관심을 가질 수 있는 그런 계층을 자유로운 계층이라고 부른다. 이러한 계층은 여타 인민의 이익과 다른 이익을 가지고 있지 않다. 자유로운 계층이, 모든 점에서 전체 국민의 훌륭한 대표자가 될 수 있을 정도로 교육받았고 정직하고 품위 있는 시민들을 다수 포함하고 있지 않은지 살펴보라.[25]

보다시피 제3(부르주아)계급은 프랑스혁명 당시에는 이렇게 '교양' 없다고 공격받는 처지에 있었다. 하지만 그들이 지배계급에 올라섰을 때는 이제 다시 제4(프롤레타리아)계급을 향해 '재산과 교양'이 없으니 정치에 참여할 투표권을 줄 수 없다고 공격하는 입장에 선다. 그런데 그렇게 설움 받던 제4계급이 공산혁명 후 지배계급에 올라선 뒤에는 '교양'이라는 말이 어떻게 바뀔까? 당연하게도 오직 자신들의 이념만이 '교양'이라며 독보적인 위치에 올린다. 예컨대 3대째 세습받은 기이한 권력을 탐욕스럽게 휘두르는 행동을 보면 교양과는 동떨어져 보이지만, 김정은은 오랜 혁명 전통에 따라 교양이라는 용어를 이런 식으로 사용한다.

제국주의반동들이 이색적인 부르죠아 사상문화를 우리 내부에 들이밀어 혁명대오를 변질 와해시키려고 악랄하게 책동하였지만 당의 품속에서 교양 육성된 우리 인민의 사회주의에 대한 신념과 의지를 꺾을 수 없었습니다.[26]

사실 북한 김정은이 독점적으로 사용하는 교양용어만 생경하게 들리는 건 아니다. 우리 사회 일부 이데올로그들도 교양이라는 단어를 나름 생경한 방식으로 통용시키기 위해 애를 쓴다. 예컨대 논객 조갑제는 박정희는 "김일성식 닮힌 자주가 아니라 깊은 교양에 기초한 열린 자주였다"[27]고 말한다. 이쯤 되면 이제 '교양'이라는 용어는 누구나 갖고 있는 장식품으로서 단지 귀에 거느냐 코에 거느냐가 문제가 돼버린 것처럼 보인다.

　역사 속에서 교양이라는 이데올로기가 어떻게 사용돼왔는지 살피는 것은 한도 끝도 없을 것이다. 또 그것을 열심히 살핀다 한들 유사한 역사적 기록의 반복만 보게 될 테니 이제 우리 사회에 한정해, 내 생각 위주로 정리하려 한다. 나는 역사의 진보 속에서 '교양'이라는 용어가 어떻게 사용됐든 현재 우리 사회의 교양은 민주주의 시민의식에 기초한 품위와 지식으로 규정할 수밖에 없다고 생각한다. 지나가는 길에 말하는 것이지만, 그런 차원에서 볼 때 일단 김정은은 물론이고, 박정희도 교양인이 아니다.

　교양을 민주 시민의식의 고양高揚이라는 차원에서 말한다면, 교양의 증진은 이제 중세시대처럼 지배 엘리트만의 문제가 아니라 우리 모두의 의무가 됐다. 문자 그대로 민주주의가 민중의 지배라면 민중은 지배자로서 책임감을 느껴야 한다. 전 교육부 정책기획관 나향욱의 "[민중은] 개·돼지로 보고 먹고살게만 해주면 된다"[28]는 발언에 흥분만 할 일이 아니라 우리가 개·돼지가 아니라는 사실을 역사적으로 입증해가야 한다. 정치가 잘못된 책임을 민중과 분리된 소수의 정치인들에게만 돌리며 지배자로서의 민중은 언제나

'신성한 무책임'의 관념 속에 존재한다고 주장하면, 우리가 스스로를 어떻게 평가하든 민주주의의 전망은 아주 비관적이다.

우리는 민주주의의 본질적 메커니즘에 충실해야만 한다. 만약 민주주의가 엘리트의 지배보다 그 결과에 있어 언제나 못하다는 증거가 있다면 우리는 민주주의를 제도로 선택하면 안 된다. 우리가 제도로 민주주의를 선택하고 또 그 진보에 확신을 갖고 있다면, 그 결과도 다른 어떤 제도보다 낫다는 것을 입증해가야 한다. 그러기 위해서는 중세의 지배 엘리트나 왕들이 감당했던 지적 수고와 책임을 우리 역시 감당할 준비가 돼 있어야 한다. 그리고 그 시작은 민주시민으로서의 교양을 위한 책읽기다. 그조차도 이런 저런 핑계를 대며 회피하면서 민주주의 지배자로서의 '책임 없는 권력'만을 누리려 한다면 고대·중세 시대에 책임 없이 권력만 누리려 했던 엘리트 귀족·승려·왕들과 뭐가 다르겠는가?

현대는 대학이 민주주의 이념을 지켜가는 최후 보루다. 그렇다면 우리나라 대학은 민주주의를 위한 교양교육을 잘 하고 있는 것일까? 영남대 교양학부 교수 박홍규가 우리나라 교양교육의 치부를 아프게 드러낸 바 있다.

교양과목이라는 게 모조리 60~70개 되는 전공학과가 관리하는, 전공학문을 좀 쉽게 가르치는 과목들이에요. 영남대학만 그런가 싶어서 잘 나간다는 서울대, 연대, 고대 커리큘럼을 다 수집했는데 모조리 그래요. 대한민국의 대학에는 교양교육이 없어요. (…) 초·중·고는 암기교육만 하다가 대학에서 교양교육을 처음 하는데, 문제는 나를 포함한 교수들이 교양이 없어요. 내가 말하는 교양이란 이른바 전문의 벽에 분리돼 있는, 전문가에 의해 망쳐진 세상을 조금은 전체적으로 볼 수 있고, 조금 종합적으로 사고할 수 있는, 그래서 인간이 어떻게 살아야 하고, 어떻게 사랑해야 하는지 볼 수 있는 교양이 좀 있어야 하는데…. 일본도 마찬가지죠. 하지만 유럽이나 미국은 조금 달라요. (…) '법과 문학' '법과 미술' 하니까 문과대학, 미술대학에서 들고 일어나요. 자기 학과 전공을 침해하는 교양과목을 만들려고 하면 절대 안 됩니다. '커뮤니케이션 윤리'를 만들려고 하니까 이번에는 철학과에서 들고 일어나요. 이번 학기 들어 교양과목을 하나 만들려고 '사상과 예술의 사회사'라는 이름을 붙여보니 온 과들이 다 들고 일어나서 결국 타이틀을 '위대한 인류의 조상'으로 했어요. 이 교양과목은 미 콜롬비아대에서 교양과목으로 개설하고 있는 것이라는 설명까지 상세하게 붙여줬어요.[29]

대학 사회 바깥의 독자들은 이런 얘기가 잘 믿기지 않을 수도 있을 것이다. 10여 년 전 좌담의 내용인데, 지금까지도 거의 변한 것 없는 부끄러운 실화라고 보면 된다.

대학의 이런 사태는 그냥 그런가보다고 넘기기에는 심각한 문제다. 대학 졸업자가 민주시민으로서의 교양 없이 대학 졸업 후 어느 땐가 교양을 위한 책읽기를 독학 수준에서 다시 시작해야 하고, 대학을 나온 교양 없는 전문지식인이 사회적으로 영향을 미치는 계층으로 끊임없이 성장해가고, 오직 전문지식만을 연구한다는 미명 아래 한 사회의 교양을 고양시키기 위해 대학이 기여하는 일이

거의 없다면 그 사회의 미래가 어떻게 되겠는가?

　나로선 대학이든 우리 사회든 온전한 민주주의를 위한 교양 능력이 조금씩이라도 나아지기만을 하릴없이 기대하고 있다. 하지만 모든 것이 잘 돌아가 대한민국이 교양 있는 민주시민으로 가득 찰 날이 지금으로선 그저 요원하게만 느껴진다. 그러니 유수의 대학을 나온 독자라 할지라도 대한민국 대학의 교양 능력을 너무 믿지 말고, 개인적으로 독학을 해서라도 민주시민의 교양을 위한 책읽기를 열심히 (시작)하기를 바란다. 짝퉁 교양 말고 진짜 교양의 의미를 깊이 새기면서.

'재미있는 고통'을 주는 책읽기에 대하여

'책을 읽는 건 재미있으므로 책을 읽으라'는 말은 아주 흔하다. 근데 이 말은 이렇게 다양하게 변주될 수도 있다. '책을 읽는 게 재미없으면 책을 읽지 마라', '책 읽는 것보다 막장 드라마를 보는 게 더 재미있으면 막장 드라마를 봐라', '재미없는 책은 이미 책이 아니다', 심지어 '책 읽는 행위의 유일한 목적은 재미다'라는 극단적 변주도 가능할지 모른다. 이렇게 우리가 만약 책 읽는 행위를 '재미'와 불가분의 관계에 놓으려 한다면 그 재미의 정체에 대해 조금 더 구체적으로 살펴볼 필요가 있다.

2014년, 한국 축구대표팀이 월드컵 조별리그에서 탈락하고 귀국 길에 올랐는데, 골키퍼 정성룡이 팬들에게 감사한다는 글과 함께 "다 같이 퐈이야~"라는 트윗을 유쾌하게 날렸다. 한심한 경기력에 분노와 함께 극도로 실망하던 팬들은 할 말을 잃은 채 실소하며 그의 해맑음을 비난했다. 정성룡은 뒤늦게 뭔가 잘못됐다는 걸 깨달았는지, 아니면 그저 비난을 피할 목적이었는지 모르겠지만 트윗을 삭제했다.

그런데 나는 이런 궁금증이 있었다. 정성룡은 과연 자신이 얼마나 생뚱맞은 모습을 보인 건지 나중에라도 이해했을까? 어쩌면 이해 못했을 수도 있다. '경기를 즐기라'는 말은 너무나 흔하지 않은가? 결과가 참담했지만 4 대 2이면 어떻고, 5 대 빵이면 또 어떻고, 경기를 충분히 즐겼으니 된 것 아닌가? 도대체 자신을 비난하는 사람들은 '축구든, 공부든, 인생이든 즐기면서 행하라'는 말을 듣기는 한 것인가? 자신을 비난하려면 평소에 그런 말 따윈 하지를 말든지? 말은 그렇게 하면서 사실상 결과에만 관심을 기울이며 비난을 하는 건 위선 아닌가? 정성룡은 이런 나름의 확신으로 가득 차 있었을지도 모른다.

그렇다면 우리는 정성룡에게 '경기를 즐기라'는 말을 다시 설명할 수 있는가? 그 말은 정말 '결과가 더 중요하다'는 말의 위선일 뿐인가? 축구를 즐긴다는 것, 책에서 재미를 느끼라는 건 대체 무슨 뜻일까? 축구에선 즐기기는커녕 고통만 있어도 결과가 더 중요하고, 책에선 읽는 게 괴로워도 정보를 얻어 요긴하게 출세를 위해 활용하면 그뿐이라는 말을 차마 못해 '즐기라'며 위선을 떨어온 걸까?

마치 이 난해한 질문에 미리 대답이라도 해놓은 듯한 또 다른 에피소드가 있다. 정성룡보다 훨씬 더 유명하고, 훨씬 더 많은 것을 성취한 전 피겨선수 김연아에 관한 수수께끼 같은 에피소드다. 김연아는 열다섯 살 때 그녀의 코치가 된 브라이언 오서와 처음 만났다. 오서는 그 당시를 회상하며 "(연아는) '행복한 스케이트 선수가 아니었다'라 생각했다"고 말했다. 이어지는 오서의 말은 우리에게 아주 의미심장하므로 조금 자세히 인용한다.

오서 코치는 "무엇보다 나는 연아가 스케이트를 탈 때 열정을 느끼기를 원했다"며 "우리 훈련팀의 가장 궁극적인 목표는 연아를 '행복한 스케이터'로 바꿔 주는 것이다"고 설명했다. 특히 오서 코치는 "연아가 가진 재능을 스스로 알아차릴 수 있도록 하는 것이 중요했다"며 "연아가 몸짓, 행복하거나 슬픈 감정들을 표현해 주는 수단으로 피겨스케이팅을 쓸 수 있기를 바랐다"고 코치의 바람을 전했다. 오서 코치는 "김연아가 이제는 고된 훈련 기간과 과정을 사랑하게 됐다"며 "예전에 처음 훈련을 시작했을 때만 해도 훈련을 많이 힘들어 했고 거의 매일 울었다. 이제는 정말 훈련하는 것을 즐기게 된 것 같다"고 변화된 김연아 선수의 모습에 대해 털어났다.[30]

위 인용문에는 우리가 별 생각 없이 사용하는 이른바 '즐기는 것(재미)'과 '고통'에 관한 많은 진실이 숨어 있다. 사실 누구라도, 나름의 성취를 위해 노력하는 과정엔 반드시 고통이 수반된다는 사실을 인정은 할 것이다. 예컨대 아무리 자신이 좋아서 하는 일이라도 그것을 직업적인 차원에서 최고 수준으로 성취해내는 데는 엄청난 고통이 수반된다. '고통 없는 재미'만을 통해 뭔가를 성취할 수 있다고 생각하는 건 거의 환상에 가깝다. 다만 문제는 그러다 아예 그 고통에 짓눌려 '재미없는 고통' 상태에 빠질 수도 있다는 데 있다. 만약 우리가 뭔가를 위해 노력하는데 거기에서 재미라고는 거의 느끼지 못하는 일방적인 고통 상태에 빠져 있다면 뭔가 심각하게 잘못된 것이다.

오서의 느낌대로 정말 김연아가 행복한 스케이터가 아니었다면, 그녀는 피겨를 통해 이룰 결과만을 생각하며 연습을 그저 고통을 참아내는 과정이자 필요악으로만 느끼는 선수였다는 의미다. 어릴 적부터 좋아서 시작한 피겨가 왜 그녀에게 일상의 행복을 주지 못했던 것일까? 피겨와 함께하는 일상의 행복감 없이 무미건조하게 훈련의 고통을 참아내는 것만으로 어떻게 스케이트가 그녀의 감정을 표현해줄 수 있는 사랑스러운 수단이 될 수 있었겠는가? 하지만 재능 넘치는 그녀는 훌륭한 코치를 만나 연습의 고통이란 사랑스러운 수단을 장악하는 즐거움에 반드시 따를 수밖에 없는 시련이라는 것을 곧 이해했다. 그렇게 그녀는 연습에서도 그 고통에 수반되는 재미를 느끼기 시작했다. 그 결과 세계인에게 피겨를 통해 인간이 도달할 수 있는 극한의 아름다움을 선사하게 된 것이다.

다시 정성룡에게 돌아가보자. 왜 그의 해맑은 '꽈이야~'에 많은 사람들이 실소했을까? 단지 결과 때문이 아니다. 사람들은 그에게서 '고통 없는 재미'만을 느꼈기 때문이다. 비교해보면 안다. 월드시리즈에서 패배한 LA다저스의 투수 커쇼는 왜 정성룡처럼 '꽈이야~' 하며 유쾌하게 패배를 즐기지 못했을까? 사람들은 뭔가를 이루겠다는 사람들에게서 '재미없는 고통'만을 보면 안쓰러움을 느끼고, 반면 '고통 없는 재미'만을 보면 실소할 수밖에 없다. 팬들이 월드컵이라는 어마어마한 무대에 국가대표로 참여한 선수에게서 '고통 없는 재미'만을 느껴 실소했다면 이는 결코 위선이 아니다.

세상과 자신을 속이는 위선은 오히려 '고통 없는 재미'가 가능하다고 부추기거나 그것을 믿는 데 있다.

그런 차원에서 볼 때 '피할 수 없으면 즐기라'는 말도 고통 속에서도 재미를 찾을 수 있다는 격려로 이해해야 할 것이다. 다만 그 '고통스런 재미'라는 것도 그저 경기할 때만, 시험 볼 때만, 월급날에만 느끼는 어떤 것이라고 오해해서는 절대 안 된다. 그것은 김연아의 에피소드가 일깨워주는 것처럼 그 전체 과정 속에 있다. 축구의 재미, 피겨의 재미, 공부의 재미를 모르고 고통만을 느끼는 사람이 어떻게 시합날이나, 시험 볼 때만 '피할 수 없는 재미'를 느낄 수 있겠는가? 그날은 오직 과정의 고통까지를 즐길 수 있었던 사람들만을 위한 축제일인 것이다.

이제 좀 더 구체적으로 들어가보자. 궁극적으로 축구든, 피겨든, 책읽기든 그 자체의 묘미, 아름다움, 재미를 느끼는 건 호락호락하지 않다. 재미를 아는 비용이 만만치 않은 것이다. 당구공을 처음 쳐본 사람도, 축구공을 처음 차본 사람도, 글자를 처음 이해한 사람도 재미를 느낄 수 있다. 물론 기술을 익히고 더 많은 것을 알게 되면 그 재미는 점점 더 커질 것이다. 하지만 그 과정은 동시에 고통이 따르는 과정이다. 그렇게 고통과 재미의 모순이 시작된다. 수만 명이 출발선상에 있는 마라톤 경기를 떠올려보라. 그 수만 명의 사람들은 달리는 거리가 길어질수록 마치 삼각형처럼 대열이 재편성돼 소수의 사람들만이 앞에서 견인하게 된다. 그 대열의 앞에 선 사람일수록 고통도 크겠지만 그만큼 큰 재미를 느끼고 있을 것이고, 뒤로 처지는 사람일수록 고통을 이겨내지 못한 것만큼이나 재미를 느끼는 양도 줄어들 것이다.

세상엔 여러 종류의 재미가 있다. 별 노력 없이 누구라도 쉽게 느끼고 빠질 수 있는 재미는 저차원의 재미일 뿐만 아니라, 경우에 따라서는 궁극적으로 파괴적인 고통을 줄 수도 있다. 도박·마약·섹스·술·담배 등등의 경우 노력 없이도 강력하게 빠질 수 있고, 중독에 이르면 그 결과는 심각하다. 반면 극단적으로 노력해야만 궁극의 재미를 느낄 수 있는 경우도 있다. 월드컵에서 골을 넣고 포효하는 마르코 타르델리(그의 전설적인 골 셀러브레이션은 '타르델리의 포효'로 불린다), NBA 우승컵을 부여안고 울고 있는 마이클 조단, 올림픽 경기를 끝내고 눈물 흘리는 김연아의 기쁨의 크기가 도박이나 마약이 주는 파괴적인 쾌락의 크기보다 적다고 할 수 있을까? 학문적 차원에선 어떨까? 아인슈타인이 우주의 비밀에 접근했을 때의 기쁨(재미)이 마약을 주입했을 때의 쾌감에 뒤진다고 확신할 수 있는가?

한데 문제는 고급 재미와 저질 쾌락을 어떻게 나누고 비교해볼 것인가 하는 점이다. 단지 그 양만이 문제인가? 책이 재미있기 때문에 읽는다면 막장 도서든, 고급 철학책이든 가리지 않고 주관적인 재미의 양만을 절대적인 기준으로 생각하면 되는가? 아니, 그보다 먼저 그 차이를 객관적으로 계량할 수나 있는가? 이에 관한 유명한 주장이 있다. 존 스튜어트 밀의 돼지와 소크라테스의 비유다.

결국 만족해하는 돼지보다 불만족스러워하는 인간이 되는 것이 더 낫다. 만족해하는 바보보다 불만을 느끼는 소크라테스가 더 나은 것이다.

바보나 돼지가 이런 주장에 대해 달리 생각한다면, 그것은 그들이 한 쪽 문제만 알고 있기 때문이다. 이에 반해 비교 대상이 되는 다른 사람들은 두 측면 모두 잘 알고 있다.[31]

밀의 이러한 태도에 대해 마이클 샌델은, 욕구를 기준으로 행복을 증진시키는 것이 선이라는 "공리주의 전제에서 벗어나" "도덕적 이상을 강조한 꼴"이 됐다고 비판[32]한다. 공리주의에 따르면 돼지의 만족/불만족이든 소크라테스의 만족/불만족이든 그 양만으로 가치판단하자는 게 애초의 전제이자 기준이지 않느냐는 것이다. 그런데 왜 돼지의 만족을 소크라테스의 만족에 비해 평가절하하느냐는 것이다. 공리주의에 대한 호불호에 상관없이 말하건대, 그렇다면 소크라테스가 느끼는 불만족의 정체를 곰곰이 생각해볼 필요가 있다. 소크라테스는 왜 불만족의 아이콘이 됐을까? 우리는 소크라테스든 누구든 정말 아무 재미도 모르고 불만족하기만 하는 인간 아이콘을 상정할 수 있는 것일까?

나는 소크라테스가 뭔가에 불만족하다면 그것은 그의 만족 능력에서 비롯된 것이라고 생각한다. 나는 성취과정에서 사람들이 느끼는 고통 능력은 재미 능력에 비례한다고 본다. 즉 많은 재미를 느끼는 사람이 고통도 많이 느끼게 된다는 것이다. 이런 관점에서 보면 돼지의 만족은 의외로 과대평가되었을 수 있다. 돼지의 고통 크기가 거의 측정되지 않는다면 그 만족도를 의심해봐야 한다. 만약 돼지와 소크라테스의 만족/불만족을 측정하는 공통의 기준이라는 것이 있다면 돼지의 만족은 실제로 아주 적을 수도 있다. 그렇다면 밀의 말을 이렇게 바꿀 수도 있겠다. '돼지의 불만족보다 소크라테스의 불만족이 훨씬 크고, 동시에 돼지의 만족보다 소크라테스의 만족이 훨씬 클 수밖에 없으니, 나는 돼지의 적은 만족/불만족보다 소크라테스의 큰 만족/불만족을 택하겠다.'

보통 사람인 우리는 소크라테스 정도의 큰 만족/불만족을 경험하지 못할 수도 있다. 하지만 모든 단계마다 고통과 함께 느껴지는 재미가 있을 것이고, 책읽기는 그런 재미 가운데서 보통 사람이 가장 손쉽게 접근할 수 있는 고차원의 수단 중 하나다. 우리의 신경 세포는 질적으로 고도화될수록 쾌감을 느끼는 능력과 함께 고통을 느끼는 능력도 동시에 증대될 수밖에 없다. 우리는 그것을 기억해야 한다. 책읽기 역시, 아니 책읽기야말로 전형적인 그런 예다. 우리가 책읽기에서 재미와 동시에 고통을 느끼는 능력이 증대된다는 흔한 경험적 사례를 하나 인용해본다. '책만 보는 바보'라고 소개된 이덕무(1741~1793)는 책과 관련해 이런 느낌을 기록했다.

못 보던 책을 처음 보기라도 하면 하루 종일 얼굴에서는 웃음이 떠나지 않았다. "이덕무의 눈을 거치지 않고서야, 어찌 책이 책 구실을 하겠느냐"며 귀한 책을 구해 자신이 보기 앞서 내게 먼저 보내오는 사람도 있었다. 그럴 때는 밥을 먹지 않아도 배가 부르고 책표지만 바라보아도 저절로 웃음이 나왔다.[33]

이것은 재미다. 한데 그 재미 속에서 이덕무는 이런 생각을 하고 있었다.

지난날의 선입견에 갇혀 있으면 새로운 변화를 거부하게 된다. 세상은 늘 이대로 계속되어야 하고, 학문도 옛사람의 문장을 그대로 외우는 것이 제일이라 여기게 된다. 글도 옛사람의 것을 본떠 지어야만 제대로 된 글이라는 대접을 받는다. 사람과 사귈 때도 신분이나 지위의 높고 낮음을 먼저 보게 되니, 참다운 벗을 만나 마음을 나누기도 어렵다.[34]

이것은 고통이다. 그가 책을 통해 세상을 깨닫는 재미를 느낄 능력이 없었다면 이런 부조리를 보고 고통을 느낄 능력도 없었을 것이다. 책을 통해 깨달음을 얻은 기쁨이 클수록 세상의 부조리함을 바라보는 고통도 동시에 커진다. 〈하루라도 책을 읽지 않으면 입안에 가시가 돋힌다—日不讀書 口中生莉棘〉라는 유묵을 남긴 안중근은 상징적이라고 할 수 있다. 조선의 마지막 선비였을 황현은 나라를 잃은 고통에 이런 절명시를 남기고 세상을 떠난다.

새짐승 슬피 울고 산과 바다도 찡기는 듯
무궁화 삼천리가 다 영락하다니
가을밤 등불 아래 곰곰 생각하니
이승에서 식자인 구실하기 정히 어렵네[35]

식자識字는 "글이나 글자를 앎. 또는 그런 지식"이라는 뜻이니 식자인은 오늘날 표현으로는 '지식인' 정도 되는 의미일 것이다. 황현이 지식인이 아니었다면 나라 잃은 고통을 그렇게까지 느끼고 절망했을까? 그의 책읽기는 깨달음의 기쁨을 선사했겠지만 동시에 극단의 고통을 안겨주는 근원이었다. 한편으로 황현을 식자층으로 만들고 기쁨을 준 책이 다른 한편으로 죽지 않으면 견딜 수 없을 만큼의 고통도 줬다는 사실이야말로 책읽기의 본질이다.

책읽기는 분명히 놀라운 재미를 줄 것이다. 하지만 나는 책읽기에서 오직 재미만을 느낄 수 있다고 믿고, 또 그것만을 추구하는 것은 정신적 환상을 추구하는 일과 같다고 생각한다. 모두가 니체처럼 "모든 글 가운데서 나는 피로 쓴 것만을 사랑한다"[36]고 외치는 경지에 오를 수는 없겠지만, 책읽기가 '고통 없는 재미'만을 줄 것이라고 믿어서는 안 된다. 실제로 그런 책읽기라면 단언컨대 뭔가 크게 잘못된 것이다. 책읽기는 재미와 동시에 고통을 줄 것이다. '고통 없는 재미'만을 기대한 독자라면 책읽기에서 '재미있는 고통'을 상상하는 게 조금 실망스러울 수도 있겠지만, 다른 차원의 문을 연다고 생각하면 오히려 설레는 위안이 될 것이다.

'명구 찾기'를 책읽기로
혼동하는 이들을 위하여

사전적 정의에 의하면 명구는 '뛰어나게 잘된 글귀' 혹은 '유명한 문구'를 말한다. 책을 읽는 사람이라면 책 속에서 마주치는 이런 명구를 좋아하지 않을 수 없다. 나도 마찬가지다. 유명하지 않은 문구라 할지라도 자신에게 큰 울림을 주는 '뛰어나게 잘된 글귀'를 접하게 되면 그 은밀한 만족감은 굉장히 크다. 그래서 혹자는 그런 문구에 줄을 긋기도 하고, 다른 사람들과 그 만족감을 공유하려 하기도 하고, 심지어 그런 명구만을 따로 모아 개인 명구집을 만들기도 한다.

책 속에서 찾을 수 있는 명구와 유사한 역할을 하는 속담이나 금언, 경구도 우리에게 많은 영감을 준다. 때론 유명인들이 만들어내는 동시대의 '명언'을 들으며 감탄할 때도 있다. 사실 (경우에 따라서는 이해하기 어려워서 문제지만) '시'는 대놓고 그런 역할을 하는 형식이라고 할 수도 있다. 일본의 하이쿠는 그런 간결미의 극치이기도 하다. 그 형식이 무엇이든, 그리고 누군들 짧은 글귀 속에 비수처럼 강렬한 의미를 담아 개인적 감성과 우리의 삶에 대한 통찰을 보여주는 '언어적 효율'을 싫어하겠는가.

그런데 그런 언어적 효율을 극단적으로 추구하다보면 자칫 심각한 착각에 빠질 수도 있다는 점이 문제다. 책읽기를 애초에 명구, 즉 '뛰어나게 잘된 글귀' 혹은 '유명한 문구'를 취하기 위한 일로 착각하는 것이다. 이는 '명구'를 둘러싸고 있는 그 외의 문장은 그렇게 중요하지 않다는 착각으로 이어지기 십상이고, 심지어 책읽기를 '명구 찾기' 행위로 착각하는 사태에 이를 수도 있다. 이는 문자 그대로 착각이다.

이런 착각이 그저 착각이라면 그나마 낫다. 이런 식의 언어적 효율을 이용해 자신의 지적 능력을 과시하려는 태도는 속물적 취향으로 변질되기도 한다. 그런 속물적 취향의 전통도 뿌리 깊다. '인문주의자의 왕자'로 부르는 것이 어색하지 않은 르네상스의 에라스무스를 일약 유명인으로 만들어준 책은 바로 자기 학생들을 가르칠 목적으로 라틴어 인용문을 모아 정리한 『격언집』이었다.[37] 이 책이 가져온 의외의 민망한 속물적 효과에 대해 슈테판 츠바이크는 대놓고 이렇게 조소한다.

에라스무스의 적합한 선별 작업은 이제 모든 속물 인문주의자들에게 그들 스스로가 고전을 읽는 노력을 면하게 해 주었다. 이제 편지를 쓰려면, 그 무겁고 큰 책을 오랫동안 뒤적일 필요 없이 『격언집』에서 멋진 미사여구를 재빨리 낚으면 되는 것이다. 속물들이란 모든 시대에

무수히 존재하고 또 존재했기 때문에 이 책을 통해 그는 빠른 속도로 출세 가도를 달린다.[38]

흥미로운 역사적 에피소드이긴 하지만 내가 명구 얘기를 꺼낸 건 단순히 시대를 초월한 이런 속물적 취향을 비웃기 위해서가 아니다. 속물적으로 이용되든, 가치 있게 활용되든 명구는 명구다. 명구를 좋아한다는 것이 그 자체로 웃음거리가 될 이유는 전혀 없다. 단지 나는 그저 모두가 좋아하는 명구의 진정한 의의를 각성해보자는 의미에서 이 얘기를 하고 있는 것뿐이다.

우리 몸으로 치자면, 명구는 뇌나 심장일 것이다. 한데 뇌나 심장이 핵심이라는 것이 다른 몸의 기능은 필요 없다는 말은 아니다. 오히려 다른 몸의 기능을 이해하지 못하면 뇌나 심장이 왜 핵심인지를 이해할 수 없다. 만약 누군가 다른 몸의 기능이 뇌나 심장과 어떤 관계에 있는지를 전혀 이해하지 못한 채 뇌나 심장이 핵심이라 주장하고 다닌다면 이는 비웃음받을 만한 일 아닌가? 마찬가지로 어려운 수학문제를 푸는 열쇠인 수학공식은 명구라 할 만하다. 그런데 이 공식이 어떻게 나오는지도 모른 채 그저 이 공식을 이용해 기계처럼 문제를 풀고 있다면 그를 과연 수학을 이해하는 사람이라고 할 수 있을까?

조금 범위를 넓히자면 학자들도 권위 있는 저자의 책이나 논문의 명구를 많이 인용한다. 물론 이런 인용은 전제 혹은 비판이 필요한 연구 활동에 불가피하다. 한데 때로는 인용문을 전체 체계 내에서 제대로 이해하지 못하고 인용하는 경우도 있고, 심지어 글의 권위를 위해 조금 생뚱맞게 유명 저자의 글을 나열하기도 한다. 학자들만 그런 것이 아니다. 신문 기사의 선정적인 제목 뽑기를 관찰해보라. 기사의 내용을 가장 잘 함축한 제목보다는 내용 중에서 가장 관심도가 높을 것 같은 문구를 각색해 제목으로 뽑아놓는 사례가 비일비재하다. 이건 세속적으로 왜곡된 일종의 '사이비 명구 이용법'이다.

우리가 책 속의 명구를 좋아하는 건 자연스럽다. 하지만 그 명구가 명구인 이유를 알아야 한다. 책읽기는 명구가 도출되는 수많은 논리를 체계적으로 이해하기 위해 하는 것이다. 물론 아무리 책읽기를 많이 했다고 해도 때에 따라서는 잘 정리된 '명구집'이 필요할 경우도 있다. 하지만 명구집이 책읽기를 대체할 수 있다고 여겨 그 명구집만을 필요로 한다면 그건 문제인 것이다.

한데 우리의 주입식 교육 풍토는 책읽기가 아닌 '명구집' 활용법에 가깝다는 느낌을 줄 때가 있다. 그나마 예전에 비하면 많이 좋아진 듯하지만, 명구라는 꽃봉오리를 피게 하는 나무의 체계적 이해야말로 핵심이라는 것을 고려하면 아직 갈 길이 멀다. 심지어 소크라테스의 '악법도 법이다'는 명구(?)처럼 사이비 명구가 끈질기게 생명력을 유지하기도 하고, 링컨의 '민주주의란 인민의, 인민에 의한, 인민을 위한 정치다'라는 명구처럼 생명력을 상실한 채 화석화된 명구도 있다.

내친 김에 부연설명하자면, 소크라테스는 그런 말을 한 적이 없다. 그가 지켜야 한다고 말한 것은 '법률'과 '판결'이지 이른바 '악법'이 아니었다. 즉 '정당한 법률'에 따라 내려진 '부당한 판결'에도 따라야 한다는 의미였지, 애초부터 나라의 기초를 흔들며 정당성을 의심케 하는 '악법'도 무조건 따라야 한다는 취지가 아니었다.[39] 그의 논리는 천천히 책을 읽지 않으면 독재자들이 좋아할 법한 명구로 둔갑돼 오해하기 십상이다.

링컨의 명구도 마찬가지다. 그는 참혹한 동족상잔의 전쟁터 게티즈버그에 서서 '주들의, 주들에 의한, 주들을 위한 연방'이라는 이념 대신 미국이라는 거대한 한 나라에 포용되는 '인민의, 인민에 의한, 인민을 위한 정부'가 새롭게 탄생했음을 시적인 운율에 맞춰 낭송했다. 그리고 그 순간 남부의 주민들이 시도했던 것처럼 자유롭게 자신들의 주 정부를 세울 수 있는 자연법적 권리를 지닌 '상상된 인민'은 꿈속으로 사라지고, 강력한 하나의 제국에 속한 단일한 '링컨의 인민'이 현실 속에서 탄생되었다. 이후 북부의 주민은 승리를 만끽하면서, 남부의 주민은 패배의 고통을 감내하면서 이 역사적 전환을 받아들였다.[40] 이것이 링컨의 명구에 관한 역사적 사연이다.

우리가 명구라고 일컫는 역사 속 유명인들의 어록은 애초에 거대한 역사적 사연이나 체계 속에서 도출돼 나온 일종의 화석 같은 유물이다. 따라서 그 유물은 역사적·체계적·논리적으로 이해하지 않으면 그 정체가 파악되지 않는다. 명구는 단순히 어디에선가 토막 글귀로 발췌돼 나와 그 문장만으로 모든 것을 이해할 수 있는 만만한 유물이 결코 아니다. 이를 좀 더 직설적으로 얘기해보자.

예수가 십자가에 못 박힌 그림을 바라보던 한 아이가 '신은 죽었다'고 말했다고 하자. 이 아이의 말은 니체의 '신은 죽었다'는 말과 어떻게 다른가? 단순히 '신은 죽었다'는 말만을 놓고 본다면 아이의 말과 니체의 말은 전혀 다르지 않다. 근데 왜 우리는 아이의 말은 '명구'로 대접하기는커녕 하찮게 여기고, 니체의 말은 기절초풍할 '명구'로 간주해 그토록 신중하게 되새기는가? 아이의 말과 니체의 그 말은 차원이 다른 의미를 가지고 있기 때문이다. 한데 그 서로 다른 차원을 이해하려면 아이가 그 말을 했던 차원과 체계를 니체의 차원과 체계 속에서 비교해볼 수밖에 없다. 이렇듯 우리가 책 속의 명구를 그저 단순히 아이의 말이든 니체의 말이든 그럴 듯한 말을 뽑아내 즐기는 것이라고 생각한다면 뭔가 큰 착각을 하는 것이다.

우리가 명구의 역사적 사연을 이해하고, 그 명구가 품은 뜻을 체계적으로 이해하기 위해서는 불가피하게 책읽기라는 번잡한 과정을 거칠 수밖에 없다. 그것은 결코 시간 낭비가 아니다. 나는 오히려 의미도 모르는 '명구 찾기'를 책읽기라고 생각하며 즐기는 것이야말로 시간 낭비라고 생각한다. 명구를 단순히 피상적으로 암송하는 것이 아니라 명구의 의미를 이해하기 위해 두뇌를 논리적·체계적으로 단련시키는 고통스러운 과정이야말로 책읽기가 주는 즐거움의 핵심이다.

한데 주입식 교육의 세례를 받은 우리의 두뇌는 체계적이고 논리적인 활동을 위한 에너지의 소비를 극도로 싫어한다. 많은 사람들이 대단히 복잡한 서술적인 문장도 생각하게 만들지만 않으면 별 거부감 없이 받아들인다. 하지만 쉬운 문장으로 조금만 생각하게 만들어도 어렵다며 회피한다. 이런 경향은 자연스레 파편적인 명구(?)의 세계로 우리를 유혹한다. 그 세계는 중고등학교를 다닐 땐 교과서의 짧은 결론적 주장을 비판 없이 암기하는 세계며, 대학 때는 교수의 강의를 토씨 하나 틀리지 않게 받아 적어 시험 답안지에 다시 깔끔하게 암기해 제출하는 세계며, 직장인이 되었을 땐 높은 사람들의 지시사항을 노트에 받아 적어 실행하기만 하면 큰 문제가 없는 세계며, 노력하는 사회인들에겐 바쁜 시간을 쪼개 강연을 들으며 중요한 발언을 놓칠세라 열심히 필기하기 바쁜 세계다.

주입식 세계에 익숙하다보면, 이 세상엔 복잡하게 생각할 필요가 없는 파편적인 명구들이 수없이 존재하며, 이를 요령껏 수집하는 것이 곧 책읽기고, 이로써 마음의 위로를 받는 것이야말로 책읽기의 진정한 목적이라는 생각이 들 수도 있다. 물론 마음의 위안도 필요하다. 하지만 위안을 얻어도 마음속의 파편적 상상이 아닌 현실 속의 체계적 인식을 통해 얻어야 한다.

엄밀한 의미에서 냉정하게 말한다면 파편적 명구란 존재하지 않는다. 그 명구가 수준이 높으면 높을수록 더 그렇다. 예컨대 파편적인 명구로 들리는 승려들의 발언은 불교라는 거대담론 속에서 나오는 단서이고, 파편적인 명구로 들리는 수녀의 시는 기독교 원리 속에서 나오는 마음의 위안인 것이다. 누군가 파편적으로 분리된 공자의 명구 속에서 마음의 위안을 찾는다 해도 결국 그것은 공자의 철학 체계 속에서만 깊이 있게 이해될 수 있을 뿐이다. 어떤 파편적 철학 명구도 전체 체계로부터 분리될 수 없다. 하다못해 주위의 누군가가 내게 명구와 흡사한 조언을 해줬다고 해도 그건 그의 인생철학에서 나온 파편임을 알아야 한다. 그러니 아무 생각도

할 필요 없이 오직 파편으로만 존재하는 명구를 찾아 주입식으로 마음의 위안을 찾고자 하는 것은 애초에 두뇌로 생각하는 노력을 회피하기 위한 저차원의 자기합리화일 뿐이다.

그럼 난해하고 거대한 체계를 이해하기 힘든 보통 사람들은 아예 명구를 좋아할 자격도 없다는 건가? 아니다. 우리는 각자 자신의 수준에 맞게 책읽기를 시작하고, 수준에 맞게 그 능력을 향상시켜 나가며, 수준에 맞게 명구를 즐길 수 있다. 다만 파편적인 명구를 찾아 주입식으로 암송하는 것을 책읽기로 착각하지는 말라는 것이다. 이런 착각을 하지 않는 게 어려운 일은 결코 아니다. 나는 독자들에게 이 책을 통해 그것이 어떻게 가능한지를 지속적으로 안내하려고 한다.

책읽기에서 가장 중요한 일 중 하나는 산의 정상에 오르기 위해서는 산 밑에서부터 한 걸음 한 걸음씩 위로 올라가야 한다는 것을 이해하는 것이다. 실망했는가? 하지만 그렇게 하지 않는 세상사가 도대체 어디에 있단 말인가? 나는 이 책에서 꽤 많은 책을 소개할 것이다. 하지만 그것은 책읽기 등정을 안내하기 위한 간단한 지침서에 불과하다. 당연하게도 내가 공부했던 모든 시행착오와 참고 서적들을 이 책에서 나열할 수는 없다. 그래봐야 주입식 책읽기를 위한 안내서가 될 뿐이다. 물론 어떤 저자, 어떤 책도 책읽기를 위한 모든 책을 소개할 수는 없다. 중요한 것은 그런 책들을 발판 삼아 자신의 책읽기 역량을 키우는 것이다.

나는 학생들에게 생각하는 힘을 길러주기 위해 내 생각을 뒤로 하고, 학생들에게 끊임없이 문제를 제기하고 질문하곤 했다. 한데 이런 강의방식에 학생들은 가끔 답답함을 토로했다. 그 답답함을 참지 못한 학생들은 "그래서 교수님의 생각은 뭔가요"라는 질문을 자주 하곤 했다. 정답이 딱히 정해진 문제가 아니라고 얘길 하는데도 그럴 때가 있었다. 가르쳤던 학생들을 포함해 많은 이들이 착각하는 사실이 있다. 좋은 강의나 좋은 책을 듣거나 읽어 그것을 머릿속에 주입하면 그것이 곧 자기 것이라는 착각이다. 이 착각은 강의나 책의 내용을 깔끔하게 주입받는 데 온 신경을 쓰게 만든다.

하지만 조금만 더 생각해보기 바란다. 책읽기의 목적은 단순히 유익한 정보를 얻는 데 있지 않다. 책읽기의 유일한 목적이 그거라면, 책읽기를 각 분야 저자들의 훌륭한 정보를 수집해 자신의 두뇌 속에 잘 정리된 개인 정보 노트를 만드는 작업이라고 생각해도 좋을 것이다. 과연 책읽기의 목적이 그런 것인가? 아니다. 그런 생각은 책읽기 행위의 본말을 전도시킨 것이다.

적어도 비용과 시간을 들여 책읽기라는 수고를 하는 독자라면 각 분야 저자가 도달한 뛰어난 생각의 결과물보다 자신의 보잘것없는 하찮은 생각을 더 소중하게 생각해야 한다. 다른 경우에선, 예컨대 재벌의 금고가 아무리 금은보화로 가득 차 있다 한들 내 보잘것없는 적금통장을 더 소중하게 생각하면서, 왜 두뇌의 영역에선 천재들의 뛰어난 발상보다 내 조악한 생각의 역량을 더 소중하게 생각하지 않는가? 내 생각을 더 소중하게 생각하지 않을 거라면, 모든 생각을 천재들에게 맡겨버리지 무엇 때문에 애를 써가며 굳이 스스로 책읽기를 해야 한단 말인가? 책읽기 행위에서 문제의 핵심은 각 분야 저자의 신뢰할 만한 훌륭한 생각을 자기 머릿속에 주입시키는 것이 아니라, 자신의 어설픈 생각을 책읽기라는 과정을 통해 조금이라도 더 강하게 만드는 것이다. 많은 이들이 관심을 기울이는 책읽기를 통한 정보의 획득은 단지 그 과정을 통해 축적된 부수적 이익일 뿐이다.

나는 책읽기 과정에서 저자를 이해하면서 동시에 끊임없이 맞서고 추궁하기를 바란다. 궁극적으로는 우리들이 감탄하는 명구와도 맞서 그 근원을 체계적으로 이해하고 추궁해야 한다. 그렇게 싸워서 동의할 수 있는 명구라면 그건 자기 것이라고 해도 좋다. 설령 자기 것이 된 명구가 완전무결한 경지의 소유물이 아니라도 그렇게 한 걸음씩 나아가면 된다. 그것이 책읽기다.

궁극의 책읽기 기술, '새끼치기'

수험생들에게 익숙한 용어가 있다. '단권화單券化'라는 용어다. '스스로 한 권으로 만든다'는 말인데, 책읽기를 주제로 얘기하는 우리에게도 조금은 다른 차원이지만 상당히 흥미로운 단서라고 생각한다. 다음은 수험생들에게 도움을 주기 위한 단권화 요령 기사를 인용한 것인데, 기사의 서두 부분이다.

상위 0.1%의 최상위권 학생, 명문대 합격생들을 만나면 공통으로 말하는 공부법이 있다. 바로 '단권화'다. 단권화란 학교 수업에서 배우는 내용이나 혼자 공부한 내용 등을 교과서나 노트 한 권에 정리하는 것을 말한다. 수업시간에 노트 필기를 하는 것조차 귀찮아하는 학생이 많은 상황에, 우등생들은 왜 더 손이 많이 가는 단권화 학습법을 고수하는 것일까?[41]

'0.1%의 최상위권 학생'이 공통으로 단권화 노력을 하고 있다니까 일단 믿기로 하자. 그런데 독자들은 수험생들의 이 단권화 노력에 어떤 아리송한 의문이 생겨나지 않는가? 그 답을 이미 알고 있어서 의문의 여지가 없는 독자들도 있겠지만, 이런 의문이 생기는 독자들도 분명히 있을 것이다. "노트 필기를 하는 것조차 귀찮아하는 학생이 많은 상황"에 왜 최고 수준으로 잘 만들어진 단권화 참고서를 만들어 팔지 않는 것일까? 아예 교과서를 그렇게 만들어주면 더 좋지 않은가?

그 대답을 찾으면 동시에 해결되는 또 다른 질문이 있다. 우리의 책읽기 주제와 관련된 것이다. 나는 지금까지 책읽기에 대해 많은 얘기를 했다. 그런데 어떤 독자들은 이쯤에서 내게 이런 말을 하고 싶을지도 모른다. '아, 이제 책읽기에 대한 서론은 됐고, 내가 필요한 건 그것만 있으면 책읽기에 대한 모든 것을 해결할 수 있는 단권화된 책 목록과 요령을 좀 정리해달라.' 어떤가? 듣고 싶은 얘기 아닌가? 하지만 실망스럽게도 나는 수험생용 단권화 참고서를 만들어내지 못하는 이유와 책읽기용 단권화 참고서를 만들어내지 못하는 이유가 거의 같다는 것을 우선 말해야겠다.

다시 돌아가 설명하면, 수험생들이 말하는 단권화란 모든 수험생들에게 공통적으로 필요한 모든 공부 사항을 한 권의 책에 모두 담아놓은 만병통치약 같은 개인 백과사전을 만드는 작업이 아니다. 그런 게 단권화라면 비슷하게라도 못 만들 이유가 없다. 사실은 공부해야 할 기본적 내용을 모두 담아놓았다는 의미에서는 교과서가 곧 단권화된 책이다. 우리의 주제에 맞게 말한다면, 예컨대 '동서양 고전 100선' 같은 게 그런 책이다.

문제는 공부해야 할 내용이 우리들 각자에게 각자의 과제를 안긴다는 것이다. 예컨대 어떤 학생은 조선사는 강한데 현대사는 약한 학생도 있을 것이고, 또 어떤 학생은 대수는 강한데 기하는 약한 학생도 있을 것이다. 경우에 따라서는 무슨 이유에선지 매번 틀리는 부분도 있을 것이고, 웬일인지 자신감이 있는 부분도 있을 것이다. 수십만의 수험생이 있다면 그 수십만 수험생의 사정이 모두 각자 다를 것이다. 그래서 단권화는 자신이 아니면 아무도 대신해줄 수 없다. 자신 있는 부분은 힌트만 적어놓아도 되겠지만 자신 없는 부분은 좀 더 자세히 정리해놓아야 한다. 이를 누가, 어떤 마법 같은 참고서가 대신해주겠는가?

그렇다면 책읽기 단권화 책을 출판해 책읽기를 열망하는 독자들에게 제공하는 것은 어떨까? 굳이 비교하자면 수험생용 단권화 책보다 더 어불성설이다. 사실 수험생용 단권화 책은, 개인이 직접 만드는 것과는 다르겠지만 노트처럼 요약 정리한 책을 만들어 제공해줄 수도 있다. 모두가 같은 공부 내용을 익히는 것을 목표로 하고 있기 때문에 어느 정도 흉내 낼 수는 있다.

하지만 단권화된 책읽기 책은 아예 불가능하다. 모두가 공통의 내용을 전제로 시험을 치르려는 것이 아니라 그 목적도, 흥미도, 이해 능력도 다르다. 한데 가장 중요한 이유는 정작 따로 있다. 책읽기란 인류의 긴 역사 속에 등장하는 온갖 분야의 온갖 인물이 온갖 주장을 하는 것을 추적하고 생각하며 따라잡는 행위라는 사실이다. 심지어 아무리 생각을 깊이 해서 나름 결론을 내도 교육부 같은 데가 나서서 정답이라며 채점해주지도 않는다. 더 난감한 것은 수험생들의 공부와 달리 그 최고 수준의 한도가 정해져 있지 않다는 점이다. 보통 사람은 보통 사람 나름으로, 천재는 천재 나름으로 책을 읽는다. 모든 것이 궁극적으로 책읽기를 하는 독자 개인에게 맡겨져 있다. 그러니 어떻게 단권화된 책읽기 책을 제공하는 게 가능하겠는가?

따라서 우리는 처음부터 '책읽기 책'에 대한 생각을 올바르게 정리해야 한다. 어떤 종류의 책읽기 책도 독자 개개인의 사정을 모두 헤아려줄 수 없다. 당연히 이 책도 전문가가 아닌 독서 대중들을 위한 간략한 독서지도 같은 책일 뿐이다. 물론 아무리 간단한 지도도 최고 높이의 산과 등산로 입구 등은 대략 표기돼 있다. 각자 자신의 사정에 맞게 지도를 이용하면 된다.

한데 많은 이들이 책읽기 책이라는 지도를 구입해 차근차근 읽는 것조차 귀찮을 수 있다. 아니면 그런 책읽기 책에 대한 신뢰가 부족할 수도 있을 것이다. 그래선지 (조금 건성인 경우도 있는 듯하지만) 책을 읽고자 하는 사람들은 책을 가까이 하는 주변 지인들에게 '읽을 만한 책을 추천해달라'는 질문을 자주 한다. KBS 기자 김석은 그런 요청을 받고 이렇게 요령 있게 대답했다.

주변 분들이 간혹 '읽을 만한 책'을 추천해 달라고 부탁을 해옵니다. 그럼 저는 이렇게 되묻습니다. '읽을 만한 책'이 도대체 뭐라고 생각하세요? 1년에 책을 몇 권이나 읽으십니까? 만약 1년에 한 권도 안 읽는다면 지금 하고 있는 일이나 좋아하는 일, 하고 싶은 일에 도움이 되는 책을 골라 읽는 게 좋습니다. 무턱대고 덤벼들어서는 승산이 없어요.[42]

나도 좋은 조언이라고 생각한다. 아마도 이 조언을 받아들이면 처음엔 그저 자기계발서류의 책부터 읽게 될지 모른다. 그렇더라도 아예 책을 멀리 하는 것보단 나을 것이다. 자기계발서를 읽다 취미 관련 서적으로 관심이 넓어질 수도 있을 것이고, 어쩌다 소설책을 들고 읽었는데 재미가 있을 수도 있다. 그 소설책이 사회과학이나 역사, 철학 관련 책 등으로 관심이 넓어지지 않을 것이라고 누가 장담하겠는가? 그렇게 시작하면 된다.

눈치를 챘는지 모르겠지만, 이제 책읽기에 관한 결정적인 팁을 말할 차례가 온 것 같다. 사실 책을 상당히 읽은 사람이라면 의식하지 못할 뿐 거의 모두가 경험했을 것이다. 나는 그저 그 경험을 정리해서 팁이라며 알려주는 것뿐이다. 책읽기의 궁극의 기술은 '새끼치기'다. 사전엔 '생물이 번식하는 것처럼 늘어나거나 불어남'이라고 설명돼 있는데 책읽기가 바로 그렇다. 혹 주위에서 '책을 읽지 않는 사람은 아예 읽지를 않고, 책을 읽는 사람만 더 읽고, 책을 사는 사람만 더 사는 것 같다'는 말을 들은 적 있는가? 책읽기가 새끼치기라는 특성을 가지고 있기 때문에 이런 현상이 생긴다. 새끼치기는 책읽기의 특성이기도 하거니와 궁극의 기술이기도 하다.

여러분은 다음과 같은 상황에서 검색을 시도해본 적이 있는가? 뭔가 철학적 깊이가 있으면서도, 강렬하고, 지루하지 않은 음악을 찾고 싶다. 한데 찾고 있는 그런 음악이 무엇인지를 모른다. 곡명도 모르고, 작곡자도 모르고, 심지어 그런 음악을 들었다 쳐도 그것이 내가 찾고 있는 바로 그 음악인지 딱히 확신할 수 없다. 오직 '그래, 이게 내가 찾던 음악이야'라고 생각할 때만 그 음악이 바로 찾던 음악이 된다. 자, 이럴 때 검색 기능이란 게 도움이 되기는 되는 걸까? 이런 상황에 관한 흥미로운 글을 읽은 적이 있다. 필명 Strategy Hacker Q의 글인데, 그는 이런 상황을 이렇게 표현한다.

이건 시작부터 모순관계입니다. 몰라서 찾으려고 하는데 찾기 위해서는 내가 모르는 것을 알아야 찾을 수 있는 것이니까요. 처음부터 말도 안 되는 일인 것입니다. 대체 뭔지도 모르는 것을 알아야 그놈을 찾을 수 있다니?! 많은 사람들이 검색에서 어려움을 느끼는 것은 당연한 일입니다.[43]

그의 해결책은 무엇일까? 친절하게 설명된 그의 글을 건너뛰어 결론만 인용하면 이런 것이다.

중요한 것은 '검색을 통해서 답을 찾는다'가 아니라 '검색을 통해 답을 생각할 수 있는 힌트를 얻는다'라는 것입니다. 미지의 값 X는 절대로 누군가가 알려주는 것이 아닙니다. 이 세상에 존재하는 것도 아닙니다. 결과값 X는 검색이라고 하는 수단을 활용해 답을 찾는 과정에서 나 스스로 결론지어야 하는 것이며 고정불변의 것도 아닙니다. a에서 a'''로 가면서 진행하는 검색의 과정은 더 많은 힌트를 얻고 최대한 X값에 가까운 과학적인 결과값을 찾아내기 위한 과정입니다. 답은 언제나 자신에게 있습니다.[44]

위 인용문이 말하고 있는 검색대상은 갖고 싶은 물건일 수도 있고, 우리의 주제인 좋은 책일 수도 있다. 나는 책읽기를 새끼치기에 비유했지만 그 의미는 두 가지라고 하겠다. 하나는 책읽기가 꼬리를 물고 다른 책에 대한 관심을 높이는 작용을 한다는 의미고, 다른 하나는 자신이 품고 있는 의문을 해결하고자 (위 인용문의 검색과정처럼) 한 권의 책을 읽어 힌트를 얻고서 또 다른 힌트를 얻기 위해 끊임없이 꼬리를 물듯 책을 읽어갈 수밖에 없다는 의미다. 이는 거듭 말하지만 책읽기의 특성이기도 하고, 궁극의 기술이기도 하다. 그것이 기술이라는 건 모르는 것을 찾아가는 과정 자체가 창의적인 일이라는 점을 강조해서 하는 말이다.

특별히 어떤 세상사에 대한 의문을 해결하려는 의지가 아니라 두루두루 교양을 쌓을 목적으로 일단 출발해보자는 책읽기라면, 새끼치기의 창의적 기술에 대한 고민보다는 그 자연적 특성을 믿고 일단 끌리는 책부터 집어들기 바란다. 예컨대 그 새끼치기는 이런 식으로 진행될 수도 있을 것이다.

어느 날 우연히 누군가 조용필의 〈킬리만자로의 표범〉이라는 오래된 노래를 들었다. 그는 그 노래가 헤밍웨이의 「킬리만자로의 눈」이라는 단편과 관련이 있다는 걸 알았다. 그래서 그 책을 읽어 봤다. 나쁘지 않아 이번엔 헤밍웨이의 잘 알려진 장편 『누구를 위하여 종은 울리나』를 읽기로 했다. 영화로 제작돼 공전의 히트를 기록한 얘기니만큼 재미있었다. 그런데 책 속에서 계속 '파시스트'라는 용어가 등장했다. 우리는 공산당 빨갱이 소리만 나쁜 것으로 듣고 살았는데, 책 속에선 파시스트가 그에 못지않은 혐오의 대상인 듯했다. 그래서 파시즘에 대한 책을 읽기로 했다. 파시즘하면 히틀러였다. 그래서 '제2차 세계대전' 관련 책과 독일에서는 오랫동안 금서였다는 『나의 투쟁』을 읽었다. 그런데 『나의 투쟁』엔 유대인과 공산주의 혐오가 판을 쳤다. 그래서 이번엔 레닌의 『국가와 혁명』을 읽어봤다. 공산주의 철학은 신세계였다. 자본주의적 민주주의에 대한 공부가 더 필요했다. 러시아에 관심을 가졌더니 그 유명하다는 톨스토이와 도스토옙스키가 포착됐다. 그들의 소설을 몇 권 읽었더니 뭔가 익숙한 분위기가 있었다. 알고 보니 우리나라 일제강점기 시절 러시아 문학이 대단한 영향을 줬다는 것 아닌가. 그래서 그 시절 우리의 문학 작품도 읽어보기로 했다. 그렇게 책을 읽다보니 우리나라 역사가 궁금했다. 어쩌다 식민지가 됐단 말인가? 그래서 역사책을 읽기로 했는데 이게 장난이 아니다. 『환단고기』가 등장하고 식민사관이라는 용어가 등장하더니 '유사類似 역사학'이라는 비난도 오고갔다. 6·25에 대한 경과도 만만치가 않다. 현대사는 말할 것도 없었다. 이제는 읽을 책이 너무나 많아져 부담스럽기까지 하다. 더 난감한 것은 심지어 좀 더 체계적으로 책읽기를 해봐야겠다는 어이없는 욕심까지 생긴 일이다.

　책을 읽는 독자들의 성향은 아주 다양하다. 아주 개인적인 관심사에만 국한하는 독자도 있는가 하면, 주로 사회적 관심사에만 몰두하는 독자도 있다. 책읽기를 소설책 읽는 것으로 생각하는 독자도 있을 것이고, 철학책이야말로 궁극의 책읽기라고 생각하며 내공을 쌓는 독자도 있을 것이다. 다음 장에서는 이제 각 분야의 실질적인 책읽기 요령을 언급할 텐데, 이 모든 책읽기 분야가 우리가 생각하는 이상으로 상호연결돼 있음을 강조할 것이다. 하지만 그렇다고 굳이 관심이 가지 않는 분야의 책을 고역처럼 읽는 건 추천하지 않는다. 언젠가 때가 오면 스스로 찾게 될 것이다.

우선은 개인적 범주의 책읽기든, 사회적 범주의 책읽기든, 한 주에 한 권이든, 한 달에 한 권이든 손에 책을 집어 들고 읽는 게 중요하다. 책읽기에서 가장 중요한 게 있다면 주위에 책이 있고, 그 책을 수시로 집어드는 것이다. 처음엔 속도가 나지 않을 것이다. 하지만 읽다보면 아는 얘기가 자주 나오고, 점점 읽는다는 게 그렇게 큰 부담으로 느껴지지 않을 것이다. 그리고 나중엔 읽는 속도는 그렇게 중요하지 않다는 사실도 알게 될 것이다.

책 읽는 속도에 관심이 있는 독자들을 위해 내 경우를 말하자면, 어떤 책은 무협지를 읽듯 책장 넘기기 바쁘게 건성으로 읽는 경우도 있고, 어떤 책은 정독을 하고, 어떤 책은 부분적으로만 정독을 하는가 하면, 어떤 책은 거의 평생을 간헐적으로 음미하는 책들도 있다. 그러니 책 읽는 속도 따위 일단 잊고, 자신의 현재 역량에 맞게 한 줄이든, 한 쪽이든, 한 꼭지든 끈기 있게 읽으면 된다.

그런 차원에서 말하건대, 누군가 개인적인 관심사에만 집착하든, 사회적인 관심사에서 시작하든, 소설책으로 시작하든, 철학책에 집중하든 책읽기가 일상처럼 장기간 지속될 경우 거의 모두 커다란 생각의 광장에서 만날 것으로 본다. 그리고 상상하자면 그렇게 큰 생각의 광장에서 만난 우리들은 각자의 모든 관심사에 대해, 자신의 입장이 무엇이든, 모두 함께 민주적으로, 다양하게 대화하고 토론할 수도 있을 것이다. 그것이 내가 기대하는 책의 상상적 역할이다.

제3장
책과 사귀기

-일러두기-

1. 이 장에서 추천하는 책은 추천도서의 완전한 목록이 아니라, 책읽기 요령을 설명하기 위해 예를 드는 과정에서 관심 있는 책을 독자가 선택할 수 있도록 서지사항을 표기해 둔 편의적인 추천도서. 완성된 형태의 고전 목록을 원하면 각 대학에서 선정한 추천도서 목록을 참고하기 바란다.

2. 추천도서는 개인적 판단에 따라 고전(**고딕체**로 표시)과 참고서(궁서체로 표시) 두 가지로 구분했으며, 고전으로 분류한 책은 가치판단이 아닌 역사 속에 끼친 영향력을 기준으로 판단했다. 난이도는 상(***), 중(**), 하(*)로 구분했다. 부득이 절판된 책을 추천할 경우는 회색 글씨로 표기했다. 모든 추천도서는 편의를 위해 서지사항을 본문 속에 직접 표기했다.

3. 추천도서는 동종일 경우 최신판을 기준으로 선정했다. 여러 종의 번역본이 있는 경우 개인적 판단에 따라 되도록이면 널리 읽히고 신뢰할 만한 최신판을 우선적으로 추천하되, 두 종 이상을 추천할 경우도 있다.

4. 저자의 생몰 연도는 20세기 이후 현대 작가를 제외하고 표기했으며, 추천도서가 발간된 시대적 환경을 고려하면서 읽기 바란다.

5. 본문에서 내용을 인용하는 경우라도 학술서 등 대중적인 추천도서로 적합하지 않다고 생각하는 책의 경우 중요도와 무관하게 주로만 처리했다. 추천도서를 인용하는 경우에는 필자의 소장본에 의하므로 본문의 추천도서 서지사항과 다를 수 있다.

1

반전이 기다리는 도덕책 읽기

나만의 개인적 편견인지는 모르겠지만, 우리나라 독자들이 가장 손쉽게 접근하는 대중적인 책 중의 하나가 '수신修身' 혹은 '도덕'책이 아닌가 싶다. 때때로 큰 인기를 끄는 승려나 신부(목사, 수녀)의 저술이나 지속적으로 관심을 받는 유교 고전 등이 그런 유에 속한다. 철학적인 수신 책도 많다. 시대를 거슬러 올라가 반추해보면 동서양을 막론하고 수신 책은 오랜 전통이라고 할 수 있을 것이다. 어쨌든 간단히 말해 개인의 몸가짐을 바르게 하고, 옳음을 추구하는 소양을 높이기 위해 수신 혹은 도덕책을 찾는 것은 언제라도 환영할 만한 일이다.

그런데 우리가 개인의 몸가짐을 바르게 하고, 옳음을 추구하는 것을 그저 주입식으로 실천하고 있는 게 아닌가 하는 의문이 들 때가 있다. 만약 실제로 주입식으로 수신과 도덕적 명제를 실천하고 있는 것이라면 그건 어린아이들이 교사로부터 '부모님 말씀 잘 듣고, 착한 아이가 되어야 한다'는 도덕적 명제를 주입받고 실천하는 상황과 별반 다르지 않을 것이다. 우리가 그런 식의 '교사/어린아이'의 프레임에 만족한다면 주입식이든 뭐든 각자 알아서들 잘 하고 있는 수신과 도덕책 읽기에 특별히 이의를 제기할 이유는 없다.

하지만 우리는 어린아이가 아니라 성인이다. 따라서 수신 혹은 도덕적 명제를 실천하더라도 그 명제가 어디에서 나왔는지, 왜 그렇게 해야 하는지, 그 근원과 이유를 알아야 한다. 만약 '인간은 동물과 다르므로 당연히 그렇게 해야 한다'는 단순한 교조적 가르침이 우리의 사고를 지배하고 있다면 우리는 '인간이 동물과 정말 그렇게 다른지, 또는 왜 동물처럼 행동하면 안 되는지' 그 이유까지를 질문하고 납득할 수 있어야 한다.

그 불온한 의심은 이렇게 시작해볼 수 있을 것이다. 혹여나 역사 속의 다양한 기득권세력은 도덕적 명제를 자신들의 기득권을 위한 장식품처럼 사용해온 것은 아닌가? 극단적으로 의심하자면, 기득권세력 자신들은 동물처럼 살고 싶어서 일반 백성들에겐 인간처럼 살아야 한다고 가르쳐오지는 않았는가? 이런 의심을 통과해야 할 기득권세력은 종교세력일 수도 있고, 정치세력일 수도 있고, 어쩌면 신세대를 통제하는 구세대일 수도 있다. 우리는 책읽기를 통한 자립적인 사고로써 그 모든 가능성을 검증해야 한다. 우리가 소중하게 생각하는 수신과 도덕적 명제들이 이 모든 검증들을 손쉽게 통과할 수 있다면 이런 불온한 책읽기를 두려워해야 할 이유는 전혀 없을 것이다.

공자(B.C. 551~B.C. 479)와 제자들의 어록을 기록한 『논어』*(김원중 옮김, 휴머니스트, 2017; 김형찬 옮김, 홍익출판사, 2016; 조광수 옮김,

책세상, 2003)는 동양사회의 전통적인 수신과 도덕 교과서라 할 만하다. 덕德치, 예禮치주의자였던 공자는 "권력을 써서 따라오게 하고 형벌로 다스리면 백성들이 면하려고만 하지 부끄러운 줄을 모른다. 하지만 덕으로 이끌고 예로 다스리면 부끄러워할 뿐 아니라 스스로를 바로잡아 선하게 된다"[1]고 주장했다. 이렇듯 공자는 현대에 사는 우리가 신봉하는 법치주의를 좋아하지 않았다.

이때 누군가 '공자의 반反법치주의는 결국 누구의 편이었는가'라고 물을 경우 논쟁이 발생한다. 실제로 공자가 주장하는 예치의 의미가 『예기禮記』가 적고 있는 대로 "예는 서민에게 미치지 않고 형은 대부에게 이르지 않는다"다는 의미[2]로 실현됐다면 얘기가 사뭇 달라진다. 물론 공자의 예치는 전통적인 의미에서 '서민을 오로지 형벌로써 다루어야 한다'는 가혹한 예치는 아니다. 공자의 예치는 '백성을 법에 의한 강제가 아닌 예에 의한 감화로 통치해야 한다'는 의미에 가깝다.

우리가 보는 관점을 살짝만 바꾸어도 세상은 놀랍도록 달리 보일 수 있다. 이런 관점의 차이가 현대에만 있는 것은 아니다. 공자 이후 시대 인물인 한비자의 『한비자』*(김원중 옮김, 휴머니스트, 2016; 이운구 옮김, 한길사, 2002)는 공자의 관점과 맞서는 대표적인 저작이다. 비판적인 시각으로 간단히 정리하면 한비자는 신흥 봉건세력을 대변하는 이데올로그로서 법치法治를 주장한 것이고, 공자는 한비자 이전 시대에 노예주 귀족들을 대변하는 상대적 진보 이데올로그로서 예치禮治를 주장한 것이다.[3]

서양이라고 이런 대립이 없을 수 없다. 시대를 조금 끌어당겨보자. 누가 뭐래도 서양에서 중세 천년을 지배한 이데올로기는 기독교적 수신과 도덕이다. 그 논리가 어떤 식으로 변주되든 근원적 결론은 마찬가지였다. 이 중세의 도덕관념에 균열을 낸 인물이 마키아벨리다. 당대에 인간이 어떻게 살고 있는가와는 아무 상관없이 도덕성만을 강조하는 기득권세력이 니콜로 마키아벨리 (1469~1527)의 『군주론』**(강정인·김경희 옮김, 까치, 2015)에 화들짝 놀랐을 것은 당연하다. 마키아벨리의 이런 주장은 심지어 지금이라고 마냥 마음 편하게 들리는 것도 아니다.

군주는 상기한 모든 [선한] 성품을 실제 구비할 필요는 없지만, 구비한 것처럼 보이는 것은 반드시 필요하다. 심지어 나는 군주가 그러한 성품을 갖추고 늘 가꾸는 것은 해로운 반면에, 갖추고 있는 것처럼 보이는 것은 유용하다고까지 감히 장담하겠다. 따라서 예컨대, 자비롭고 신의가 있고 인간적이고 정직하고 경건한(종교적인) 것처럼 보이는 것이 좋고, 또한 실제로 그런 것이 좋다. 그러나 달리 행동하는 것이 필요하면, 당신은 정반대로 행동할 태세가 되어 있어야 하며 그렇게 행동할 수 있어야 한다.[4]

마키아벨리의 『군주론』은 '여우와 사자'의 비유를 포함해 큰 테두리에서 로마 시대 마르쿠스 톨리우스 키케로(B.C. 106~ B.C. 43)의 『키케로의 의무론』*(허승일 옮김, 서광사, 2006)에 대한 패러디로 읽힌다. 위 마키아벨리의 인용문과는 180도 다른 다음 문장을 읽어보기 바란다.

도덕적으로 선한 것, 그것은 유일한 선, 아니면 최고의 선이다. 그런데 선한 것은 확실히 유익하다. 그러므로 도덕적으로 선한 것은 무엇이든 지간에 유익하다.[5]

정말 선하면 언제나 이익인가? 만약 그런 것이 아니라면 경우에 따라서는 이익을 위해 선을 포기하는 사태를 용인할 수 있는가? 말을 바꾸면 개인적으로든 국가적으로든, 선을 수호하기 위해 이익을 포기하고 심지어 파멸해도 좋은가? 키케로인가 마키아벨리인가, 그것이 문제다. 이 문제에 접했던 주변의 몇 사람으로부터 이런 질문을 받은 적이 있다. 왜 나쁜 이야기로 가득 찬 마키아벨리를 읽어야 하는가? 내 대답은 이랬다. 우리가 사는 세상 현실을 마키아벨리가 본 것처럼 그렇게 나쁘게 보지 않는다면 마키아벨리를 읽을 필요 없다!

이번엔 좀 더 시간이 지나 자본주의가 무르익은 뒤 근대의 도덕 논쟁에 관한 얘기를 해보자. 난해하지만 '의무적'으로라도 읽지 않을 수 없는 임마누엘 칸트(1724~1804)의 얘길 들어봐야 한다. 그는 1781년에 『순수이성비판』을 출간하고, 1788년 『실천이성비판』, 1790년엔 『판단력비판』을 출간하는데, 『순수이성비판』과 『실천이성비판』의 출간 사이인 1785년에 (그나마 대중적인) **『도덕 형이상학을 위한 기초 놓기』**[**](이원봉 옮김, 책세상, 2002)를 출간한다. 그중 한 대목을 인용한다.

무엇보다도 자기 행복의 원칙이 가장 혐오스럽다. (…) [그 이유는] 자기 행복의 원칙이 도덕성을 파괴해서 그 숭고함을 모두 말살해버리는 동기들을 도덕성의 바탕으로 삼기 때문이다. 동기가 그렇게 하는 것은, 덕의 동인과 악덕의 동인을 하나의 부류로 놓고 더 잘 계산하는 법만을 가르칠 뿐 덕과 악덕의 특별한 차이를 완전히 없애버리기 때문이다.[6]

칸트의 이런 입장은 "이성의 진정한 사명은 다른 의도를 위한 수단으로서가 아니라 그 자체로 선한 의지를 만들어내는 것이어야만 한다"[7]는 철학체계 내에서 도출되는 것이다. 칸트의 논리를 따라가는 것은 상당한 철학적 기초가 있어야 한다. 그렇다고 그가 하늘에서 떨어진 외계인이 아니라, "경제적 능력이 없다면 결혼하지 말아야 한다고 주장하고 그런 이유로 자신 역시 평생 독신으로 지낸 사람"[8]이었다니, 꾸준한 책읽기를 통해 그의 인간적 논리에 도전해보기 바란다.

아마도 칸트의 이런 주장에 가장 발끈했을 사람은 제러미 벤담과 존 스튜어트 밀이었을 것이다. 벤담(1748~1832)은 1789년에 『**도덕과 입법의 원칙에 대한 서론**』**(강준호 옮김, 아카넷, 2013)을 출간해 '최대다수의 최대행복'이라는 공리주의 원리를 체계적으로 설파한다. 하지만 그런 그도 자신의 행복을 추구하는 데는 어지간히 서툴렀던 모양이다. 33세까지 독신으로 지내던 그는 세르반 백작의 조카딸 케롤린 폭스에게 연정을 느꼈지만 고백하질 못했다. 정확히 말하면 고백하는 데 시간이 너무 걸렸다. 그는 무려 예순 살이다 되었을 때야 자신의 사랑을 절절이 고백하는 편지를 보냈다. 그

뻔한 결과를 궁금해할 독자도 없겠지만 굳이 확인하자면 정중한 거절을 당했다. 더 궁금하지도 않겠지만 그는 이후 다른 여자와도 계속 결혼을 못(?)했다.[9]

그의 제자 존 스튜어트 밀(1806~1873)은 『**공리주의**』[**](서병훈 옮김, 책세상, 2017)에서 "당신의 행위 규범이 다른 모든 이성적 존재들에게 하나의 법칙으로 받아들여질 수 있도록 행동하라"는 칸트의 명제에 대해 "정말 이상하게도 다른 모든 이성적 존재들이 터무니없을 정도로 비도덕적인 행동 규칙에 따라 살아가고 있음에도 불구하고, 이것이 심각한 모순이거나 논리적(물리적인 것은 제쳐두고)으로 말이 되지 않는다는 사실을 입증해내지 못"한다고 비판한다.[10] 그러고는 벤담의 공리주의를 더 정교하게 가다듬어 이른바 '질적 공리주의'를 주장하면서 자신의 길을 꿋꿋이 간다.

> 행복은 인간 행동의 유일한 목적이며, 따라서 행복을 증진해주는지 여부를 기준으로 인간의 모든 행위에 대해 판단하는 것이 가능하다. 결국 그것이 도덕 판단의 기준이 될 수밖에 없다는 것이 논리의 당연한 귀결이 된다.[11]

위의 공리주의와 칸트 등의 주장을 담아 쉽게(?) 해설한 책이 놀랍게도 우리나라에서 메가 히트를 기록한 바 있다. 마이클 샌델의 『**정의란 무엇인가**』[**](김명철 옮김, 와이즈베리, 2014)이다. 최신판 책 홍보문구에는 무려 '200만 독자'라고 표기돼 있는데, 이런 경이로운 현상이 논술 공부에 적합한 하버드대 교수의 강의 책이라는 위세 때문이었는지, 정의에 굶주린 대한민국 백성들의 민심 폭발 때문이었는지는 아무도 모를 일이다. 어쨌든 독자들도 책읽기가 어느 정도 익숙해진다면 연습문제를 푸는 기분으로 도전해보기 바란다.

역사적으로 볼 때, 어쩌면 밀의 공리주의는 카를 마르크스의 자본주의에 대한 공격을 완화시킨 예방주사였는지도 모른다. 흥미롭게도 카를 마르크스(1818~1883)와 프리드리히 엥겔스(1820~1895)의 『공산당 선언』이 출간된 1848년에 밀의 『정치경제학 원리』가 출간됐으며, 1867년 『자본』이 출간되기 4년 전인 1863년에 『공리주의』가 출간됐다. 이제 역사적으로 등장한 모든 도덕은 마르크스와 엥겔스에 의해 계급적 도덕의 혐의를 받는다. 카를 마르크스와 프리드리히 엥겔스는 이후 20세기를 뒤흔들게 되는 **『공산당 선언』**[**](이진우 옮김, 책세상, 2002; 강유원 옮김, 이론과실천, 2008)에서 이렇게 주장한다.

> 법률, 도덕, 종교, 기타 모든 것이 그들[프롤레타리아]에게는 부르조아적 편견에 지나지 않으며, 그 배후에는 그만큼 부르조아적인 이해관계가 은폐되어 있는 것이다.[12]

도덕의 배후에 부르주아의 이해관계가 은폐돼 있다고 본 마르크스만큼이나 대담한 인물이 있다. 미래를 향해 걸었지만 공산주의와는 정 반대쪽으로 걸어간 프리드리히 니체(1844~1900)는 도덕의 배후에 기독교의 비밀이 숨어 있다고 주장했다. 그는 「**도덕의 계보**」[**](니체전집 14권 『선악의 저편·도덕의 계보』, 김정현 옮김, 책세상,

2002)에서 도덕을 이렇게 설명한다.

성직자 민족인 유대인, 이들은 자신의 적과 압제자에게 결국 오직 그들의 가치를 철저하게 전도시킴으로써, 즉 가장 정신적인 복수 행위로 명예회복을 할 줄 알았다. (…) 즉 "비참한 자만이 오직 착한 자다. 가난한 자, 무력한 자, 비천한 자만이 오직 착한 자다. 고통받는 자, 궁핍한 자, 병든 자, 추한 자 또한 유일하게 경건한 자이며 신에 귀의한 자이고, 오직 그들에게만 축복이 있다. ─이에 대해 그대, 그대 고귀하고 강력한 자들, 그대들은 영원히 사악한 자, 잔인한 자, 음란한 자, 탐욕스러운 자, 무신론자이며, 그대들이야말로 또한 영원히 축복받지 못할 자, 저주받을 자, 망할 자가 될 것이다!" (…) 유대인과 더불어 도덕에서의 노예반란이 시작된다.[13]

이제 우리는 역사의 도덕적 거대담론 공세를 뒤로 하고 현실 속 인간의 모습을 고민해볼 필요가 있다. 우리 시대의 수신과 도덕의 기준은 무엇일까? 나는 나의 도덕적 기준을 확신할 수 있는가? 심리학자 로랑 베그는 『도덕적 인간은 왜 나쁜 사회를 만드는가』*(이세진 옮김, 부키, 2013)라는 책에서, 착각할 여지가 없는 간단한 문제인데도 꽤 많은 참가자들이 집단과 반대되는 의견을 내놓지 않기 위해 오답을 택한 실험 결과를 제시하며 "우리가 도덕규범을 준수하는 이유는 집단에 소속되고 싶어하기 때문이다"고 주장한다. 즉 "'다수'가 깡패다!"는 것이다.[14] 이런 맥락은 엘리자베스 노엘레 노이만이 『침묵의 나선』**(김경숙 옮김, 사이, 2016)에서 모호한 정체의 '여론' 문제를 주제로 본격 분석한 바 있다.

좀 더 거시적으로 인간의 도덕적 현실을 보면 어떨까? 읽는다는 자체가 좀 괴로울 수 있는데, 아우슈비츠에서 생존한 뒤 자살로 생을 마친 프리모 레비의 『이것이 인간인가』*(이현경 옮김, 돌베개, 2007)는 인간에 대한 깊은 상념을 하게 만든다. 진화의 차원에서 '사피엔스의 역사에 정의는 없다'는 관찰을 하고 있는 유발 하라리의 『사피엔스』**(조현욱 옮김, 김영사, 2015)를 통해 인간이 무엇인지를 근원적으로 다시 생각해볼 수도 있겠다.

어쨌거나 우리는 우리의 도덕적 판단까지도 의심할 수 있어야 한다. 우리 시대에 수신과 도덕적 가치의 중요한 지표가 되고 있는 헌법에서도 '법치주의'와 '양심의 자유'를 모순적으로 규정하고 있다. 즉 개인의 도덕적 정의로 국가의 법적 정의를 의심할 수 있도록 보장하고 있는 것이다. 그렇게 우리는 도덕적 삶을 열망할수록 우리의 의식적·무의식적인 도덕적 오만과 위선, 그리고 착각의 가능성에 항시 주의를 기울여야 한다. 도덕책 읽기가 그 모순적 실천을 도와줄 것이다.

2
모든 것의 배경이 되는 역사책 읽기

『조선왕조실록(선조)』에 '역사란 무엇인가'를 일깨워주는 황당한 에피소드가 기록돼 있다. 연유를 모르고 읽으면 참담함을 넘어 기이하기까지 하다. 일단 읽어보자.

상이 명나라의 『대명회전』이 거의 완성되어 간다 하여 유홍으로 하여금 적극 청해서 얻어오게 하였다. 유홍이 예부(禮部)를 찾아가 자문을 드리고 이를 청하였는데, 예부에서는 아직 어람(御覽)을 거치지 않아서 먼저 주기가 어렵다 하였다. 유홍이 일행을 거느리고 피눈물을 흘리며 궤청(跪請)하니, 상서(尙書) 심이(沈鯉)가 그 정성에 감동하여 즉시 제본(題本)을 갖추어 순부(順付)를 주청한 바 천자(天子)의 윤허를 얻어 본국에 부권(付卷)이 특별히 하사되고 또 칙서까지 내려졌다. (…) 상이 (…) 비망기를 내려 이르기를, "만력(萬曆) 무자년 봄에 사은사 유홍이 돌아오다 산해관에 도착하자 주사 마유명이 시를 지어 송별하므로 유홍이 2수를 지어 화답하였다. 대저 유홍이 이 걸음에서 만리

길의 어려움을 무릅쓰고 온 마음을 다하여, 손으로 칙서를 받들고 직접 보전을 가져옴으로써 금수의 지역이 예의의 나라로 변하였으니, 이는 우리 동방이 재차 살아나고 기자(箕子)의 주범(疇範)이 다시 열리는 시기인데, 어찌 그 시를 후세에 민멸시킬 수 있겠는가."[15]

대체 웬 소동인가? 조선 사신은 명나라가 새로 편찬한 역사책 한 권을 조금 빨리 입수하고 싶어서 나라의 체통도 없이 이런 굴욕적인 행동을 했단 말인가? 그게 단순한 책 욕심이었다면 차라리 나을 뻔했다. 조선으로서는 이 역사책 한 권에 '피눈물'을 흘릴 만한 나름의 한맺힌 사연이 있었다.

1394년(태조 3년) 4월 25일, 명나라 사신이 조선에 경고성 제사용 축문을 가져왔다. 그런데 축문 내용에 해괴하게도, "옛날 고려 배신 이인임(李仁任)의 후사 이성계(李成桂)의 지금 이름 이단(李旦)이 (…)"[16]라고 돼 있었다. 이인임은 전횡으로 고려 멸망을 재촉한 수구적 친원파였고, 이성계는 그런 이인임과 척을 지고 세력을 키운 개혁적 친명파였다. 그런데 '이인임의 아들 이성계'라고 지칭한 것이다. 명나라는 이 '아무 말'을 역사책에 기록해놓고, 위 실록에서처럼 1588년이 돼서야, 그것도 조선 사신이 '피눈물'을 흘리며 간청하자 겨우 각주 형식[付卷]으로 수정해준 것이다. 명나라는 조선의 정통성·정당성을 왜곡한 이 '아무 말 과거 역사책'으로 무려 194년 동안 '조선의 현재'를 틀어쥐고 지속적으로 괴롭혔던 것이다.

그런데 선조의 기쁨에 겨운 발언 중에 "손으로 칙서를 받들고 직접 보전을 가져옴으로써 금수의 지역이 예의의 나라로 변하였으니, 이는 우리 동방이 재차 살아나고 기자(箕子)의 주범(疇範)이 다시 열리는 시기"란 표현이 특히 인상적이다. 사실 이 소란스런 에피소드를 아무리 뒤집어본다 해도 따지고 보면 결국, 조선의 과거나 당시의 실체가 변한 것이 아니라 명나라 조정의 역사가가 역사적 사실에 대해 쓴 글자 몇 자가 변했을 뿐이다. 그런데 그렇게 글자 몇 자가 변한 걸 가지고 '금수의 지역이 예의의 나라'로 변했다며 감격스러워한 것이다.

바로 이것이 사실을 재현하지만 다시 사실을 규정해버리는 역사의 불가사의한 정체이자, 역사가 가진 마력이다. 그래서 우리는 역사를 알기 전에 '역사란 무엇인가'부터 알아야 한다. 그래야 역사로부터 소외당하지 않고 우리 스스로를 지켜갈 수 있다. 그렇게 과거의 삶이 보여주는 미래의 삶에 대처해가야 한다.

흔히 역사를 사실의 나열로만 생각하는 경우가 있다. 아무 사실의 나열 그 자체는 결코 역사가 아니다. 상상일 뿐이지만 지구상에 존재했던 모든 인간의 모든 시간을 담아낸 기록이 있다 한들 그것은 역사가 아닌 사실의 무더기일 뿐이다. 그 사실의 무더기로부터 당대 역사가는 특정한 사실을 선택해 기록한다. 물론 당대 역사가에 의해 선택되지 않은 삶의 기록도 사료로 남는다. 당연히 그 사료들엔 '이인임의 아들 이성계'식의 왜곡이 있을 수 있다. 정치적 이해관계와 이데올로기가 작동하는 것이다. 그렇게 사실이 문자로 바뀌고 시간이 흐르면서 현재의 역사가는 다시 미래의 역사를 위해 그 문자 기록을 해석한다. 한마디로 역사란 현재의 역사가가 미래의 삶을 위해 과거의 사실을 이데올로기라는 틀로 선택·확증·해석한 결과물이다. 그리고 우리는 그렇게 제시된 역사를 다시 나름의 협애한 생각의 여지 속에서 읽고 이해하는 것이다.

이런 맥락에서 우리가 '역사가의 역사'를 맹신하지 말아야 하는 이유를 잘 정리해준 역사책 읽기 기본서가 있다. '역사란 과거와 현재의 끊임없는 대화'라는 명제로 유명한 E. H. 카의 『**역사란 무엇인가**』**(김택현 옮김, 까치, 2015)이다. 한데 이 명제는 그의 또 다른 명제 '역사는 그 본질상 변화이고, 운동이며, 진보'라는 주장에 의해 재규정된다. 과거 공산주의 국가가 큰 세력이었던 시기에는 '역사의 진보'라는 주장이 관념이든 희망이든 현재적인 힘을 얻고 있었다. 하지만 공산세력의 붕괴 이후에는 그 '진보'의 현실적 의미가 많이 퇴색한 것이 사실이다.

우리가 역사책을 읽는다면 우선, 그 진보의 의미가 무엇이든, 역사는 어떤 방향성을 가지고 진보한다는 관점으로 쓰였는가, 아니면 진보란 인식할 수 없고 역사란 각 시대의 독자적인 의의와 완결성을 사실로써 이해하는 것이라는 관점에 의해 쓰였는가를 파악해야 한다. 이는 역사책 읽기에서 결정적인 핵심이다. 이 두 관점이 어떻게 서로 다른지를 비교해보려면, 조지형의 『**역사의 진실을 찾아서 랑케&카**』*(김영사, 2006)를 참고하기 바란다.

그런데 역사가 방향성을 가지고 진보한다고 주장하는 관점 중에서도 가장 전형적인 것은 공산주의적 관점일 것이다. H. A. 에로페에프의 『역사란 무엇인가』**(훈겨레, 1986)에 그 맥락이 잘 설명돼 있다. 이런 주장은 이젠 다소 틀에 박힌 역사의 유물처럼 읽힐 수도 있겠지만 이론적 체계를 가지고 있는 만큼 여전히 많은 이념적 영감을 줄 수 있다. 다른 한편, 현실 공산주의 국가의 몰락 이후 역사의 진보라는 방향성은 '자본주의적 자유민주주의'에서 종말을 맞았다는 주장도 나왔다. 프랜시스 후쿠야마의 『**역사의 종말**』**(이상훈 옮김, 한마음사, 1997)이란 책인데, 어찌 보면 나올 얘기가 나왔던 것뿐이다. 이 책은 우리가 식상할 정도로 잘 외고 있는 상투적인 반공 이념보다는 한 차원 높게 '자본주의적 자유민주주의'의 종말론적 영구성을 주장하므로 조금 차분하게 읽어볼 필요가 있다.

이렇게 역사를 읽을 준비가 됐다면, 이제 역사 그 자체를 읽어봐야 한다. 아무래도 전 역사를 아우르는 통사 한두 권쯤은 있어야 할 것이다. 간단한 (유럽사) 책을 원하면 존 허스트의 『**세상에서 가장 짧은 세계사**』**(이종원 옮김, 위즈덤하우스, 2017)를, 방대한 규모를 원하면 빅히스토리연구소의 『**빅 히스토리**』**(윤신영 등 옮김, 사이언스북스, 2017)를 구입해 필요할 때마다 펼쳐보면 좋을 것 같다.

이제 본격적으로 주제별 역사책을 읽어야 한다. 여기서 고민이 있을 것이다. 그 많고 많은 역사적 이슈 중에 무엇부터 읽을 것인가? 의외로 간단하게 추천해줄 수 있다. 중요한 사건을 다룬 역사책부터 읽어보기 바란다. 뭐라고? 뭐가 중요하냐고? 그럼 바꿔 묻겠다. 독자들은 자기 인생에서 언제가 중요했다고 생각하는가? 사건으로 대답해보기 바란다. 아마도 많은 독자들이 어릴 적 겪었던 특별한 사고 날, 대학 합격 통지를 받던 날, 어떤 이성과 처음 만났던 날, 첫 출근 날, 결혼식 날, 자녀가 태어난 날, 사업을 시작한 날, 부모님이 돌아가신 날 등등을 꼽을 것이다. 이런 날들이 아니더라도 자신이 어떤 특별한 사건을 꼽는다면 왜 그 사건을 떠올리는 건지 그 이유를 생각해보기 바란다.

우리가 어떤 날을 특별히 중요하다고 생각한다면 그날을 계기로 우리의 인생이 결정적으로 바뀌었기 때문일 것이다. 행복한 날이 계속되다 불행이 찾아온 날이거나 거꾸로 불행이 계속되다 행복이 시작된 날은, 분명히 어제가 오늘 같고 오늘이 내일 같은 날보다 더 우리의 뇌리를 지배한다. 설령 그땐 그날이 그렇게 내 인생의 분수령이 될 줄을 몰랐다고 해도 나중엔 그날이 나의 역사적인 날이었다는 것을 깨닫게 될 것이고, 그리하여 중요한 날이 되는 것이다. 분명히 우리의 인생이 바뀌는 건 바로 그 하루 때문은 아니다. 하지만 그 하루를 생각하면 그 하루를 둘러싼 모든 인과관계가 연상될 것이고, 그래서 우리는 그 하루를 나의 역사적인 날로 생각하게 되는 것이다.

우리의 개인적 인생사든 나라의 역사든 세계의 역사든 그 원리는 마찬가지다. 역사책을 읽는다면 일단은 우리의 역사를 바꾼 바로 그 중요한 사건부터 읽어나가면 된다. 그리고 여력이 생기면 평화롭게 지속된 우리들의 삶과 그 동력을 이해해가면 되리라고 본다.

그런데 역사 초보자인 경우 다소 난감한 질문이 있을 수 있다. 내 인생이라면 어떤 사건이 중요한 사건이었는지 감이 오지만, 세계의 역사라면 좀 난감할 수 있는 것이다. 언제, 어떤 사건이 역사를 바꿨을까? 그럼 질문을 조금 바꾸어보면 된다. 우리가 살고 있는 지금 이런 식의 삶은 언제부터 시작된 것일까? 우리 경우는 조선시대의 몰락과 함께 지금 같은 근대적 삶이 시작된 것이고, 서양의 경우는 프랑스혁명이 상징적인 사건이라고 할 수 있다. 어쩌면 우리의 근대도 결국 프랑스혁명의 자장에서 바라봐도 될 것이다. 그것은 자본주의 국가형태로의 전환을 가장 폭발적으로 드러낸 상징적 사건이기 때문이다.

프랑스 자본주의혁명에 관한 단행본으로는 주명철의 『오늘 만나는 프랑스 혁명』*(소나무, 2013)이 있다. 혁명의 나라 프랑스 역사 전체에 관심이 간다면 앙드레 모루아의 『프랑스사』**(신용석 옮김, 김영사, 2016) 정도면 지루하지 않게 읽을 수 있을 것이다. 프랑스혁명을 시대적 중심에 놓는다면 그 이전 중세가 저물어가는 과정을 담은 요한 하위징아의 『중세의 가을』**(이종인 옮김, 연암서가, 2012)을 읽어보기 바라고, 중세의 지배력이 무너져가는 데 대한 교회의 반응으로 볼 수 있는 '마녀사냥'에도 관심이 필요하다. 쥘 미슐레(1798~1874)의 『마녀』*(정진국 옮김, 봄아필, 2012)와 마녀사냥의 교본 야콥 슈프랭거(1436/1438~1495), 하인리히 크라머(1430~1505)의 『마녀를 심판하는 망치』*(이재필 옮김, 우물이있는집, 2016)를 분석해보기 바란다.

러시아 공산주의혁명에 관해서는 올랜도 파이지스의 『혁명의 러시아 1891~1991』**(조준래 옮김, 어크로스, 2017)을, 블라디미르 레닌의 목소리로 공산주의 혁명논리를 직접 확인하고 싶다면 『국가와 혁명』**(문성원, 안규남 옮김, 돌베개, 2015)을 읽기 바란다. 중국의 공산주의에 대해서는 모리스 마이스너의 『마오의 중국과 그 이후』**(김수영 옮김, 이산, 2004)를, 마오쩌둥의 혁명논리는 「신단계를 논함」**(『중국혁명론』, 박광종 옮김, 범우사, 2004)을 읽어보면 되겠다. 러시아혁명의 반작용으로 볼 수도 있는 독일 나치즘은 마르틴 브로샤트의 『**히틀러 국가**』**(문학과지성사, 2011)를, 히틀러의 파시즘적 환상을 굳이 직접 듣겠다면 『**나의 투쟁**』**(황성모 옮김, 동서문화동판, 2014)이 있다.

거듭 강조하지만 우리가 역사책을 읽는다는 건 그저 역사 속의 이런 저런 이야기를 읽는다는 게 아니다. 오늘의 관점에서 역사를 바라보며 내일을 위해 역사 속 당대의 문제를 이해하고 끊임없이 묻는 과정으로 생각해야 한다.

예컨대 봉건체제가 자본주의체제로 전환되는 데 왜 1000년이라는 긴 시간이 필요했을까? 프랑스혁명과 자본주의체제로의 전환은 어떤 관계가 있는가? 누가 주도했는가? 계몽이 더 큰 영향력을 미쳤을까, 배고픔이 더 큰 이유였을까? 혁명을 위한 폭력을 어떻게 볼 것인가? 마르크스가 꿈꿨던 세상에 비추어 러시아 공산주의혁명 이후의 현실은 우연인가 필연인가? 공산주의는 왜 실패했는가? 히틀러의 세계대전 촉발은 제국주의와 어떤 인과관계에 있는가? 아시아 등은 왜 서양에 뒤처져 식민지로 전락했는가?

질문을 좀 더 거시적으로 바꿀 수도 있다. 역사의 진보를 인정하지 않는다면 퇴행할 수도 있는가? 예컨대 자본제에서 봉건제로, 다시 노예제로의 퇴행도 가능한가? 그렇게 되지는 않을 것 같다면 그 이유가 뭔가? 한·중·일은 왜 고대사로 싸우는가? 역사책을 수없이 읽고도 이런 식의 역사적 질문들에 나름의 대답을 할 수 없다면 역사가 아닌 옛날이야기를 읽은 것뿐이다.

질문과 함께 다시 거슬러 올라가보자. 로마제국의 멸망과 봉건 시대의 시작은 당연히 역사의 중요한 주제다. 왜, 또 어떻게 이런 시대 변화가 일어났을까? 역사는 수학공식처럼 단순하게 전개되지 않는다. 독자로서는 그것이 역사를 알아가는 재미이기도 할 것이다. 우선 유럽사 위주로 전형적인 방식의 접근을 해본다면, 페리 앤더슨의 『고대에서 봉건제로의 이행』**(한정숙·유재건 옮김, 현실문화, 2014)과 『절대주의 국가의 계보』**(김현일 옮김, 현실문화, 2014)가 있다. 역사의 이행에 관한 대표적인 고전이다.

고대까지 거슬러 올라가보자. 원시공동체 사회의 붕괴 과정과 착취에 기초한 계급사회 국가의 출현에 관한 엥겔스의 『가족, 사유재산, 국가의 기원』**(김대웅 옮김, 두레, 2012)을 출발점으로 삼을 수 있다. 고대 국가의 탄생 중 서양 문명의 기반처럼 인식되고 있는 그리스의 기원은 특별히 흥미를 끈다. 그리스는 어떻게 독창적인 문명으로 탄생했을까? 마치 하늘에서 떨어진 것처럼 말하는 그 독창성이란 게 역사적 날조이며, 이집트 등의 동방문명에 영향을 받아 탄생했다고 주장하는 문제작이 있다. 마틴 버날의 『블랙 아테나 1』**(오홍식 옮김, 소나무, 2006)이다. 그에 따르면 1800년경까지만 해도 서양학계에서 그리스 신화가 그리스의 가장 오래된 역사로 받아들여졌지만, 제국주의적 인종주의의 부상으로 아테네의 수호신 아테나 여신이 원래 검은 이집트 여신인 네이트 여신이었다는 사실을 받아들일 수 없어 허구의 이야기로 몰렸다는 것이다.

이제 원시의 끝까지 거슬러 올라가보자. 과연 폭력과 전쟁은 계급과 국가의 발생 이후의 일일까? 혹 원시적 삶이 문명의 삶보다 더 끔찍하지는 않았을까? 그렇다고 말하는 책이 있다. 로렌스 H. 킬리의 『원시전쟁』**(김성남 옮김, 수막새, 2014)이다. 이와는 대조적으로 인류는 고대 이전 오랜 기간 동안 강자들에 대한 다양한 제재를 통해 사회적 계급 없이 평등주의자로 살았다는 주장이 있다. 크리스토퍼 보엠의 『숲 속의 평등』**(김성동 옮김, 토러스북, 2017)이다. 이런 관점의 대립은 말하자면 폭력과 계급지배 혹은 합리적 평화와 평등 중 어떤 것이 인간의 본성에 가깝냐를 두고 끝없이 지속될 미래 논쟁을 위한 과거 논거 찾기로 보면 될 것이다.

끝으로 우리 현대사에 대해 간단히 언급하겠다. 해방 이후 우리 현대사에서 가장 중요한 사건은 6·25와 5·18일 것이다. 6·25는 축적된 내전內戰 사유에 의해 촉발됐을까, 아니면 미·소 냉전에 희생된 것이었을까? 두 사유의 상호관계는 뭘까? 그리고 민주화의 상징적 사건인 5·18은 왜 광주라는 특정 지역에서 일어났을까? 왜 이 사건에 대한 지역적 인식차가 여전히 그렇게 큰 것일까? 이 두 사건을 이해할 수 있으면 우리 현대사는 어느 정도 이해 가능하다고 본다. 6·25는 부르스 커밍스의 『부르스 커밍스의 한국전쟁』** (조행복 옮김, 현실문화, 2017), 『한국전쟁의 기원』**(김자동 옮김, 일월서각, 1986), 정병준의 『한국전쟁』**(돌베개, 2006)을, 그리고 5·18은 김영택의 『5월 18일, 광주』*(역사공간, 2010), 황석영·이재의·전영호의 『죽음을 넘어 시대의 어둠을 넘어』*(창비, 2017), 최정운의 『오월의 사회과학』**(오월의 봄, 2012)을 기준점 삼으면 되겠다.

모든 주의·주장은 필연적으로 역사적 상황 속에서 발생한다. 따라서 역사책 읽기는 모든 책읽기의 기본 배경이 된다. 역사를 알아야 철학을, 사회과학을, 자연과학을, 예술을, 심지어 종교를 알 수 있다. 다만 어떤 역사책을 읽어도 그 뒤엔 나름의 관점이 도사리고 있다는 사실을 잊어서는 안 된다. 이데올로기를 대놓고 강조하는 역사책은 차라리 이해하기 쉽다. 오히려 난해한 책은 아무 이데올로기도 없는 객관적인 실증주의 역사 서술이라고 우기는 경우다. 하지만 '이데올로기 없다는 이데올로기' 또한 의심의 대상이어야 한다. 역사책 읽기를 심화시켜 그 이데올로기적 점입가경을 직접 확인할 수 있게 되기를 바란다.

3
'생각하는 방법'을 위한 철학책 읽기

이 책을 읽고 있는 독자들은 '철학' 하면 무슨 이미지가 떠오르는가? 잠자리채로 '뜬 구름'을 잡으려고 허우적거리는 이해 못할 사람들? 아니면 현학적인 언변으로 세상을 관조하며 제 잘난 맛에 사는 사람들? 그것도 아니면 멋들어진 말과는 전혀 다른 일관되지 않는 행동을 하면서도 부끄러움을 모르는 위선적인 사람들? 철학자(가)들이 들으면 좀 억울하겠지만 철학 하면 떠오르는 이런 이미지에는 모두 어느 정도의 그럴 만한 이유가 있다.

우선 철학은 다른 학문 분야와는 다르게 연구해야 할 대상 자체가 매우 모호하다. 예컨대 역사학은 지난 사실을, 사회과학은 사회를, 자연과학은 자연을, 문학은 시·소설·희곡 등의 영역을, 심지어 종교학도 사람들이 믿는 종교현상이라는 분명한 대상이 있다. 그런데 철학의 대상은 무엇인가? 역사 속의 철학자들이 내놓은 사변 그 자체를 연구하는 것이 철학인가? 거의 그런 것처럼 보이기도 한다. 하지만 아니다. 다음 칸트의 말을 음미해보기 바란다.

학교 교육을 마친 젊은이는 배우는 데 익숙하다. 이제 그들은 철학을 배우려고philosophie lernen 생각하지만 이는 불가능한 일이다. 그들은 철학하기를 배워야 하기philosophieren lernen 때문이다.[17]

무슨 말인가? 철학을 한다는 것은 이미 기성품으로 나와 있는 역사 속 철학자들의 철학적 사변 내용을 익히는 것이 아니라는 의미다. 그것은 그들의 시대와 환경 속에서 나온 그들의 철학일 뿐이다. 한마디로 철학이란 기성 철학자들이 써놓은 철학적 주장에 숙달되는 것이 아니라 그것을 토대로 스스로 사고하는 방법을 배우는 것이라는 주장이다. 역사 속 철학자들의 주장에 도통하면 철학에 도통하는 줄 알았는데, 역사 속 대표적인 철학자 중 한 명인 칸트가 대놓고 그게 아니라니 난감한 일이다.

우리가 철학을 오리무중이라 느끼는 이유는 그것이 어떤 외부의 대상을 연구한다기보다 대상을 바라보는 시선 그 자체의 방법론으로부터 연구를 시작해야 하기 때문이다. 한마디로 철학은 생각하는 방법에 관한 학문인 것이다. 물론 철학자는 자신만의 생각하는 방법에 따라 인간과 세상이라는 대상을 연구해 그 결과물을 철학이란 이름으로 내놓는다. 하지만 그 결과물은 결국 자신만의 철학적 방법론에 따른 결과물일 뿐이다.

이런 사정은 철학의 출발부터 그랬던 것으로 보인다. 철학, 즉 필로소피philosophy란 말은 원래 그리스어의 필로소피아philosophia에서 유래하는데, 필로는 '사랑하다' '좋아하다'라는 뜻의 접두사이고 소피아는 '지혜'라는 뜻이므로, 필로소피아는 지知를 사랑하는 것, 즉 '애지愛知의 학문'을 말한다.[18] 철학이 지혜를 사랑하는 학문 그 자체를 의미한다면, 그 지혜를 사랑한 결과물이 무엇인지는 부수적일 뿐만 아니라 그 내용은 부지기수라는 뜻이기도 하다.

그렇다면, 즉 철학적 결과물은 부지기수일뿐더러 그 내용에 정답이 없다면, 우리는 굳이 철학을 책읽기로 할 게 아니라 각자 나름대로 뭔가를 깊이 생각한 것으로 대신할 수는 없을까? 그렇게 시도하는 사람들이 있다. 불가의 승려들이다. 한데 보통의 우리는 생각을 깊이 했으므로 책읽기는 필요 없다고 하기가 힘들다. 왜냐하면 우리들 대부분은 생각을 깊이 한 다음 이것이 내가 깨달은 나만의 철학이라고 해봐야 그건 이미 역사 속 철학자 누군가가 훨씬 더 정연하게 깨달은 내용이기 십상인 때문이다. 따라서 그냥 역사 속 철학자들의 경험적 결과물을 이해하고 그 토대 위에서 나름의 생각을 정리하는 게 우리에겐 훨씬 시간을 절약할 수 있는 방법일 것이다.

또 다른 의문이 있다. 철학이 오리무중의 학문인데다 어렵기까지 하니 시간을 완전히 절약하기 위해 철학은 그냥 건너뛰고, 철학보다 훨씬 쉬운 다른 분야의 책을 열심히 읽으면 더 좋지 않을까? 아쉽지만 그럴 수가 없다. 여러분들의 책읽기 수준은 결국 여러분들의 철학 수준에 비례할 것이기 때문이다. 이런 주장이 철학책 읽기를 강조하는 과장일 수는 있겠지만, 그렇더라도 이는 '자연과학자의 능력은 자연에 대한 계산능력에 비례한다'는 정도의 과장일 것이다. 실제로 철학 없는 책읽기를 상상해보라. 철학적 이해 없는 역사책 읽기, 철학적 이해 없는 사회과학책 읽기, 철학적 이해 없는 예술책 읽기 등등의 공허한 책읽기가 상상이 되는가? 심지어 역사 속의 뛰어난 자연과학자들까지도 뭔가 철학적인 발언을 하고 있지 않은가?

그래서 좋든 싫든, 우리는 어쩔 수 없이 철학책 읽기를 해야 한다. 그렇다면 우선 '철학이란 무엇인가'라는 책부터 읽어야 할 것 같다. 하지만 예외 없이 그런 주제의 책은 (유명 철학자이면 일수록) 철학을 자신의 철학적 관점으로 정의 내린 것에 불과하다. 이런 사태를 감안하면 나로서는 철학을 정의 내리는 책읽기는 뒤로 미루고 그저 철학이란 사전식으로 '지혜를 사랑하는 학문' 혹은 내 식으로 '인간과 세상에 대해 생각하는 방법과 그에 따른 결과물에 관한 학문' 정도로 이해하고 넘어가는 것도 시간 절약 같아 보인다. 굳이 읽겠다면 버트런드 러셀의 『철학이란 무엇인가』**(황문수 옮김, 문예출판사, 2014)가 도움이 될 것이다.

아마도 많은 사람들의 경우 철학에 대한 최초의 관심은 인생에 대한 개인적 회의나 호기심에서 비롯하는 경우가 많을 것이다. 예컨대 '인생이란 무엇인가' '왜 사는가' 혹은 '죽음이란 무엇인가' 같은 질문이 대표적이다. 물론 이런 질문은 훌륭한 철학적 화두이기는 하다. 하지만 철학책을 집어든 독자들은 역사 속의 유명 철학자들이 '의외로' 이런 문제에 집중하지 않고 있다는 데 크게 실망할 수 있다. 철학자들은 왜 이렇게 중요한 문제를 놔두고 알쏭달쏭한 엉뚱한 얘기만 늘어놓는 것일까?

아마도 위와 같은 질문을 하는 사람들 대부분은 철학보다는 종교적 질문을 하고 있는 것으로 보인다. 사실 철학자들이 위와 같은 질문에 무관심한 것은 절대 아니다. 하지만 철학자들은 질문자들이 당연히 전제하고 있는 것부터 의심하는 사람들이다. 즉 그들은 '내가 살아 있다'는 것이 무슨 의미인지부터 알고자 한다. 장자의 '나비 꿈 이야기'는 대표적이다. 내가 살아 있다는 의식의 정체부터 생각하는 것이 철학이라면, 살아 있다는 것은 의심 없이 받아들이면서 어떻게 (복 받으며) 살 것인가 그리고 죽은 이후에 내 영혼이 어떻게 더 좋은 곳에 갈 수 있을까 하는 등의 문제에 더 관심을 갖는 것이 종교다. 즉 철학과 종교는 생각의 주된 방법과 관심이 다르다고 할 수밖에 없다. 그러므로 철학에 관심 있는 독자라면 당연한 것을 의심하며 본질을 파고들어 인간과 세상에 대한 인식과 실천을 고민하는 철학의 방법론에 익숙해질 필요가 있다.

그렇다면 철학자들이 가장 중요하게 생각하는 '철학의 근본문제'는 무엇일까? 모두가 동의하지는 않겠지만 프리드리히 엥겔스는 『**루트비히 포이어바흐와 독일 고전철학의 종말**』[***](강유원 옮김, 이론과실천, 2008)에서 철학의 근본문제를 '물질(존재, 자연)과 의식(사유, 정신)의 상호관계'라고 정리한 바 있다. 참고로 북한 사회과학출판사 편, 『**주체사상의 철학적 원리(주체사상 총서1)**』[**](백산서당, 1989)는 공산사회에서의 철학의 근본문제는 물질/의식의 관계가 아니라 사람/세계의 관계로 전환된다고 주장한다.

얘기가 조금 옆으로 새는 것 같은데, 나는 위에 적혀 있는 엥겔스 저작을 포함해 책읽기 초보자들의 경우 (특히 현대 철학에 가까울수록) 철학사에 등장하는 고전들을 무턱대고 직접 읽는 것은 권장하지 않는다. 철학의 기초지식 없이 철학사의 원전들을 직접 읽으려 하는 것은 과학의 기초지식 없이 과학사의 원전들을 직접 읽으려 하는 것과 유사하다. 과학사의 고전은 애초에 그런 시도를 하는 사람들이 별로 없지만, 철학사의 고전은 숫자가 아닌 글자로 돼 있다는 이유로 그런 시도를 하는 독자들이 종종 있어서 하는 말이다. 철학책은 일정 수준에 올라 원전을 읽을 수 있을 때까지는 가능한 한 좋은 해설서나 참고서로 내공을 다지는 게 훨씬 효율적이다. 혹 그래도 뭔가 원전들을 서둘러 직접 접하고 싶다면 그 내용을 통째로 모두 이해하려 하기보다는 일단 부분적으로 이해 가능한 내용만이라도 해설서와 함께 이해해보기 바란다.

어쨌거나 엥겔스는 '물질과 의식' 혹은 '자연과 정신'의 상호관계를 뭣 때문에 그렇게 중시해 철학의 근본문제라고 했을까? 그렇게까지 어려운 주장은 아니다. 지금 현대를 사는 우리들도 해결치 못한 생각의 대립이 있다. 신이 세상을 창조했을까, 아니면 자연은 그 자체로 존재하며 오히려 인간이 신이라는 관념을 창조했을까? 여기서 신 관념을 의식이나 정신으로 치환하고, 자연을 물질적 존재로 치환해보기 바란다. 치환해보라고? 무슨 얘기인지는 대충 알겠는데 그것의 상호관계가 뭐 그렇게 중한가? 중하다! 엥겔스는 신·의식·정신을 일차적이고 근본적이라고 보는 관념론 진영은 지배계급의 편이었고, 반대로 자연·물질적 존재를 일차적이고 근본적이라고 보는 유물론 진영은 피지배계급의 편이었다고 주장하기 때문이다. TV토론에 나와서 다투는 패널들을 상상해보면 쉽게 실감할 것이다. 어떤 철학이 궁극적으로 누구의 편을 들고 있는가를 따지는 것은 정말 중한 근본문제 아닌가?

그런데 '신·의식·정신'을 일차적이고 근본적이라고 생각한 진영은 정말 지배계급의 편이었을까? 예외 없이 그랬던 것은 아니다. 더군다나 공산사회의 경험을 통해 모든 것이 뒤집어지는 경험까지 한 바 있다. 하지만 역사적으로 보면 그런 주장이 충분히 가능할 정도의 경향은 분명히 존재했다. 예컨대 신(영혼·정신)을 일차적으로 생각한 고대 플라톤·아리스토텔레스 등의 관념론, 중세의 교회 관념론, 근·현대의 반공 관념론 등이 어떻게 계급사회의 논리에 부응했는지 그 경향을 간단히 돌이켜봐도 된다. 설령 '정신/물질'의 상호관계에 대한 태도가 어떤 계급의 편인가를 결정하는 유일한 기준이 될 수 없다고 해도, 세상을 움직이는 주된 동력이 관념 내지 이성, 하다못해 고용주의 정신적 격려인가 아니면 자연, 자본의 힘, 물질적 보너스인가를 판단하는 것은 아주 중요한 일임에 틀림없다. 세상을 움직이는 동력에 대해 뭔가 관여해야 하기 때문이다. 그러니 그런 '철학의 근본문제'에 따라 철학사를 통찰해보는 것은 대단히 중요한 의미를 갖는다고 할 수 있다.

철학책 읽기도 우선 좋은 철학사 책을 한 권쯤 갖추고 사전처럼 필요에 따라 부분적으로 읽어가는 통상적인 방법을 권한다. 버트런드 러셀의 『서양 철학사』**(최민홍 옮김, 집문당, 2017)가 좋은 길잡이 역할을 해줄 것으로 보인다. 다른 점은 차치하고라도 "대부분의 철학사에서는 각 철학자들이 진공에서 나오듯이 나타난다"는 문제의식 속에서 "각 철학자들을 그의 환경milieu의 산물로서 밝히려고 하였다"[19]는 취지만으로도 충분히 가치 있는 철학 안내서다. 좀 더 친절한 나이젤 워버턴의 『생각하는 삶을 위한 철학의 역사』**(이신철 옮김, 에코리브르, 2016)도 있고, 정통 방식이 아닌 소설 형식의 통사 입문서인 요슈타인 가아더의 『소피의 세계』**(장영은 옮김, 현암사, 2015)도 나름의 장점이 있어 보인다. 중국철학으로는 펑유란의 『간명한 중국철학사』**(정인재 옮김, 마루비, 2018)가 정평이 있으며, 우리나라의 철학에 대해서는 전호근이 『한국 철학사』**(메멘토, 2015)로 어려운 작업을 해냈다.

이제 세부적인 철학서를 소개할 텐데, 나는 철학사의 유명한 고전들을 빠짐없이 열거하려고 노력하지는 않을 생각이다. 그런 고전들은 이 책이 아니라도 위에 소개한 철학사 책이나 고전목록에서 쉽게 찾을 수 있으며, 또한 그런 고전들을 읽을 수 있는 정도의 책읽기 이력을 가졌다면 이 책의 독자가 아닐 가능성이 높거니와 이미 익숙하게 잘 알고 있을 것이기 때문이다. 여기서는 차라리 그런 어려운 고전들에 입문할 수 있는 해설서나 참고서를 소개하련다. 책읽기의 목표가 되는 고전을 뒤로 돌리는 것은 난해한 철학과 자연과학 책읽기에만 한정된 어쩔 수 없는 방편이므로 양해하기 바란다.

시대별로 세분하면 고대철학에 관한 책으로는 피에르 아도의 『고대철학이란 무엇인가』**(이세진 옮김, 열린책들, 2017)를 읽어볼 필요가 있다. 이 책은 현대의 강단 철학자들이 철학을 '유명 철학자의 텍스트를 바탕으로 지식을 전하는 것'처럼 생각하는 데 비해, 고대의 철학자들은 세상에 대한 철학적 인식과 개인적 삶의 방식이 일치되는 것을 지향하며 '대화와 토론을 통해 철학적 삶을 실현해 나갔다'는 데 초점을 맞추고 있다. 이런 관점은 책의 제목인 '고대

철학이란 무엇인가'를 넘어 '철학이란 무엇인가'를 생각하게 해줄 것이다. 특별히 '말 따로 행동 따로'의 철학자(가)에 대해서 많은 것을 생각하게끔 할 것이다.

중세철학은 철학 그 자체의 독자성을 상실한 것으로 보이므로 종교 부분에서 다루겠다. 중세에서 근대로 넘어오는 과정에 철학자 데카르트(1596~1650)가 등장한다. 그는 근대철학의 창시자로 여겨진다. 그의 무엇이 특별한 것일까? 아이러니하게도 그의 '체계적 비일관성'이 그를 특별하게 만들었다. 그에 따르면 정신과 물질(심신)은 완전히 이원적으로 분리돼 상호작용 없이 독자적으로 운동한다. 좌파의 입장에서는 이러한 "데카르트의 이원론은 한편으로는 경제적으로 점점 강력해지는 유럽 부르주아지를 철학적으로 반영한 것이지만, 다른 한편으로는 봉건적 절대주의, 즉 여전히 전능한 성직자 계급에 대한 정치적 승인이기도 하다"[20]고 평가한다. 데카르트는 그렇게 이후 유물론과 관념론, 두 체계의 발전에 모두 영감을 주게 된다. 빅토르 델보스의 『데카르트, 이성과 의심의 계보』** (이근세 옮김, 은행나무, 2017)가 길잡이 역할을 해줄 것이다.

근대 부르주아 혁명기를 지배한 철학은 사회과학 부분에서 다루겠다. 여기서는 프랑스식 정치 혁명이 아닌 독일식 철학 혁명의 선봉에 선 칸트와 헤겔, 그리고 부르주아 자본주의 철학에 공격적으로 대립한 역사적 유물론자 마르크스, 사회주의적 인간의 이해를 냉소하며 자신의 길을 간 위버멘쉬(초인)의 주창자 니체에 초점을 맞추고자 한다. 아마도 이 네 철학자들을 이해한다면 철학사 이해의 가장 힘든 봉우리를 넘는 셈일 것이다.

우선 임마누엘 칸트(1724~1804)에 대한 친절한 해설서로 한자경의 『칸트 철학에의 초대』**(서광사, 2006)가 있다. 게오르크 헤겔(1770~1831)의 경우는 곤자 다케시의 『헤겔과 그의 시대』**(이신철 옮김, 도서출판b, 2014)를 추천한다. 카를 마르크스(1818~1883)는 우치다 타츠르, 이시카와 야스히로의 『청년이여, 마르크스를 읽자』**(김경원 옮김, 갈라파고스, 2011)로 시작해보는 것도 좋을 듯하며, 아예 마르크스의 발언을 직접 뽑아 엮은 에른스트 피셔의 『마르크스 사상의 이론구조』**(노승우 옮김, 전예원, 1985)나 로베르트 쿠르츠의 『맑스를 읽다』***(강신준·김정로 옮김, 창비, 2014)로 대략의 체계를 이해해보는 것도 좋은 방법이다. 프리드리히 니체(1844~1900)에 관해서는 우선 니체사상 전기 형식으로 쓰인 고명섭의 『니체 극장』**(김영사, 2012)이 좋겠다.

끝으로 현대철학은 상당한 난해함을 감수해야 한다. 그리고 반드시 위 근대철학을 어느 정도 소화한 뒤에 도전하기 바란다. 현대철학에 대해 다행히 친절하고 쉽게 설명해주는 책이 있다. 발리 뒤 그룹의 『그림으로 이해하는 현대사상』**(남도현 옮김, 개마고원, 2002)을 천천히 음미하면서 읽어가면 현대철학에 대한 어느 정도의 이해는 가능할 것으로 본다. 다만 현대철학도 진공 속에 떨어진 사고의 순수한 결정체로 이해할 것이 아니라 그런 철학적 논리가 등장하는 시대적 배경과 환경에 주의를 기울일 필요가 있다. 물론 이런 수준의 책읽기는 상당한 내공과 노력이 쌓여야 할 것이다. 하지만 그것이 바로 책읽기, 특별히 철학책 읽기의 고통이자 즐거움 아니겠는가?

만만한(?) 사회과학책 읽기

사회과학이란 사회에서 일어나는 경험적 사실을 통해 과학적인 법칙을 발견함으로써 사회의 발전에 바람직한 방향으로 대처할 수 있다는 생각에서 비롯된 학문이다. 이는 당연히 자연과학의 발전에서 영향을 받았고, 또 그것에 대치되는 관념을 가지고 있다. 일반적으로 사회과학은 정치학·경제학·사회학·법학 등 인간 사회와 관련된 학문 분야를 아우르지만 그 범주는 관점에 따라 확대되거나 축소될 수 있을 것이다.

그렇다면 사회과학은 언제부터 시작된 것일까? 아주 오래되지는 않았다. 인간사회가 오래되지 않아서가 아니라 인간사회를 과학적으로 분석한 지가 오래지 않아서다. 관점에 따라서는 의견이 다를 수 있겠지만, 나는 마키아벨리를 사회과학의 태두로 여기는 의견에 동의한다. 그에 의해서 비로소 정치학이 윤리학과 분리돼 과학이 될 수 있었기 때문이다. 이는 결코 간단한 이야기가 아니다. '실제로 일어나는 일(존재, 과학의 대상)'을 '그렇게 되어야 한다고 생각하는 일(당위, 윤리의 대상)'과 분리해 과학적으로 사고한다는 것은 (위선을 일삼든 아니든) 기존 (교회)권력의 입장에서는 충격적일 수밖에 없었기 때문이다. 심지어 지금도, 그리고 종교 이데올로기든 아니든 그 분리를 백안시하는 사태는 비일비재하다.

마키아벨리가 중세 봉건적 사고에 사회과학적 균열을 일으킨 후, 절대왕정을 향해 '사회'의 정치적 정당성을 묻는 부르주아의 역사적 도전이 이어진다. 근대 자연법론자들의 화려한 등장이 그것이다. 우선 그들 자연법론자들은 현대를 사는 우리들은 거의 하지 않는 질문을 한다. 즉 그들은 '사회(우리들 관념으로는 국가+사회) 이전에 우리들은 어떤 상태에 살았는가' 혹은 '사회 이전이라면 우리들은 어떤 상태에 살게 될까?'를 묻는다. 그들은 그 사회 이전의 상태를 '자연상태'라고 부른다. 자연상태에 대한 상상은 자연법론자들마다 상당히 다른데, 어쨌든 우리들은 그 자연상태를 지양하기 위해 사회를 맺는 계약, 즉 '사회계약'을 했다는 것이다. 그러니 사회의 정당성은 그 계약의 정당성으로부터 나오는 것이고, 권력자들은 그 사회계약을 어기면 안 된다는 결론으로 이어진다. 그들은 그런 '상상적 가정'을 통해 왕이 권력을 하늘에서 받았다는 '왕권신수설'에 도전했던 것이다.

대표적인 근대 자연법론자는 토머스 홉스, 존 로크, 장 자크 루소를 들 수 있다. 땅의 '주권'이 하늘이 아닌 땅에 있음을 알린 토머스 홉스(1588~1679)의 『리바이어던』**(진석용 옮김, 나남출판, 2008), 영국의 명예혁명을 정당화한 존 로크(1632~1704)의 『통치론』**(강정인, 문지영 옮김, 까치, 1996), 프랑스혁명에 지대한 영향을 끼친 장 자

크 루소(1712~1778)의 『**사회계약론**』[**](김영욱 옮김, 후마니타스, 2018)
이 새 역사를 개척한 자연법론의 고전들이다. 그들이 생각한 자연
상태가 각각 어떤 차이가 있으며, 또 그 자연상태를 극복하기 위한
논리가 어떻게 발전하는지 비교해보기 바란다.

그런데 우리가 군이 철지난 사회과학의 고전을 읽어야 하는 이
유가 뭘까? 오늘날엔 이미 역사적으로 검증이 끝난 내용을 하나하
나 금과옥조로 삼기 위한 것이 아니다. 우리는 그 고전들이 왜 그런
맥락의 주장에 온 힘을 쏟았는지, 그 배경과 의도부터 이해해야만
한다. 사회과학의 고전은 사회과학적 진화과정을 보여주는 유전자
구조로 보면 될 것이다. 그것은 단지 미래 사회의 진보를 위한 정보
만이 아니라 과거 사회로의 퇴행을 막아주는 정보까지 담고 있다.
그래서 우리는 형식상으로는 이미 유효기간이 지난 역사적 문건인
사회과학의 고전을 읽고 이해해야만 하는 것이다.

근대 자본주의 경제학은 애덤 스미스(1723~1790)에 의해 정리
된다. 애덤 스미스는 자신의 사상을 『**도덕감정론**』[**](박세일·민경국 옮
김, 비봉출판사, 2009)과 『**국부론**』[***](김수행 옮김, 비봉출판사, 2007)에
서 체계적으로 정리했는데, 역사의 기념비적 저작으로 남았다. 그
는 자신의 사상적 전제가 되는 인간에 대해 어떻게 생각했을까? 이
렇게 말한다.

우리가 우리 자신을 사랑하는 것과 마찬가지로 우리의 이웃을 사랑하
는 것이 기독교의 위대한 법인 것처럼, 우리가 이웃을 사랑하는 만큼,
또는 같은 이야기지만, 우리의 이웃이 우리를 사랑할 수 있는 만큼 우

리 자신을 사랑한다는 것은 자연의 위대한 계율이다.[21]

이런 생각은 자본주의 경제학을 확립한 애덤 스미스의 인간에 대한 희망사항일까, 아니면 실제로 인간이 그럴 수 있다는 의미일까? 그는 『도덕감정론』의 첫 문장을 "인간이 아무리 이기적이라고 상정하더라도, 인간의 본성에는 분명 이와 상반되는 몇 가지 원리[타인의 행복, 연민과 동정]들이 존재한다"[22]고 시작한다. '상반되는 본성'이야말로 애덤 스미스뿐만 아니라 인류 역사가 고민했던 수수께끼이기도 하다. 애덤 스미스는 이 인간 본성의 모순을 『국부론』을 통해 '사익'이 '보이지 않는 손'에 의해 인도되어 '공익'을 촉진시킨다고 함으로써 해결한다.

그런데 애덤 스미스의 인간 본성에 대한 서술은 문자 그대로 그 자체만 본다면 공산주의의 그것과 얼마나 다를까? 마르크스는 공산주의야말로 '역사의 해결된 수수께끼'라고 생각했다. 마르크스와 엥겔스는 『공산당 선언』에서 이렇게 주장한다.

계급과 계급대립으로 얼룩진 낡은 부르조아 사회 대신에, 각자의 자유로운 발전이 전체의 자유로운 발전의 조건이 되는 연합체가 나타나게 될 것이다.[23]

우리가 책읽기를 체계적으로, 그리고 그 맥락을 전체적으로 파악하지 않으면 안 되는 이유가 바로 이런 것이다. 애덤 스미스가 '사익을 통해 공익을 실현할 수 있다'고 주장한 것과 마르크스·엥겔스가 '각자의 자유로운 발전이 전체의 자유로운 발전의 조건이 될 수 있다'고 주장한 것은 그 말은 비슷할지 몰라도 그 내용이 천지 차이다. 파편적 책읽기로는 역사 속에 등장하는 이런 고전들의 사상적 맥락을 결코 파악할 수 없다. 물론 그 맥락을 전체 속에서 파악해가는 것은 어려운 일이다. 하지만 우리가 논리적이고 창의적인 해결능력을 길러가기 위해서는 어쩔 수 없이 감당할 수밖에 없는 고역으로 생각해야 한다.

19세기에는 자본주의에 대한 공산주의의 공격이 본격적으로 시작된다. 자본의 축적과정 속에서 발생하는 사회의 극단적 폐해가 그 현실적·이념적 동력이었다. 공산사회가 가능할 뿐만 아니라 역사의 필연이라고 확신하는 이념은 카를 마르크스(1818~1883)에 의해 정리된다. 그 핵심 저작은 『**자본Ⅰ**』***(강신준 옮김, 길, 2008)이다. 마르크스 사후 엥겔스에 의해 편집·출간된 『**자본Ⅱ, Ⅲ**』***(강신준 옮김, 길, 2010)까지 포함돼야 한다. 원전을 쉽게 읽기가 힘든 만큼 우선 『자본』의 유용한 해설서부터 읽는 게 더 나을 수 있다. 해설서라고 만만한 것은 아니지만 그래도 큰 도움이 될 것이다. 양자오의 『**자본론을 읽다**』**(김태성 옮김, 유유, 2014)와 미하엘 하인리히의 『**새로운 자본 읽기**』**(김강기명 옮김, 꾸리에, 2016)를 추천한다.

공산주의 국가의 실패를 경험한 오늘날이라고 해도 마르크스의 『자본』이 마치 존재하지 않았던 것처럼 치부하고서 누군가 역사에 대해, 철학에 대해, 자본주의에 대해 자신의 생각을 수준 높게 말하기는 어렵다고 본다. 적어도 『자본』의 맥락만큼은 이해해둘 필요가 있다는 말이다.

자본주의에 대해 마르크스의 관점과는 다른 시선도 존재한다. 역사 속의 주요한 사회과학자인 막스 베버(1864~1920)다. Max(막스)라는 이름이 Marx(마르크스)라는 성과 비슷해 대한민국 검열관의 애를 먹였다는 코믹한 루머가 돌기도 했다. 베버의 대표 저서는 『**프로테스탄티즘의 윤리와 자본주의 정신**』[*][*](김덕영 옮김, 길, 2010)이다. 금욕적인 칼뱅주의에의 영향으로 추구한 이윤을 쾌락·향락으로 낭비하지 않음으로써 자본주의가 촉진됐다는 주장이다. 베버의 책은 게오르그 짐멜(1858~1918)의 『**돈의 철학**』[*][*][*](김덕영 옮김, 길, 2013)과 비교해보기 바란다. '인간을 영혼으로부터 멀어지게 만든 돈이 다시 인간을 영혼으로 돌아가게 하는 가능성'을 탐구한 책이다. 하지만 베버든 짐멜이든 자본주의의 전제 속에서 사고한다는 점에서 마르크스와는 사고 체계가 근본적으로 다르다.

20세기 이후의 사회과학은 사상가보다는 역사적 이데올로기 대립으로 파악하는 게 효과적이라고 본다. 윌리 톰슨의 『**20세기 이데올로기**』[*][*](전경훈 옮김, 산처럼, 2017)가 도움을 줄 것이다. 그 외에 어쩔 수 없이 조금 두서없이 소개하자면, 법 분야는 김욱의 『**법을 보는 법**』[*][*](개마고원, 2009)을, 민족주의에 대해서는 베네딕트 앤더슨의 『**상상의 공동체**』[*][*](윤형숙 옮김, 나남출판, 2003)를, 서양의 식민주의에 대해서는 에드워드 W. 사이드의 『**오리엔탈리즘**』[*][*](박홍규 옮김, 교보문고, 2015)을, 한국의 지역문제에 대해서는 김욱의 『**아주 낯선 상식**』[*][*](개마고원, 2015)을, 페미니즘은 한정숙이 엮은 『**여성주의 고전을 읽는다**』[*][*](한길사, 2012)를 참조하기 바란다.

이제 사회과학의 역사적 기초 위에서 현대적 쟁점을 독파해야 한다. 현대 사회과학에서 단 하나의 키워드만 제시하라면 단연 민주주의다. 오늘날 민주주의라는 용어는 자본주의의 다른 말로 사용되기도 한다. 정치형식으로서의 민주주의는 고대 그리스에서 그 기원을 찾기도 하지만 당시는 노예제 지배계급의 정치형식이었을 뿐이다. 한편 공산주의 이념에 따르면 국가와 민주주의는 계급적 이해관계의 대립을 전제로 하므로 계급적 이해관계가 사라지면 궁극적으로 고사될 수밖에 없는 운명이다. 결국 현대 민주주의는 자본주의 체제의 정치형식이라고 해도 크게 틀린 말은 아니다. 한데 이 현대의 민주주의를 이해하는 일이 만만치가 않다.

우선 민주주의에 대한 쉬운 해설서를 이용할 수 있다. EBS 다큐프라임 〈민주주의〉 제작팀과 유규오 공저의 『EBS 다큐프라임 민주주의』*(후마니타스, 2016)가 친절한 입문서 역할을 해줄 것이다. 아예 민주주의에 대한 통사가 필요하다면 존 킨의 『민주주의의 삶과 죽음』**(양현수 옮김, 교양인, 2017)이 있다. 민주주의와 연관된 현상과 가치를 추적한 존 던의 『민주주의의 수수께끼』**(문지영 옮김, 후마니타스, 2015)와 실증적인 분석을 통해 민주주의 메커니즘을 분석한 앤서니 다운스의 『경제이론으로 본 민주주의』***(박상훈 등 옮김, 후마니타스, 2013)도 있으므로 도전해보기 바란다.

그런데 우리는 현대 민주주의의 위기에 대해서도 숙지해야 할 필요가 있다. 민주주의가 단순히 권리만 있고 책임은 없는 무지한 백성들의 숫자 대결일 뿐이라면 우리는 민주주의의 미래에 희망을 찾을 수 있을까? 미국 조지타운대 제이슨 브레넌은 이렇게 비관적인 경고를 한다.

대부분의 유권자들은 정치적 정보를 얻는 데 드는 비용이 잠재적인 이익을 크게 초과하기 때문에 무지하거나 잘못된 정보를 갖고 있다. 그들은 그렇게 믿더라도 정확히 아무 손해도 없기 때문에 어리석고, 잘못되고, 망상적인 믿음에 빠질 수 있다. 결국 어떤 개인의 투표가 선거를 결정할 가능성은 거의 없다. 그 결과, 개인 유권자들은 그들의 세계관과 집단에 대한 헌신을 보여주기 위해 투표하려고 한다. 투표는 정책을 선택하는 행위라기보다는 스포츠관람석에서의 파도타기 응원 같은 것이다.[24]

우리는 식사 한 끼라도 맛있는 곳에서 하려고 고민한다. 내 고민이 바로 맛있는 식사를 하느냐 마느냐를 결정하기 때문이다. 하지만 독자들은 민주주의를 위해 개인적으로 시간과 비용을 들여 공부하고, 고민하고, 애쓸 용의가 있는가? 그렇게 공들여 한 표를 행사해봐야 내 표가 선거에 끼치는 영향은 거의 없는데도 그렇게 할 용의가 있는가? 많은 개인들이 각자 고립적으로 그렇게 '눈앞의 비용/편익(가성비)'이라는 함정에 빠진다면 전체가 행한 행위의 평균적 결과에 지배받는 민주주의적 삶의 미래는 어떻게 될까? 브레넌은 민주주의 메커니즘 그 자체라고 할 수 있는 이 함정에 비관하고 있다.

하지만 딱히 뾰족한 대책이 있는 것도 아니다. 어차피 민주주의는 우리들 모두가 이해하는 수준에서 진보하거나 퇴행할 수밖에 없다. 그런 의미에서 사회과학의 발전은 자연과학의 발전에 비해 한편으론 더 쉽고 한편으론 더 어렵다. 나는 만만한(?) 수준에서 사회과학책 읽기가 활성화하기를 바란다. 그렇게 모두가 민주주의를 공부하여 권리를 행사한 만큼 책임을 분담하는 자세를 가질 수 있으면 좋겠다. 이 지점에서 폴 우드러프의 『**최초의 민주주의**』**(이윤철 옮김, 돌베개, 2012)를 추천한다. 민주주의가 어떤 것이었는지, 어떠해야 하는 것인지 차분하게 생각해볼 계기를 마련해줄 것이다.

최근엔 민주주의 담론 한편에선 능력주의·엘리트주의의 지배를 우려하고, 다른 한편에선 반엘리트주의 현상을 우려하는 두 경향이 나타나고 있다. 오찬호의 『**우리는 차별에 찬성합니다**』*(개마고원, 2013), 크리스토퍼 헤이즈의 『**똑똑함의 숭배**』*(한진영 옮김, 갈라파고스, 2017)는 전자의 관점에 입각한 분석이며, 리처드 호프스태터의 『**미국의 반지성주의**』**(유강은 옮김, 교유서가, 2017), 톰 니콜스의 『**전문가와 강적들**』*(정혜윤 옮김, 오르마, 2017), 존 B. 주디스의 『**포퓰리즘의 세계화**』**(오공훈 옮김, 메디치미디어, 2017)는 후자의 입장에 선 연구다.

끝으로 현대 자본주의 역사에 나타난 핵폭탄 같은 저작을 소개한다. 토마 피케티의 『**21세기 자본**』***(장경덕 옮김, 글항아리, 2014)이다. 피케티는 "오랜 기간 r[자본수익률]이 g[경제성장률]보다 실제로 더 높았다는 것은 반박의 여지가 없는 역사적 사실"이라고 주장한다. 나아가 미국에서 2010년의 경우, 상위 10%는 총소득(노동소득과 자본소득)의 약 50%를, 상위 1%는 약 20%를 가져갔다고 지적한다. 이런 방식으로 그는 인구의 1~2%가 귀족이었던 혁명 직전 1789년의 프랑스와, 인구 가운데 가장 부유한 1%를 비판한 월가 시위가 일어났던 2011년의 미국을 비교한다. 그의 해결책은 조세

혁명(누진적 자본세)이다. 그는 "우리가 자본주의에 대한 통제력을 되찾으려면 민주주의에 모든 것을 걸어야 한다"[25]고 주장한다. 한마디로 그는 자본주의와 민주주의를 구분하고, 마르크스의 프롤레타리아혁명을 민주주의적인 조세혁명으로 대체한 것이다. 토마 피케티와 폴 크루그먼 등의 『애프터 피케티』[***](유엔제이 옮김, 율리시즈, 2017)가 피케티 충격 이후 3년을 결산하고 있다. 공산주의체제가 퇴장한 후 절묘한 시점에 등장한 피케티가 현 21세기 사회과학의 수준이라고 봐도 될 것이다.

5

겉핥기라도 좋은 자연과학책 읽기

2014년 12월 30일, 초저녁이었다. 아내와 함께 산책을 위해 아파트 뒤 도로에서 천변으로 내려가려던 순간 발이 얼어붙었다. 그렇게 멀다고 느껴지지 않은 높이의 눈앞 하늘에 큰 사과만 한 밝은 불빛이 정지 상태로 있었다. 주위엔 아무도 없었다. 휴대폰을 지닌 아내에게 동영상을 찍으라고 급하게 말했지만 아내는 불빛을 지켜보느라 꼼짝도 못하고 있었다. 그 불빛은 '순간이동'처럼 두 번을 뒤쪽으로 건너뛰더니 같은 크기의 3개 불빛으로 나뉘었다. 그러고는 이내 애초에 있던 하나의 불빛만 남더니 순식간에 사라져버렸다. 약 10초 전후로 벌어진 일이었다. 분명한 건 경험적인 물리법칙으로 이해할 수 있는 현상이 결코 아니었다는 점이다. 즉 그건 믿거나 말거나 나의 어릴 적 로망이었던 소중한(?) UFO(미확인비행물체)였다.

2017년 12월, 『뉴욕타임스』는 "미 국방부가 2012년까지 '고등항공우주 위협 식별프로그램'을 진행했다"고 보도했다. 기사가 나오자 미 국방부는 이례적으로 해당 프로그램의 존재를 인정하고 같은 날 유튜브에 UFO를 포착한 영상을 올렸다. 해당 영상은 2004년 미국 서부 샌디에이고 상공에서 해군의 F-18 전투기 두 대가 레이더에 포착한 UFO로, 발견 직후 조종사들이 주고받은 다급한 목소리도 함께 담겨 있다. 미 국방부의 고등항공우주 위협 식별프로그램을 총괄했던 인물인 미국 전직 정보장교 루이스 엘리존도Luis Elizondo는 CNN에 출연해 "외계 비행물체가 지구에 도달했다는 증거가 존재한다"며 "실제로 항공 역학의 원리를 무시하는 듯한 변칙적인 비행물체들을 확인했다"고 주장했다.[26]

생각해보면 우리가 500여 년 전 코페르니쿠스 이전 조상들이 믿던 천동설을 비웃는 것처럼 500여 년 후 우리 후손들이 UFO와 외계인의 존재를 부정한 우리를 비웃을지도 모를 일이다. 과학의 발전은 언제나 그런 식이었다. UFO와 외계인의 등장이라면 말할 것도 없겠지만 지구 바깥의 원시생명체라도 그 존재가 확인된다면 우리들의 모든 영역에 걸친 인식 지평에 혁명적인 변화가 일어날 수밖에 없다. 그러니 독자들도 열린 마음으로 이 이상한 UFO현상에서 자연과학 책읽기의 모티브를 찾아보라는 뜻으로 시작한 얘기다. 참고로 미 중앙정보국 CIA가 2016년에 공개한 UFO 문서를 모은 『미 중앙정보국 CIA 월드리포트: UFO』*(유지훈 옮김, 투나미스, 2016)와 스튜어트 클라크의 『쌍둥이 지구를 찾아서』*(오수원 옮김, 예문아카이브, 2017)가 자연과학적 이데올로기에 매몰되지 않도록 상상력을 풍부하게 해줄 것이다.

자연과학은 근원적으로 빅뱅과 그 이후 이야기이며, 이 중에서도 우리들의 초미의 관심은 인간의 탄생과 그 이후 (진화)이야기다. 그런데 자연과학책 읽기에서 우선 부딪히는 문제는 최신 과학의 결론에만 관심을 기울일 것인가, 아니면 과학의 오류들이 어떻게 극복돼왔는지까지 관심을 가질 것인가 하는 점이다. 사실 자연과학도라 할지라도 최신 교과서나 논문이 아닌 지난 역사 속의 오류로 점철된 과학 고전들을 찾아 읽으며 연구하는 경우는 흔치 않을 것이다. 하물며 교양 삼아 책읽기를 하는 일반인들은 어찌해야 하는가? 과거의 고전들은 읽을 능력이 있다손 치더라도 오류로 점철돼 있고, 하루가 멀다 하고 쏟아져 나오는 현대의 논문들은 일반인들이 접근할 엄두조차 낼 수 없다. 이는 자연과학책 읽기의 특유한 상황이다.

한데 만약 자연과학이 과거의 이력에 완전히 무관심해도 좋은 것이라면 과학사라는 학문 분야도 존재하지 않을 것이다. 말하자면 최신의 과학적 결론에만 관심이 있는 과학자라도 잘못된 어제의 실험을 통찰하며 내일의 실험을 위한 영감을 얻는 일이 불필요하다고 생각하지는 않을 것이다. 이는 보통 사람들의 교양서 읽기 수준에도 합당한 얘기다. 다만 전문가가 아닌 우리들은 현대의 잘 정리된 해설서를 읽든, 드물게 읽을 수 있는 고전 문헌들을 직접 읽든 겉핥기 수준에 만족할 수밖에 없다. 그렇더라도 자연과학책 읽기를 차치해놓을 수는 없다. 시민의 교양수준은 정치과정을 통해 자연과학의 발전 방향을 결정하는 데 영향을 끼치기 때문이다.

그런 의미에서 우선 과학의 발전을 어떻게 이해해야 할까에 대한 논쟁부터 살펴보기로 하자. 토머스 쿤의 『**과학혁명의 구조**』***(김명자·홍성욱 옮김, 까치, 2013)는 1962년에 발표돼 파문을 일으킨 현대의 고전이다. 쿤은 핵심개념인 패러다임을 "일반적으로 인식되는 과학적 성취를 이르며, 그것은 어느 기간 동안 전문가 집단에게 모형문제와 해답을 제공한다"[27]고 설명한다. 과학적 진리가 자연 그 자체로서 있는 게 아니라 '패러다임이 해답을 제공한다'는 인식에 주목하기 바란다. 하지만 이 개념 정의만으로는 불충분하다. 그는 자신의 주장을 이렇게 정리한다.

> [나는] '과학적 혁명'이란 낡은 패러다임이 전적으로 혹은 부분적으로 그것과 양립 불가능한 새로운 패러다임에 의해 대치되는, 그러한 비누적적인 발전의 삽화적 사건들이라고 지적하였다.[28]

통상 우리는 과학적 진리는 인류가 긴 시간에 걸쳐 힘들게 쌓아올린 누적적인 지식을 통해 자연의 실체에 접근함으로써 밝혀지는 것이라고 생각한다. 그런데 쿤은 이를 부정하고 옛 패러다임이 위기(한계)에 봉착해 새 패러다임으로 대체되는 것뿐이라고 주장한다. 이 패러다임 없이는 과학을 수행할 수 없으므로 과학적 진리는 패러다임의 결과인 것이다. 결국 그에 따르면 "과학자의 세계에서 혁명 이전에는 오리였던 것이 이후에는 토끼가 된다"[29]는 것이다. 이런 쿤의 주장은 마치 '물物자체'는 알 수 없고, '오성悟性형식'을 통해 사물을 인식할 뿐이라는 칸트 주장의 역사적 실증 작업처럼 보인다. 이에 관한 논쟁은 칼 포퍼와 토머스 쿤 등의 『현대과학철학 논쟁』***(김동식·조승옥 옮김, 아르케, 2002)을 참조할 수 있다.

과학 분야에서도 통사 같은 책이 필요할 것이다. 예일대 과학 교양강의를 엮은 데이비드 버코비치의『모든 것의 기원』**(박병철 옮김, 책세상, 2017)과 예일대출판부에서 펴낸 윌리엄 바이넘의『창의적인 삶을 위한 과학의 역사』**(차승은 옮김, 에코리브르, 2016)가 좋겠다. 이미 고전이 된 천문학자 칼 세이건의『코스모스』**(홍승수 옮김, 사이언스북스, 2006(보급판)/2004)와 천체물리학자 스티븐 호킹의 개정판『그림으로 보는 시간의 역사』***(김동광 옮김, 까치, 1998)가 태초부터의 우주를 다룬 대표적인 저작이다. 브라이언 콕스와 앤드류 코헨의『인간의 우주』***(노태복 옮김, 반니, 2018)는 시적인 영감을 준다. 수학에 관해서는 EBS〈문명과 수학〉제작팀의『문명과 수학』**(민음인, 2014)이 훌륭한 교양서로 출간돼 있고, 화학 분야는 샘 킨의『사라진 스푼』**(이충호 옮김, 해나무, 2011)이 그 역할을 해줄 것이다.

생물학 분야는 따로 얘기해야 한다. 인간의 얘기가 포함돼 있기 때문이다. 과학사에 가장 큰 영향을 끼친 인물로 찰스 다윈을 꼽는 사람들이 많다. 그렇다면 조금 도발적으로 물어보자. 미래 역사에 예수와 다윈 중 누가 더 큰 영향을 끼치게 될까? 2014년 영국 설문조사업체 유고브YouGov가 '현대 세계에서 가장 중요한 책'을 놓고 출판사 폴리오의 북클럽 '폴리오 소사이어티'와 조사를 진행했다. 그 결과 영국 성인 2044명 가운데 응답자 37%는『성경』을, 35%는『종의 기원』을 꼽아 각각 1, 2위를 차지했다.『성경』과『종의 기원』은 불과 2%포인트 차이였다.[30] 머지않은 장래에 그 순위가 뒤바뀐다고 해도 크게 놀랄 일도 아닌 듯하다.

오늘날 『성경』의 예수와 경쟁하고 있는 찰스 다윈(1809~1882)이 당시 오랜 망설임 끝에 내놓은 대표작은 『**종의 기원**』***(김관선 옮김, 한길사, 2014; 송철용 옮김, 동서문화동판, 2013)이다. 다음은 그 마지막 장 결론 부분의 한 구절이다.

종이 생성되고 사라지는 것은 현존하는 느린 원인 때문에 일어나는 것이지 불가사의한 창조의 작용과 큰 재해 때문에 일어나는 것이 아니다. 그리고 생물을 변화시키는 가장 중요한 원인은 갑작스럽게 변하는 물리적 조건과는 거의 무관한 생물 상호 간의 관계이다. 즉 한 생명의 개선은 다른 생명의 개선을 도와주거나 절멸로 이끈다. 그러므로 연속적인 지층의 화석에서 관찰되는 생물 변화의 정도는 실제 시간의 경과를 측정하는 가장 정직한 수단이 될 것이다.[31]

다윈의 '자연선택'에 의한 진화(적응)를 우리들의 또 다른 관념인 진보(생물학적인 혹은 당위적인 질적 고도화)와 구별하는 일은 생각보다 어렵다. 우리들 인간은 다윈에 의해 비로소 자연의 생명체를 있는 그대로 관찰할 수 있게 되었지만, 심지어 다윈조차도 생명체로서의 인간 존재와 사회적 당위 관념의 혼란에 빠진 듯한 주장을 하기도 한다. 다윈은 『**인간의 유래**』***(김관선 옮김, 한길사, 2006. 1, 2권 중 1권은 절판)의 마지막 결론 부분에서 이런 주장을 한다.

인간 복지를 증진시키는 것은 매우 복잡한 문제다. 아이를 위해 비천한 가난을 없애지 못하는 사람은 모두 결혼을 삼가야 한다. 가난은 가

장 나쁜 죄악일 뿐만 아니라 다시 무모한 결혼을 유도하여 가난을 전파시키는 경향이 있기 때문이다.[32]

다윈은 가난이라는 사회적 원인을 직접 생물학적 자연선택의 조건으로 치환하고 있다. 하지만 그 조건은 구분해야 할 것이다. 어떤 생명체도 자신의 '조건'이 불리하다고 해서 인간의 전유물인 '당위'적 판단으로 종족보존의 본능을 포기하는 경우는 없다. 심지어 가난한 자의 생물학적 조건이 더 우월한데도 가난이라는 사회적 조건이 그를 열등한 자로 치부할 가능성도 아주 높다. 더군다나 인간의 사회적 조건은 얼마든지 변화할 수 있다. 생물학자 다윈은 일시적 조건 속에서 규정되는 인간의 사회적 적응력을 생명체로서의 자연선택 능력과 혼동한 채 결혼 포기라는 당위적 선택행위를 주장한 셈이다. 자연선택과 관련해 다윈이 보인 이런 식의 혼란한 관점은 미래 인간사회의 역사에 쉽게 풀 수 없는 난제를 남기게 된다.

교양을 위해서는 어려운 다윈의 저작을 직접 읽기보다는 해설서를 읽는 것이 더 효과적일 수 있다. 많은 관련서들이 나와 있는데, 우선 다윈의 자서전 『나의 삶은 서서히 진화해왔다』*(이한중 옮김, 갈라파고스, 2003), 마크 리들리의 『HOW TO READ 다윈』**(김관선 옮김, 웅진지식하우스, 2007), EBS 다큐프라임 〈신과 다윈의 시대〉 제작팀의 『신과 다윈의 시대』*(세계사, 2010), 양자오의 『종의 기원을 읽다』**(류방승 옮김, 유유, 2013)를 추천한다.

1953년, 현대 생명과학은 큰 전환기를 맞는다. 제임스 왓슨과

프랜시스 크릭이 'DNA 이중나선' 구조를 규명했고, 1962년 왓슨·크릭·M.H.F. 윌킨스는 그와 관련된 공로로 노벨생리의학상을 수상한다. 이제 생명체의 진화는 '종' 차원에서 'DNA' 차원으로까지 논해지게 된 것이다. 제임스 왓슨의 『이중나선』**(최돈찬 옮김, 궁리, 2006)은 자신들의 그 이야기를 쉽게 쓴 책이다.

인간의 유전자와 진화 그리고 가치판단이 어떻게 조응할 수 있는지에 관한 현대적인 첫 시험대에 에드워드 윌슨이 오르게 된다. 1975년 윌슨은 『사회생물학』***(이병훈·박시룡 옮김, 민음사, 1992)을 발표하는데 스티븐 굴드와 리처드 르원틴 등 보스턴 지역의 사회생물학 연구그룹은 『뉴욕 리뷰 오브 북스』에 '사회생물학을 반대한다'는 공개서한을 게재한다. 하지만 1976년에 리처드 도킨스의 『이기적 유전자』**(홍영남·이상임 옮김, 을유문화사, 2010)가 발표되고 사회생물학은 강력한 우군을 얻는다. 윌슨은 1978년에는 학회에서 시위대에게 연단을 점령당하고 한 젊은 여성에게 얼음물로 물벼락까지 맞지만 굴하지 않고 같은 해 『인간본성에 대하여』**(이한음 옮김, 사이언스북스, 2011)를 펴내고 퓰리처상을 수상한다.

우리는 사회생물학 논쟁을 통해 많은 생각들을 해야만 했고, 앞으로도 해야만 할 것이다. 생명체가 DNA라는 유전정보를 통해 진화해간다면 인간의 지적 우월/열등은 어찌할 도리 없이 유전적으로 결정된 것인가? 그게 아니라면 어떤 환경적 변수가 있는가? 인간의 문화적 변수를 강조한다면 인간의 본성은 있는가/없는가? 생명과학자들은 (역사적으로 처음 겪는 일은 결코 아니지만) 과학적 연구를 수행하면서 철학적 질문에도 답해야 하는 곤경에 처한 셈이다. 스티븐 로우즈와 리처드 르원틴의 『**우리 유전자 안에 없다**』**(이 상원 옮김, 한울, 2009)는 윌슨을 반격하는 대표적인 책이다. 인간 의 본성에 관한 스티븐 핑커의 『**빈 서판**』**(김한영 옮김, 사이언스북스, 2004), 제레드 다이아몬드의 『**총, 균, 쇠**』**(김진준 옮김, 문학사상사, 2017)도 중요한 책이다. 케빈 랠런드와 길리언 브라운의 『**센스 앤 넌 센스**』**(양병찬 옮김, 동아시아, 2014)는 현대 진화론을 잘 정리해준 다.

그 외 일반교양을 위한 훌륭한 자연과학 저작을 최근작 위주로 몇 권만 예시한다. 고전적인 책들을 해설해주는 강양구 외 여럿이 공저한 『**과학은 그 책을 고전이라 한다**』**(사이언스북스, 2017), 팻 시프 먼의 『**침입종 인간**』**(조은영 옮김, 푸른숲, 2017), 마이클 토마셀로의 『**생각의 기원**』**(이정원 옮김, 이데아, 2017), 한나 모니어와 마르틴 게 스만의 『**기억은 미래를 향한다**』**(전대호 옮김, 문예출판사, 2017), 마스 카와 도시히데의 『**과학자는 전쟁에서 무엇을 했나**』*(김범수 옮김, 동아 시아, 2017) 등이다. 강석기의 과학카페 시리즈 최근작은 『**과학의 위 안**』**(MID, 2017)이다. 그리고 환경문제의 고전이 된 레이첼 카슨의 『**침묵의 봄**』**(김은령 옮김, 에코리브르, 2011)과 미래사회에는 또 다 른 의미의 환경일 인공지능을 통찰해주는 『**맥스 테그마크의 라이프 3.0**』**(백우진 옮김, 동아시아, 2017)은 책읽기의 특별한 의미를 느끼 게 해줄 것이다.

자연과학책 읽기를 정리하면서 반드시 언급하고 싶은 에피소드 가 있다. 황우석 사건이다. 이제 와서 그 사건에 관한 때늦은 감회 를 토로해보자는 게 아니다. 일종의 과학적 후일담이다. 다음 기사를 읽고 독자들은 무슨 생각이 드는가?

뉴욕타임스는 (…) "2년 전 황우석 박사가 수립한 줄기세포 연구를 재검증한 결과 그는 자신이 주장하지 않았다 해도 최초의 과학적 성취를 해낸 것"이라고 보도했다. 웨이드 기자는 "성인의 세포로부터 배아줄기세포를 추출한 황 박사가 논문 조작이 발견됐다는 이유로 불신됐으나 보스턴의 과학자들이 줄기세포를 재검증한 결과 성인의 수태되지 않은 난자에서 수립된 처녀생식의 산물이라는 놀라운 결론을 내렸다"고 말했다.[33]

황우석은 '처녀생식 줄기세포'라는 놀라운 과학적 발견을 하고도 그것이 무엇인지를 몰랐던(!) 것이다. 왜 그랬을까? 자신이 수립하고자 했던 것은 '체세포핵이식 줄기세포'였기 때문에 눈앞에 있는 현상이 무엇인지 보고 싶지도 않았고 보이지도 않았던 것이다. 그가 논문에서 '처녀생식 줄기세포의 가능성'을 검토만 했더라도 그는 대단한 업적을 낸 학자로 남았을 것이다. 굳이 뢴트겐의 X선을 예로 들지 않더라도 과학사를 돌이켜볼 때 자신이 원하는 결과가 아니더라도 있는 것을 있는 그대로 보는 마음의 준비를 하는 것이 얼마나 중요한지는 두말할 필요조차 없다. 있는 것을 있는 그대로 보기! 이것이 우리가 자연과학책 읽기를 통해 반드시 배워야 하는 인간 삶의 자세다.

6

허구로 진실을 이해하는 문학책 읽기

모든 애서가들의 로망을 실화로 만든 이가 있다. 일본의 저널리스트 다치바나 다카시다. 그는 약 20여만 권의 장서를 보관하기 위한 전용 빌딩까지 갖춘 인물인데, 이런 인물이 『나는 이런 책을 읽어 왔다』란 저서에서 조금 파격적인 발언을 한다.

> 논픽션 서적을 탐독하면서 문학가의 상상력이라는 것이 살아 있는 현실과 비교할 때 얼마나 빈약한 것인지를 알게 되었고, 학창 시절에 왜 그렇게 쓸데없는 책을 읽는 데 열중하였는지 도리어 의문을 갖게 되었습니다.[34]

다치바나 다카시가 높이 평가하는 논픽션은 사실을 통해 인간 삶의 진실을 통찰하는 현실적 세계다. 문학이 허구를 통해 인간 삶의 진실을 통찰하는 상상적 세계인 것과 대비된다. 다치바나 다카시는 문학의 '상상력 빈곤'을 탓하며 논픽션을 문학책 읽기의 대안으로 생각한다. 하지만 시간 낭비에 불과한 허접한 책들이야 논픽션 분야를 포함해 어떤 분야든 다 마찬가지 아닌가? 문제는 진실을 통찰하는 문학적 '허구'의 구성 능력이다. 그것이 성패를 좌우할 뿐이다. 그러니 설령 훌륭한 문학작품을 만나는 게 힘들다고는 해도 그것이 문학 그 자체의 형식을 거부해야 할 이유는 아니라고 본다.

일반 독자들이 서양 문학사든 동양 문학사든, 문학사를 통달해 가면서 문학책 읽기를 해야 할 이유는 없다. 하지만 대략의 역사적 맥락은 알아둘 필요가 있다. 문학도 역사와 사회의 산물이니만큼 그 시대적 배경과 철학적 맥락에 대한 이해 없이 이야기 줄거리만 즐기는 건 비싼 스포츠카를 구입해 동네 마트만 왔다갔다 하며 만족하는 셈이다. 부담 없는 적당한 문학사 책으로 존 서덜랜드의 『풍성한 삶을 위한 문학의 역사』**(이강선 옮김, 에코리브르, 2016)가 있다. 한국 문학에 대해서는 천정환의 『근대의 책 읽기』**(푸른역사, 2014)가 책읽기 문화를 포괄해 다루고 있다.

이제 시대를 분할해 살펴보자. 그리스 비극은 비범한 인물이 가치 있는 행동으로 무자비한 운명에 저항하다 맞게 되는 파멸적 불행을 그린다. 기독교 성립 이전 그리스 시대엔 현실의 모순을 관념적으로 제거하지 않고 현실 속의 비극적 정화(카타르시스)를 통해 인간 삶의 의미를 고양했던 것이다. 그리스 비극은 아이스킬로스(B.C. 525?~B.C. 456), 소포클레스(B.C. 496~B.C. 406), 에우리피데스(B.C. 484?~B.C. 406?)에 의해 절정을 이룬다. 그들의 『그리스 비극 전집』(전4권)*(천병희 옮김, 숲, 2009)도 나와 있지만, 간편하게 『그리스

비극 걸작선』*(천병희 옮김, 숲, 2010)을 이용할 수 있다. 이 그리스 비극을 중심으로 쓰인 아리스토텔레스(B.C. 384~B.C. 322)의 『**시학**』**,(『시학』, 천병희 옮김, 문예출판사, 2002)은 문학에 대한 고전적 이해의 시금석이다.

그리스 희극으로는 아리스토파네스(B.C. 445?~B.C. 385?)의 『**아리스토파네스 희극전집**』(전2권)*(천병희 옮김, 숲, 2010)과 메난드로스(B.C. 342~B.C. 292)의 『**메난드로스 희극**』*(천병희 옮김, 숲, 2014)이 나와 있다. 희극은 비극과 달리 비루한 인간의 세속적 욕망을 적나라하게 드러내 풍자하며 웃음을 준다. 그런데 어쩌다 희극이 비극을 대체하게 된 것일까? 아리스토파네스는 "비극이 종말을 고하게 된 불운을 에우리피데스의 근대적이고 계몽적인 견해 탓으로 돌렸"[35]다. 말하자면 그리스 민중들은 비극의 퇴행적인 '철학적 계몽'에 반발하여 '문학'에서 비극적 모순과 진지함을 제거해버리고 아예 희극적 풍자와 웃음으로 자신들의 현실적인 삶만을 반추하게 되었다는 것이다.

중세의 문학은 단테 알리기에리(1265~1321)의 『**신곡**神曲』**(박상진 옮김, 민음사, 2013; 김운찬 옮김, 열린책들, 2009)으로 정리할 수 있다. 기독교도가 아닌 경우 왜 이 성경스런 책을 읽어야 하는지 의문일 수 있다. 한데 그리스의 '영웅적 삶'이든, 중세적 '천국'이든, 자본주의적 '유토피아'든, 반기독교적 '초인의 삶'이든 인간이 현실의 삶을 승화시키기 위해 어떤 꿈을 꾸었는가 혹은 삶 속에서 어떤 모순을 느꼈는가를 이해할 필요는 있다. 『신곡』의 핵심은 세속적 삶의 심판장소로 분리해낸 신성한 천국의 이미지가 아니라 천국이라는 이상향을 향해 끌어올리고 싶은, 있는 그대로 관찰된 세속적 삶의 관념이다. 이는 중세의 황혼이 근대의 여명에 어떻게 적응했는가를 보여주는 좋은 텍스트라고 할 수 있다. 시대적·종교적 간극은 있지만, 우리나라에서는 김만중(1637~1692)의 『**구운몽**』*(정병설 옮김, 문학동네, 2013)이 그런 텍스트라 할만하다.

근대의 개화는 곧 중세의 몰락이다. 그 몰락을 재촉한 문학을 살펴보자. 조반니 보카치오(1313~1375)의 『**데카메론**』*(박상진 옮김, 민음사, 2012)은 『신곡』에 빗대 '인곡人曲'으로 일컬어지기도 하는데 성직자를 포함한 기득권세력에 대한 신랄한 풍자로 민중의 절대적인 지지를 받았다. 근대 인문주의의 선두에 섰던 에라스무스(1466~1536)의 『**우신예찬**』*(김남우 옮김, 열린책들, 2011)도 부패한 교회 이데올로기에 빠져 있는 우매한 세태를 유머러스하지만 통렬하게 비판한다. 토머스 모어(1478~1535)의 『**유토피아**』*(나종일 옮김, 서해문집, 2005)는 현실의 모순을 상기시키는 관념적 탈출구였다. 미겔 데 세르반테스(1547~1616)의 『**돈키호테**』*(안영옥 옮김, 열린책들, 2014)는 근대의 여명기에 중세의 황혼을 부정하고 상상 속 황금시대를 현실 속에서 좌충우돌 진지하게 찾아다니며 웃음을 주는 시대착오적 기사 이야기다. 윌리엄 셰익스피어(1564~1616)는 그 시대에 이르러서야 비로소 바로 보게 된 인간 본연의 성품을 극적 캐릭터로 적나라하게 표출시킨 르네상스 문학의 꽃이다. 그를 읽는 건 의무에 가까운데, 『**셰익스피어 4대 비극**』*(최종철 옮김, 민음사, 2012)과 『**셰익스피어 4대 비극·5대 희극**』*(김재남 옮김, 북앤북, 2012) 등이 나와 있다.

이제 본격적인 부르주아 문학의 시대가 펼쳐진다. 우선 인간의 이성에 대한 신뢰를 바탕으로 새 세상의 도래를 기대했던 계몽주의자들이다. 이성적인 신앙을 주장한 볼테르(1694~1778)의 『**깡디드 혹은 낙관주의**』*(이봉지 옮김, 열린책들, 2009)가 있다. 무신론적 경향의 드니 디드로(1713~1784)는 『**운명론자 자크와 그의 주인**』*(김희영 옮김, 민음사, 2013)을 썼다.

이어 이성 만능의 사고에 반발하는 낭만주의 시대가 펼쳐진다. 진보적인 낭만주의자 빅토르 위고(1802~1885)는 『**레미제라블**』*(정기수 옮김, 민음사, 2012)을 썼다. 괴테(1749~1832)는 『**젊은 베르테르의 슬픔**』*(박찬기 옮김, 민음사, 1999; 안장혁 옮김, 문학동네, 2010 외 다수)에서 계몽주의적 이성이 아닌 낭만주의적 감성의 인간을, 『**파우스트**』**(정서웅 옮김, 민음사, 1999; 이인웅 옮김, 문학동네 2009 외 다수)에서는 개인적 자유의지를 가진 부르주아적 욕망과 기독교적 이성의 딜레마를 그린다. 역사적 상황에 따라 다른 모습으로 끊임없이 재현되는 세속적 삶과 유토피아적 삶의 그런 '모순'을 『파우스트』는 이렇게 요약한다.

> 내 가슴속에는, 아아! 두 개의 영혼이 깃들어 있으니, 그 하나는 다른 하나와 떨어지기를 원하고 있다네. 하나는 음탕한 사랑의 쾌락 속에서, 달라붙는 관능으로 현세에 매달리려 하고, 다른 하나는 억지로라도 이 속세의 먼지를 떠나, 숭고한 선조들의 광야로 오르려 하는 것이다.[36]

'두 개의 영혼'이라는 맥락은 영국 빅토리아 시대 로버트 루이스 스티븐슨(1850~1894)의 『지킬 박사와 하이드 씨의 기이한 사례』*(송승철 옮김, 창비, 2013)를 통해 더 쉽게 이해할 수 있을 것이다. 지킬과 하이드의 분열을 통해 인간 욕망을 도덕적 위선으로 포장해 실현하는 지배계급의 이중성을 고발하고 있다.

그 시대의 이중성과 위선 문제라면 또 다른 전문가가 있다. 오스카 와일드(1854~1900)다. 그의 「진지해지는 것의 중요성」*(『오스카 와일드 작품선』, 정영목 옮김, 민음사, 2009)은 그중 하나다. 그의 '예술을 위한 예술(유미주의)' 신조는 당대 자본주의 사회의 치부를 덮어주는 도덕적 위선을 위한 예술을 거부한다는 의미가 강했다. 이런 태도는 예컨대 공산 이념의 예술만을 강요하는 시대에 '예술을 위한 예술'을 주장하며 공산주의적 위선을 위한 예술에 동참하지 않는 태도와 유사할 것이다. 굳이 말하자면 그것은 그 자체로 퇴행이 아닌 진보에 더 가깝다. 샤를 피에르 보들레르(1821~1867)의 『악의 꽃』**(윤영애 옮김, 문학과지성사, 2003)도 마찬가지다. 그들이 모든 예술지상주의 경향을 대변하는 건 아니지만 우리나라의 이른바 '순수예술'이 정치적 타락을 눈감기 위한 예술적 은둔 수단으로 변질된 경우와 대비된다. 시기는 더 앞서지만 미국 자본주의의 급격한 근대화를 배경으로 등장한 허먼 멜빌(1819~1891)의 『모비 딕』**(김석희 옮김, 작가정신, 2011)도 유사한 주제의식이므로 함께 묶을 수 있겠다. 미국 자본주의의 밝은 면을 위협하는 어두운 면은 '모비 딕=자본 혹은 자연'을 정복하기 위해 광기어린 파멸적 집착을 보이는 에이해브 선장으로 상징된다.

유럽에서 19세기 중반에는 낭만주의적 경향에 이어 현실을 직시하는 사실주의적 문학이 등장한다. 프랑스에서는 오노레 드 발자크(1799~1850)의 『**고리오 영감**』*(이동렬 옮김, 을유문화사, 2010), 귀스타브 플로베르(1821~1880)의 『**마담 보바리**』*(김화영 옮김, 민음사, 2000), 영국에서는 찰스 디킨스(1812~1870)의 『**위대한 유산**』*(이인규 옮김, 민음사, 2009; 류경희 옮김, 열린책들, 2014), 러시아에서는 니콜라이 고골(1809~1852)의 『**죽은 혼**』*(이경완 옮김, 을유문화사, 2010), 표도르 도스토옙스키(1821~1881)의 『**카라마조프 가의 형제들**』*(김연경 옮김, 민음사, 2007; 이대우 옮김, 열린책들, 2009), 레프 톨스토이의 (1828~1910)의 『**전쟁과 평화**』*(박형규 옮김, 문학동네, 2017), 안톤 체호프(1860~1904)의 『**지루한 이야기**』*(석영중 옮김, 창비, 2016)가 대표적이다. 우리나라에서는 염상섭(1897~1963)이 『**삼대**』*(문학과지성사, 2004)를 써냈다.

자연주의로 분류되는 에밀 졸라(1840~1902)의 『**목로주점**』*(유기환 옮김, 열린책들, 2011; 박명숙 옮김, 문학동네, 2011 외)은 사회현실에 대한 묘사에서 한걸음 더 나간다. 하지만 사실주의든 자연주의든 낭만주의 문학을 지양하고자 했을 뿐 자본주의를 넘어선 구체적 탈출구를 제시하거나 추구하지는 않았다. 이 점에서 하인리히 하이네(1797~1856)는 중층적이고 독특한 성향을 보인다. 그는 서정(낭만)적 감성으로 사회의 모순을 사실적으로 직시했지만 공산주의적 혁명의 이상을 깊이 신뢰하지는 않았다. 그의 「**독일. 어느 겨울동화**」**(『독일. 어느 겨울동화/공산당 선언』, 홍성광 옮김, 연암서가, 2014)와 『**로만체로**』**(김재혁 옮김, 문학과지성사, 2003)를 통해 그 비관적 이유를 감상해보기 바란다.

20세기 공산혁명 이후의 사회주의 문학으로는 막심 고리키 (1868~1936)의 『어머니』*(최윤락 옮김, 열린책들, 2009)가 그 전형이다. 사회주의 현실이 만들어낸 비판문학으로는 혁명의 결핍을 그린 보리스 파스테르나크의 『닥터 지바고』*(박형규 옮김, 열린책들, 2009; 이동현 옮김, 동서문화동판, 2017), 공산주의 유토피아에서 바라본 현실을 그린 안드레이 플라토노프의 『체벤구르』*(윤영순 옮김, 을유문화사, 2012), 공산주의의 현실적 타락에 관한 알렉산드르 솔제니친의 『수용소군도』*(김학수 옮김, 열린책들, 2017), 공산사회의 소멸이 남긴 회한과 같은 스베틀라나 알렉시예비치의 『세컨드핸드 타임』*(김하은 옮김, 이야기가있는집, 2016)이 있다. 참고로 20세기 전반 러시아 문학이 한국 근대문학에 끼친 영향에 대해서는 김진영의 『시베리아의 향수』**(이숲, 2017)를 읽어보기 바란다.

제국주의 전쟁이었던 제1차 세계대전과 반파시즘 전쟁이라 할 제2차 세계대전 시기의 문학으로는 '아메리칸 드림(환상)=여주인공 데이지'라는 위대한 환상을 현실로 만들고 싶었던 주인공을 그린 프랜시스 피츠제럴드의 『위대한 개츠비』*(김석희 옮김, 열림원, 2013)가 있고, 후발 제국주의 일본의 경우는 전근대적 신민관에 포섭된 근대적 자아의 음울한 이중성을 표출시킨 나쓰메 소세키의 『마음』*(송태욱 옮김, 현암사, 2016)이 있다. 우리나라의 윤동주는 『하늘과 바람과 별과 시』*(소와다리, 2016)를 통해 가장 아름다운 언어로 가장 추악한 세상에 저항했다. 중국엔 '정신승리'를 한탄했던 루쉰의 『아Q정전』*(전형준 옮김, 창비, 2006 외)이, 독일엔 제목에 모든 것이 담겨 있는 베르톨트 브레히트의 『살아남은 자의 슬픔』*(김광규 옮김, 한마당, 1999)이 있다. 어니스트 헤밍웨이의 『**누구를 위하여 종은 울리나**』*(김욱동 옮김, 민음사, 2012; 이종인 옮김, 열린책들, 2012)와 『**노인과 바다**』*(이인규 옮김, 문학동네, 2012; 김욱동 옮김, 민음사, 2012)도 그 시대를 살았던 작가의 강렬한 정신세계를 보여준다. 반공작가로만 알려졌지만 조지 오웰도 파시즘이든, 공산주의든, 미래통제사회든 반反전체주의적 작가라는 맥락에서 이해해야 한다. 그가 상상한 디스토피아 『**1984년**』*(박경서 옮김, 열린책들, 2009 외)은 인류의 미래 현실에 대한 경각심을 불러일으키기에 충분한 문학적 성과다.

제2차 세계대전 이후의 문학으로는 실존주의 문학을 우선 읽어보기 바란다. 가장 참혹한 전쟁 이후, '본질에 앞선 실존' 혹은 '계급에 앞선 개인'의 고뇌에 기반을 둔 문학이다. 알베르 카뮈의 『**이방인**』**(김화영 옮김, 민음사, 2011)이 대표적이다. 그 주인공 뫼르소의 생각과 행동이 규범적 관점에서 이해되지 않는다면 작품을 제대로 읽은 것이다. 통념적으로 이해될 수 없는 개인의 실존, 그게 실존철학의 핵심이다. 프란츠 카프카(1883~1924)는 20세기 초엽의 작가지만 실존주의 문학의 원조격으로 인식돼 있으므로 그의 작품으로 거슬러 올라가보기 바란다. 그의 『**소송**』**(권혁준 옮김, 문학동네, 2010)은 심오하다. 모든 독자들은 읽는 내내 숨이 막힐 것 같은 답답함을 느낄 것이다. 소송은 이렇게 시작한다.

누군가 요제프 카(독일어의 K-옮긴이)를 모함한 게 틀림없다. 왜냐하면 무슨 나쁜 짓을 한 적이 없는데도 어느 날 아침 그가 체포되었으니 말이다.[37]

누가 모함했을까? 우선 떠오른 건, 인간으로 태어난 것 자체가 (원)죄라고 주장한 성경이야말로 인간을 무고誣告한 문건이라고 의심할 수 있다. 심지어 우리는 살아 있는 동안 아무도 그 소송에서 빠져나올 수 없다. 소외의 원인이 종교적 원죄 이데올로기든, 자본이라는 정체불명의 힘이든, 개인이 은폐된 관료조직의 유령이든, 인간의 판단의지가 사라진 법신法神주의든 여기서 헤어 나오지 못하는 것이 카프카가 본 인간의 실존적 상황이다.

이제 최근의 현대문학이다. 미국의 아픈 담론인 흑백문제는 하퍼 리의 『**앵무새 죽이기**』*(김욱동 옮김, 열린책들, 2015)로 살펴볼 수 있다. 『**파수꾼**』*(공진호 옮김, 열린책들, 2015)과 함께 읽으며 두 책 사이에 과연 이데올로기적 간극이 존재하는지를 이해하는 게 핵심이다. 가즈오 이시구로의 『**남아 있는 나날**』*(송은경 옮김, 민음사, 2010)과 『**나를 보내지 마**』*(김남주 옮김, 민음사, 2009)는 체제에 순응하며, 혹은 이용하며 살아가는 인간의 모습을 수행하듯 조용히 성찰할 기회를 준다. 우리 현대문학은 이념대립과 개발독재, 초보적인 민주주의의 얽히고설킨 모순 속에서 살펴야 한다. 이런 상황은 세상의 모든 모순이 응축된 것 같은 느낌마저 준다. 최인훈의 「**광장**」*(『광장/구운몽』, 문학과지성사, 2008), 김수영의 『**김수영 전집**』(전2권)*(이영준 엮음, 민음사, 2018), 조세희의 『**난장이가 쏘아올린 작은 공**』*(이성과힘, 2000)이 시대를 대표한다. 최근엔 한강의 『**채식주의자**』*(창비, 2007)가 성과를 냈다. 임현의 「**고두**」*(『그 개와 같은 말』, 현대문학, 2017)와 서울을 무대로 한 J.M.G. 르 클레지오의 『**빛나**』*(송기정 옮김, 서울셀렉션, 2017)도 눈길을 끈다.

문학사에도 너무나 많은 좋은 책들이 우리를 기다리고 있다. 나는 그저 편의적인 방편에 따라 나름 선택한 소수의 작품을 예시적으로 시대의 흐름에 묶어 추천했을 뿐이다. 어쨌거나 주의 깊게 위 서술을 읽었다면 문학이 시대의 산물이라는 점을 새삼 느꼈을 것이다. 나는 역사와 철학 없이 문학을 이해하는 것이 불가능하다고 했지만, 거꾸로 가장 쉽게 접근할 수 있는 문학을 통해 다른 분야의 책읽기로 새끼치기를 해나가는 것도 좋은 방법이다. 아니, 가장 좋은 방법일 수도 있다. 그러니 모두들 있을 법한 허구를 읽고, 있는 대로의 세상을 직시하며, 있게 하고 싶은 세상을 마음껏 상상해보기 바란다. 그것이야말로 문학만이 우리에게 줄 수 있는 행복한 기여다.

7

책읽기 자체가 시비인 예술책 읽기

어릴 적 이발소에 가면 조그만 타원형 크기로 전형적인 헤어스타일을 한 남성들의 모습을 모아 담은 액자가 걸려 있었다. 그 액자는 어린 내 헤어스타일과는 아무 상관없는 장식품이었고, 머리를 깎는 동안 갈데없는 시선은 자연스레 천정에 거의 맞닿아 걸려 있는 그림 액자들에 머물러 있곤 했다. 한결같은 분위기의 '참 쉽게 그렸을 것 같은' 풍경 그림이나 돼지 그림 등도 있었지만 내 기억에 밀레의 그림이 단연 '이발소 그림'을 수준 높게 대표했다.

그로부터 먼 훗날, 덕수궁 현대미술관에서 밀레의 〈이삭 줍는 여인들〉 진품(이발소에서 보던 것보다 꽤 컸다)을 볼 기회가 있었다. 그런데 이 귀한 진품의 이미지가 이발소 벽면에 걸려 있던 추억의 조악한 복제품 이미지와 끊임없이 겹쳐지는 바람에 내 머릿속은 정체 모를 매트릭스적 혼란을 겪었다. 심지어 이발소의 밀레 복제품이 내 삶 속 예술이었고, 눈앞의 밀레 진품은 내 삶과는 무관한 박물관의 죽은 유물일 뿐이라는 생각까지 들 정도였다. 이 아이러니한 키치적 사태에 대해 움베르토 에코는 이렇게 약간의 위안을 해준다.

주간지를 통해 널리 확산되는 유명한 고전적 회화의 복제품은 페티시, 신분 과시용이나, 문화적 알리바이를 위해 이를 사들이는 키치의 소비자에게 아무런 부담 없이 진품인 〈모나리자〉와 똑같은 위안을 마련해줄 수 있다. 다른 한편 꼼꼼히 살펴보다가 작품의 전혀 다른 측면—구조적 복합성의 무한한 측면 중의 하나—에 부딪혀, 전혀 예기치 못하게 아주 특수한 약호를 통해 전보다 훨씬 풍부한 커뮤니케이션을 흐릿하게나마 포착해 저급한 형태의 소비에서 벗어나는 일도 얼마든지 가능하다.[38]

우리가 예술이라고 부르는 현상을 이해하는 건 생각보다 복잡다단하다. 그럼에도 불구하고 그 난해함을 이해하기 위한 예술 분야 책읽기는 다른 분야 책읽기와는 달리 책읽기 그 자체에 대한 거부감 혹은 저항감이 상당히 널리 퍼져 있는 듯하다. 아마도 그 정체는 내가 내 취향에 따라 '이발소 그림'이든 뭐든 그냥 좋으면 좋은 것이고 싫으면 싫은 것이지, 다른 사람의 평론이나 책읽기 등 내 예술적 취향에 영향을 미치는 불쾌한 간섭이 왜 필요하냐는 나름의 논리적 불만인 듯싶다. 더군다나 그 간섭이 예술 취향에도 '수준'이 있다는 식의 결론에 이르면 화까지 치밀게 된다.

하지만 막연히 예술책 읽기를 개인적 취향을 간섭당하는 굴욕으로만 생각해 막무가내로 거부하는 건 자신의 예술적 취향이 다른 예술적 다양성을 견딜 수 없을 만큼 허약하다는 고백일 수도 있다. 예술사에 파격적으로 등장한 많은 예술작품들이 평론가들과 대중들의 기존 이데올로기적 심미안을 거슬렀다는 이유로 얼마나 많은 비난과 조롱의 대상이 되었는지를 상기해볼 필요가 있다. 예술에 대한 개인적 취향을 위해서도 책읽기 혹은 공부가 필요하다는 것은 누군가 무엇을 좋아하는 것에까지 간섭당해야 한다는 의미가 아니다. 그것은 각자 좋아하는 예술을 깊이 이해하고 선택의 폭과 즐거움을 넓혀가라는 친절한 제안의 의미라고 생각할 필요가 있다.

예술의 개념부터 시작해보자. 오타베 다네히사는 『예술의 역설』**(김일림 옮김, 돌베개, 2011)에서 오늘날 '예술'이라고 불리는 개념은 18세기 중엽부터 말엽에 걸쳐 성립한 것이라는 문헌학적 주장을 한다. 이 말은 곧 각 시대는 지난 시대를 소급해서 자신의 관념에 따라 예술의 개념을 재구성해왔다는 의미이기도 하다. 예술이 노동하는 인간의 역사적 상황과 그 모순을 반영한다는 관점에서 서술된 기본서로는 에른스트 피셔의 『예술이란 무엇인가』**(김성기 옮김, 돌베개, 1984)가 있다. 이와는 대조적인 관점에서 예술을 '놀이하는 인간(호모 루덴스)'의 창조성이라는 관점에서 논하는 조르주 바타유의 「라스코 혹은 예술의 탄생」**(『조르주 바타유─라스코 혹은 예술의 탄생/마네』, 차지연 옮김, 워크룸프레스, 2017)도 읽어보기 바란다.

본격적인 책읽기를 위해 예술 분야의 기본적인 통사도 갖추어 읽어나가면 많은 도움이 될 것이다. 아르놀트 하우저의 『문학과 예술의 사회사』**(반성완·백낙청 외 옮김, 창비, 2016)가 오랫동안 기본서 역할을 하고 있고, 브와디스와프 타타르키비츠의 『미학사』**(손효주 옮김, 미술문화, 2005)도 같은 역할을 한다. 미술사로는 에른스트 H. 곰브리치의 『서양미술사』**(백승길·이종숭 옮김, 예경, 2017/2013/2003)가 기본서의 역할을 하고, 음악사로는 도날드 J. 그라우트 등의 『그라우트의 서양음악사』**(전정임·민은기 외 옮김, 이앤비플러스, 2009)가 기본서로 나와 있다. 20세기의 예술인 영화는 제프리 노웰 스미스 책임편집의 『세계 영화 대사전』**(이영아·이순호 외 옮김, 미메시스, 2015)이 일종의 공구서工具書 역할을 하고 있으니 참고하기 바란다.

시대별로 나누어 몇몇 예술적 주제를 살펴보자. 아놀드 하우저는 앞서 소개한 『문학과 예술의 사회사』에서 다음과 같은 설득력 있는 추론을 제시한다.

> 예술사상 최초의 양식변화를 이루는 전환점이 나타나는 것은 구석기시대가 신석기시대로 이행하면서였다. (…) 예술은 이제 인생의 구체적이고 생생한 모습보다도 사물의 이념이나 개념 내지는 본질을 포착하려 하고, 대상의 묘사보다 상징의 창조에 주력한다.[39]

그런데 왜 이런 변화가 일어났을까? 그냥 별 이유 없이 생각이 바뀌어서? 하우저는 그 생각이 바뀐 근원을 이렇게 설명한다. 즉 구석기(채집·수렵)시대에 필요했던 사냥꾼의 감각적인 예민성과 관찰력은 퇴화하고, 신석기(농경·목축)시대가 요구하는 농사꾼의 추상화와 합리적 사고능력이 개발됐기 때문이라는 것이다.[40] 이런 추론은 그 시작부터 예술이 어떻게 존재했고, 또 변화해나가는지를 사회적 맥락에서 바라봐야 하는 이유를 설명해준다.

고대 그리스 예술에 관해서는 그 찬가라 할 수 있는 요한 요하임 빈켈만(1717~1768)의 『**그리스 미술 모방론**』[**](민주식 옮김, 이론과 실천, 1995)이 있다. '고귀한 단순과 고요한 위대'로 그리스 조각의 이상미를 표현한 그는 '고대인을 모방하는 것이 우리가 위대하게 되는 길'이라고 주장했다. 하지만 그가 근대 신고전주의자로서 그리스 예술에 대해 아무리 잘 이해하고 분석했다 할지라도 그리스 시대 예술작품을 모방하는 것이 모든 시대 예술의 지향점이라는 생각은 무리수다. 당연하지만 우리에겐 그리스 예술이 그러했다면 다른 시대의 예술은 왜 그러했고, 우리 시대의 예술은 왜 이러한지를 이해하는 것이 더 중요한 과제다.

중세의 예술은 서양이나 동양이나 관념적 한계 속에서 작동한 정신적 산물이었다. 그것이 서양의 기독교적 관념이든, 동양의 종교·철학적 관념이든 마찬가지다. 어느 시기나 관념이 예술에 작동하는 것은 마찬가지지만 특히 서양의 미학적 관념은 인간의 이성적 자유를 억압하는 종교적 교리에만 얽매어 있었고, 그 예술적 형상과 이미지들이 교회의 우상숭배 원인이 될 정도였다. 사실상 예술이 종교의 시녀로 전락한 것이다. 결국 중세 종교예술은 16세기 프로테스탄트의 '성상聖像 파괴운동'을 자초하고 그 전성기의 종말을 고했다. 총신대 교수 라영환은 당시의 상황을 이렇게 설명한다.

미술은 가톨릭교회에 있어 선행의 중요한 한 부분이었다. 가톨릭교회에 따르면, 인간은 교회법에 따른 7가지 자비로운 행위뿐 아니라 재정적으로 교회를 지원하거나 신앙인들에게 감동을 줄 수 있는 미술품들을 의뢰하는 선행을 통해 구원을 받을 수 있었다.[41]

그런 측면에서 본다면 그 시기 동양이 서양보다 예술에 있어서는 조금이라도 더 숨 쉴 공간이 있었다고 할 수도 있다. 동양의 경우 유·불·선의 이념이 어느 정도는 공존의 여지가 있었기 때문이다. 하지만 이념의 공존이 현실의 질서로부터 벗어나 펼쳐진다는 의미는 아니다. 유교의 나라에서 도연명의 「도화원기桃花源記」 전통을 이어받아 도교의 이상향을 그린 안견의 〈몽유도원도〉는 그림 자체의 상상적 이념 때문이 아니라 그 상상이 저항했던 현실 때문에 더 눈길을 끈다.

〈몽유도원도〉는 안평대군의 꿈을 역대 최고 수준의 화가 안견이 세종의 후원 아래 그린 것으로, 이 그림은 안평대군이 문종의 후사를 지키자며 정치적 동지들에게 돌린 감탄스런 예술적 '연판장'이었다. 그 연판장에 찬문撰文을 쓴 인물들은 모두 꿈속 유토피아의 뜻을 잘 이해했을 것이다. 그리고 동시에 그 이상을 꿈꾸게 한 현실의 냉혹함은 더 잘 이해했을 것이다. 이후, 그들 중 많은 이들은 꿈이 아닌 현실에 사는 무자비한 수양대군에 의해 무릉도원에서 죽고, 또 일부는 그곳을 빠져나와 현실에서 구차하게 목숨을 구했다. 김경임의 『사라진 몽유도원도를 찾아서』*(산처럼, 2013)는 그 관련 이야기다. 마찬가지 맥락에서 문화가 미술에 끼치는 영향에 대해서는 지상현의 『한중일의 미의식』**(아트북스, 2015)을 읽어보기 바란다.

서양 근대 예술은 인간의 부활로부터 시작한다. 고대의 형이상학에서 원은 우주와 신적인 것을 상징하고, 정사각형은 지상의 것과 세속적인 것을 상징한다. 그런데 인체 설계가 우주 설계를 반영하므로 인간은 이 두 도형에 동시에 들어갈 수 있어야만 했다. 약 2000여 년 전, 로마 건축가 비트루비우스는 인체비례상 그게 가능하다고 글로 설명했다. 그로부터 약 1500여 년 후, 레오나르도 다 빈치가 그 '비트루비우스 인간'을 직접 그려냈다. 진지한 표정의 한 남자가 발가벗고 원과 정사각형 한계 안에서 체조하듯 팔 다리를 흔드는 모습으로 보이는 바로 그 그림이다. 아마도 이 그림은 세계에서 가장 유명한 그림 중 하나일 것이다.

그런데 궁금한 게 있다. 아무리 레오나르도 다 빈치가 천재라지만 그가 아니면 이 형상은 지난 1500여 년 동안 아무도 못 그릴 그런 난제였을까? 아니, 그건 역사가 그 그림을 필요로 할 때까지 걸린 시간이었을 것이다. 중세 신학이 해결해야 할 논리적 과제가 있었다. 인간을 포함한 자연현상이 신성한 이상의 발현이라면 인간의 탐구심은 그 원본인 신성한 이상만을 향하면 되는 것인가, 아니면 복사본인 인간을 포함한 자연현상으로도 직접 향해야 하는가? 중세 신학은 전자에서 출발했다. 하지만 후자로의 역사적 대세를 막을 수는 없었다. 르네상스 시대가 도래한 것이다. 레오나르도 다 빈치가 시현한 비트루비우스 인간이야말로 신본주의에서 인본주의로의 전환을 알리는 르네상스 이미지인 것이다. 이 주제와 관련해선 토비 레스터의 『다빈치, 비트루비우스 인간을 그리다』**(오숙은 옮김, 뿌리와이파리, 2014)를 읽어보기 바란다. 한편 조선시대 화가 정선의 근대적 진경산수眞景山水도 그런 맥락에서 시대상황과 함께 이해할 필요가 있다. 이석우의 『겸재 정선, 붓으로 조선을 그리다』*(북촌, 2016)를 참고할 수 있겠다.

근대를 상징하는 주요 예술적 현상으로 인상파 이야기를 빼놓을 수 없다. 인상파라는 명칭은 마네가 1874년에 낙선자 전람회에 출품한 〈떠오르는 태양, 인상〉에서 유래한 것인데, 그들은 아카데믹한 특권계급의 위선적 예술에 저항했다. 하지만 문학에서 사실주의나 자연주의가 그랬듯이 결코 특정 정치적 목적을 지향하는 저항은 아니었다. 그 점에서라면 인상주의는 가장 의식적으로 시대의 어둠을 잊고, 근대적 빛의 판타지를 추구했던 부르주아 예술이었다. 나카노 교코의 『미술관 옆 카페에서 읽는 인상주의』*(이연식 옮김, 이봄, 2015)엔 인상주의의 이런 사례 설명이 등장한다.

시슬레는 상류계급에 속하는 도시인으로, 시골 강변의 풍경을 좋아했습니다. 딱 거기까지였습니다. 진짜 시골의 생활과 시골 사람들에게는 흥미가 없었지요. 설령 주민이 고통을 겪고 있다고 해도, 홍수 때문에 확 바뀐 풍경이 아름다우면 그저 즐기면 될 일이었습니다. 인상주의 회화를 구입하는 사람들의 눈과, 그리는 사람의 눈은 일치했던 것입니다.[42]

인상주의는 자체의 한계로 인해 곧 후기 인상주의, 표현주의로 진화해간다. 인상주의에 대해서는 존 리월드의 『인상주의의 역사』**

(정진국 옮김, 까치, 2006)를 추천할 수 있다. 그리고 빈센트 반 고흐 (1853~1890)의 『반 고흐, 영혼의 편지』*(신성림 옮김, 예담, 2017)는 문자 그대로 예술가의 영혼을 보여주는 편지글 모음이다. 이와 함께 시간을 조금 거슬러 올라가는 츠베탕 토도로프의 『고야, 계몽주의의 그늘에서』**(류재화 옮김, 2017)도 읽어보기 바란다.

현대예술은 그 난해성으로 악명 높다. 그 난해성을 이해하는 데 아서 단토의 『미를 욕보이다』**(김한영 옮김, 바다출판사, 2017)가 도움을 줄 것이다. 그는 이렇게 말한다.

> 예술작품의 의미는 지적 산물로, 그 예술가가 아닌 다른 사람의 해석을 통해 파악되고, 작품의 아름다움은(정말 아름답다면) 그 의미에서 나오는 것이라 볼 수 있다.[43]

이전 시대 예술이라고 작품의 '구현된 의미'를 도외시할 순 없다. 하지만 현대예술은 이제 작품의 이해를 그 작품의 물질적 형상보다는 아예 그 작품이 구현하는 철학적 의미에 종속시키는 단계까지 온 것이다. 왜 앤디 워홀의 〈브릴로 상자〉는 예술이고 마트의 수세미 포장상자는 예술이 아닌가? 구더기가 들끓는 소머리를 예술로 인정하는 이유가 뭔가? 아름다움(미)이 아닌 역겨움(추)도 예술이 될 수 있는가? 우리는 현대예술이 그런 식의 현대적 대답을 하는 이유를 알아야 한다. 이제 어쩔 수 없이 현대예술을 감상한다는 건 '이른바' 예술작품을 매개로 현대 예술가의 생각이 유발시킨 우리의 현대적 느낌을 감상하는 것이 되고 말았다. 이런 현대예술

조류의 개념 파악에 도움을 주는 책으로 마테이 칼리니쿠스의 『모더니티의 다섯 얼굴』***(이영욱 옮김, 시각과언어, 1993)이 있다.

시대별 예술의 철학적 배경이나 사회상황에 어느 정도 익숙해졌다면 개별 작품들을 설명하는 책을 읽어보는 것도 좋을 것이다. 유홍준의 『나의 문화유산답사기』(전10권)*(창비, 1993~2017), 오주석의 『오주석의 옛 그림 읽기의 즐거움 1, 2』*(솔, 2005/2006), 손철주의 『그림 아는 만큼 보인다』*(오픈하우스, 2017), 고연희의 『그림, 문학에 취하다』*(아트북스, 2011), 노성두·이주헌의 『노성두 이주헌의 명화읽기』*(한길아트, 2006) 등이 좋은 해설서다. 이채훈의 『클래식 400년의 산책』**(호미, 2015)은 음악 감상의 길잡이가 될 것이다. 이영미의 『한국대중예술사, 신파성으로 읽다』**(푸른역사, 2016)는 대중예술의 이해를 높여줄 것이다. 이윤영 엮음의 『사유 속의 영화』***(문학과지성사, 2011)는 영화철학이다.

예술을 접하고 심미적 즐거움을 느끼고, 다시 책읽기를 통해 심미적 안목을 깊이 있게 만들어 나가면 눈에 보이지 않는 많은 것들이 보이게 되고, 귀에 들리지 않는 많은 것들이 들리게 될 것이다. 그리고 어느 날 그 과정 속에서 책읽기가 말하고 있는 것 이상을 예술작품으로부터 직접 느끼게 될지도 모른다. 예술책 읽기가 틀림없이 이 모든 과정을 도와줄 것이다.

8
인간의 무/의식적 현상, 종교·심리학책 읽기

모든 인간은 반드시 죽는다. 그리고 그 사실을 안다. 그런데 다른 동물 종들도 그럴까? 의학자 아지트 바르키와 생물학자 대니 브라워는 『부정 본능』*(노태복 옮김, 부키, 2015)에서 다른 종들도 죽음의 이해에 '근접해' 있는 경우가 있어 보이지만, 오직 인간만이 자신의 필멸성을 '완전히' 이해하는 유일한 종이라고 주장한다.

그렇다면 다른 종들은 왜 이렇게 똑똑해지지 못했을까? 필멸성의 인식으로 인한 공포가 진화상 적응에 이롭지 않았기 때문이라고 대답한다. 인간만이 분명한 증거 앞에서도 현실을 부정할 수 있는 '부정본능'을 가짐으로써 인식능력의 진화에 따른 다른 이득만을 취해 능력을 확장해왔다는 것이다. 바르키와 브라워는 이런 논리를 종교의 이해로 확장시킨다.

필멸성을 부정하는 가장 두드러진 증거는 분명 종교에서 찾을 수 있다. 모든 인간 사회는 그 나름의 종교가 있는데, 대다수 종교 체계는 환생이든 천국이나 지옥이든 조상과 손을 잡든 기타 어떤 식으로든 내세에 관한 이론이 있다. 달리 말해 대다수 인간은 종교를 통해 죽음의 두려움을 극복한다.[44]

바르키와 브라워의 관심은 종교 그 자체가 아니다. 하지만 종교의 기원에 대한 나름 설득력 있는 가설을 제시한 셈이다. 본격적으로 인간의 진화과정 속에서 종교를 설명하는 시도로는 파스칼 보이어의 『종교, 설명하기』**(이창익 옮김, 동녘사이언스, 2015)가 있다. 그는 종교적인 사유와 행동은 진화의 부작용이며 종교의 고유한 심적 영역은 없다고 주장한다. 반면 니콜라스 웨이드는『종교 유전자』**(이용주 옮김, 아카넷, 2015)에서 종교는 진화론적 적응의 결과로서 도덕성을 강화하는 방향으로 작용해왔다고 주장한다.

어쨌거나 종교현상은 오랫동안 존재했고, 우리는 이를 객관적으로 이해할 필요가 있다. 우선 그 이해를 위해 기독교의 경우 대한성서공회 사이트(http://www.bskorea.or.kr/)에 게재된 여러 판본의 『성경』*과 래리 스톤의 『성경 번역의 역사』**(홍병룡 옮김, 포이에마, 2011)를, 불교의 경우 『숫타니파타—붓다의 말씀』*(전재성 옮김, 한국빠알리성전협회, 2015)과 마스타니 후미오의 『불교개론』**(이원섭 옮김, 현암사, 2001)을, 이슬람교의 경우는 『코란(꾸란)』*(김용선 역주, 명문당, 2002)과 카렌 암스트롱의 『이슬람』**(장병옥 옮김, 을유문화사, 2012)으로 시작하면 되겠다.

이제 현존 종교에 대해 궁금한 것을 물어야 한다. 특별히 기독교는 그 교리가 독특해 다른 종교보다 더 많은 궁금증을 유발하는 편이다. 우선 신이 인간을 창조했다면 최초의 인간은 누구일까? 아담과 이브? 성경엔 그렇게 쓰여 있다. 그들은 선악과를 따 먹고 에덴에서 추방된 후 두 자식을 낳는다. 카인과 아벨이다. 카인은 아벨을 죽여 창조주인 야훼로부터 벌을 받는다. 성경은 야훼와 카인의 대화를 이렇게 기록한다.

"오늘 이 땅에서 저를 아주 쫓아내시니, 저는 이제 하느님을 뵙지 못하고 세상을 떠돌아다니게 되었습니다. 저를 만나는 사람마다 저를 죽이려고 할 것입니다.""그렇게 못하도록 하여주마. 카인을 죽이는 사람에게는 내가 일곱 갑절로 벌을 내리리라." 이렇게 말씀하시고 야훼께서는 누가 카인을 만나더라도 그를 죽이지 못하도록 그에게 표를 찍어주셨다. 카인은 하느님 앞에서 물러나와 에덴 동쪽 놋이라는 곳에 자리를 잡았다.[45]

오래된 질문으로부터 시작해보자. 아담이 최초의 인류라면 당시 지구에는 아담과 이브 그리고 카인, 세 사람만 존재한다. 그런데 카인은 추방되면 "저를 만나는 사람마다 저를 죽이려고 할 것"이라며 걱정한다. 그리고 야훼도 그럴 수 있다는 사실을 인정한다. 이 세상엔 에덴족인 아담 가족 세 사람보다 더 오래전부터, 그리고 더 많은 사람들이 곳곳에 존재했다는 증언이다.

기독교는 고대 팔레스타인 지역의 민족종교가 득세하여 세계화된 것이다. 만약 다른 지역 사람들이 스스로를 다른 신의 피조물로 인식한다면 야훼는 "내가 일곱 갑절로 벌을 내리리라"는 언약으로써 태초부터 신들의 전쟁(종교전쟁)을 예고한 셈이다. 성경을 어떻게 읽을 것인가는 각자 해결해나가기 바란다. 성경 텍스트를 문학 텍스트처럼 꼼꼼하게 읽어보고 싶다면 잭 마일스의 『신의 전기』**(김문호 옮김, 지호, 1997)가 있다.

다음 질문, 예수는 스스로를 신, 그것도 유일신이라고 했을까? 그런 말을 한 적이 없다. 다시 성경에서 직접 확인해보자.

> 대사제는 다시 "내가 살아 계신 하느님의 이름으로 명령하니 분명히 대답하여라. 그대가 과연 하느님의 아들 그리스도인가?" 하고 물었다. 예수께서는 그에게 "그것은 너의 말이다." 하시고는 "잘 들어두어라. 너희는 이제부터 사람의 아들이 전능하신 분의 오른편에 앉아 있는 것과 또 하늘의 구름을 타고 오는 것을 볼 것이다." 하고 말씀하셨다.[46]

예수는 사람들이 자신을 '신의 아들'이라고 칭함에도 불구하고 스스로를 '사람의 아들'이라 자칭했는데, 추후 '신의 오른편'에 앉아 있는 것을 볼 것이라 했다. 예수가 하나뿐인 신의 오른편에 따로 앉아 있다고? 그럼 인간의 관념으로는 이렇게 물을 수밖에 없다. 예수는 인간인가 신인가? 신 오른편에 따로 앉아 있는 예수를 '신의 아들인 신'이라고 하면서 동시에 '그 아버지 신은 하나뿐인 신'이라고 설득하려면 인간의 관념으로는 이해하기 힘든 뭔가 아리송한 교리와 권력이 필요하다.

그래서 325년, 로마황제 콘스탄티누스는 공의회를 소집하여 이런 저런 논리로 따지며 예수의 신성을 부정하는 아리우스파를 파문했다. 로마황제가 성부와 성자와 성령이 하나라는 삼위일체론을 진리로 선포한 것이다. 결국 예수는 스스로의 현시에 의해서가 아니라 인간 권력자에 의해 '유비쿼터스 신'으로 공인된 셈이다. 이에 관해서는 바트 어만의 『**예수는 어떻게 신이 되었나**』[**] (강창헌 옮김, 갈라파고스, 2015)를 참고하기 바란다.

이후 기독교는 중세 천년을 이념적·권력적으로 사실상 지배했다. 그 이념적 주요 저작으로는 아우렐리우스 아우구스티누스의 『신국론』이나 토마스 아퀴나스의 『신학대전』이 우선이겠지만, 접근이 용이하지 않으므로 아우렐리우스 아우구스티누스(354~430)의 경우는 『**성어거스틴의 고백록**』[*] (성한용 옮김, 대한기독교서회, 2003)으로, 토마스 아퀴나스(1225?~1274)의 경우는 『**신앙의 근거들**』[*] (김율 옮김, 철학과현실사, 2005)로 시작하면 좋을 듯하다.

물론 중세적 세계가 영원할 순 없었다. 자본주의 시대의 도래와 함께 역사 속에서 반기독교 운동은 세 차원에서 전개된다. 첫번째 차원은 교회권력에 대한 비판이다. 두번째 차원은 예수가 실존했거나 말거나 종교 자체를 부정하는 차원이다. 세번째 차원은 아예 예수의 실존을 부정하고 신화로 간주하는 반종교 차원이다.

우선 교회를 비판함으로써 오히려 기독교를 건실하게 하려는 역사적 시도는 르네상스를 소멸시킨 종교개혁이 그 시초라고 할 수 있다. 이에 관해서는 마르틴 루터(1483~1546)의 『**독일 민족의 그리스도인 귀족에게 고함 (외)**』[**] (황정욱 옮김, 길, 2017), 장 칼뱅

(1509~1564)의 『교회 개혁』**(김산덕 옮김, 새물결플러스, 2017)을 읽
으면 된다. 오늘날에도 끊임없이 이런 식의 비판은 나오고 있다. 조
찬선의 『기독교 죄악사』**(평단, 2017), 김선주의 『한국 교회의 일곱 가
지 죄악』*(삼인, 2009), 김지방의 『정치교회』*(교양인, 2007)가 그런 작
업이다. 이슬람의 경우는 아얀 하르시 알리의 『나는 왜 이슬람 개혁을
말하는가』*(이정민 옮김, 책담, 2016), 불교의 경우는 브라이언 다이젠
빅토리아의 『불교 파시즘』**(박광순 옮김, 교양인, 2013) 같은 책이 있
다.

　다음으로, 예수라는 인물의 실존 여부와 상관없이 종교 그 자
체의 본질을 폭로하고 재규정하려는 역사적인 시도가 있다. 그중
1712년 발간된 '스피노자의 정신'(익명)의 『세 명의 사기꾼』*(성귀수
옮김, 아르테, 2017)은 거침없는 직설적 표현으로 악명 높았다. 하지
만 철학적인 차원에서 보면 루트비히 포이어바흐(1804~1872)의
『기독교의 본질』**(강대석 옮김, 한길사, 2008)이 중요한 이정표라 할 수
있다. 이 책에서 포이어바흐는 이런 주장을 한다.

　　인간에게 자존적 존재의 의미를 가지고 있는 것, 인간이 더 이상 높이
　　생각할 수 없는 최고의 본질—그것이 바로 인간에게 신적인 존재이다.
　　그렇다면 인간은 이와 같은 대상에서 그 자체가 무엇인가 어떻게 물을
　　수 있을 것인가? 만일 신이 새의 대상이라면 신은 날개가 달린 본질로
　　서 생각될 것이다. 왜냐하면 새는 날개 달린 존재 이상의 지고하고 행
　　복한 존재를 알지 못하기 때문이다.[47]

포이어바흐에 따르면 예컨대 'E.T.처럼 생긴 인간의 신은 상상할 수 없다'는 것이다. 그의 인간학적 유물론은 마르크스와 엥겔스에게 큰 영향을 미쳤다. 『기독교의 본질』이 출간된 약 2~3년여 후, 마르크스는 「헤겔 법철학 비판을 위하여. 서설」**(『칼 맑스/프리드리히 엥겔스 저작 선집 1』, 박종철출판사 편집부 편, 박종철출판사, 1997; 『헤겔 법철학 비판』, 강유원 옮김, 이론과실천, 2011)에서 "독일에서 종교에 대한 비판은 사실상 끝났다. 그리고 종교에 대한 비판은 모든 비판의 전제이다"[48]라고 썼다. 하지만 마르크스는 종교에 대한 체계적인 비판을 남기진 않았는데, 가장 잘 알려진 건 다음 발언일 것이다.

인간적 본질이 아무런 진정한 현실성도 얻지 못하기 때문에 종교는 인간적 본질의 환상적 현실화일 뿐이다. 그러므로 종교에 대한 투쟁은 간접적으로 저 세계, 즉 그것의 정신적 향료가 종교인 세계에 대한 투쟁이다. 종교상의 불행은 한편으로는 현실의 불행의 표현이자 현실의 불행에 대한 항의이다. 종교는 곤궁한 피조물[피억압 민중]의 한숨이며 무정한 세계의 감정이고 또 정신을 상실해버린 현실의 정신이다. 종교는 민중의 아편이다.[49]

역사적으로 흥미로운 사실은 마르크스주의자임에도 종교(기독교)를 옹호하는 경우도 꽤 있다는 사실이다. 에른스트 블로흐의 『저항과 반역의 기독교』**(박설호 옮김, 열린책들, 2009), 테리 이글턴의 『신을 옹호하다』**(강주헌 옮김, 모멘토, 2010)가 그런 입장이다. 남미의 해방신학도 그런 맥락에서 읽히는데, 호세 미란다의 『마르크스와 성서』***(김쾌상 옮김, 일월서각, 1987)가 대표적이다.

반기독교 역사에서 어쩌면 가장 유명한 인물일 수도 있는 니체를 빼놓을 순 없다. 니체는 「즐거운 학문」**(니체전집 12권 『즐거운 학문 메시나에서의 전원시』, 안성찬·홍사현 옮김, 책세상, 2005)에서 이렇게 말했다.

신은 죽었다! 신은 죽어버렸다! 우리가 신을 죽인 것이다! 살인자 중의 살인자인 우리는 이제 어디에서 위로를 얻을 것인가? 지금까지 세계에 존재한 가장 성스럽고 강력한 자가 지금 우리의 칼을 맞고 피를 흘리고 있다. 누가 우리에게서 이 피를 씻어줄 것인가? 어떤 물로 우리를 정화시킬 것인가? 어떤 속죄의 제의와 성스러운 제전을 고안해내야 할 것인가? 이 행위의 위대성이 우리가 감당하기에는 너무 컸던 것이 아닐까? 그런 행위를 할 자격이 있으려면 우리 스스로가 신이 되어야 하는 것이 아닐까?[50]

인간이 신(초인)이 되어야 한다고? 현생을 지도하는 신이, 사후가, 지옥이 없다니!? 그럼 이 현생은 선악도, 사후에 대한 두려움도 없는 세상이므로 아무렇게나 살아도 좋단 말인가? 이런 생각이 드는 사람이라면 오히려 니체와 더 잘 소통할 수 있을지도 모르겠다. 인간이 역사적으로 어떻게 신을 모시고 죽이게 됐는지 카렌 암스트롱의 『신의 역사』(배국원·유지황 옮김, 동연, 1999)가 잘 정리하고 있으니 참고하기 바란다.

정신분석학 차원에서 종교를 설명하려는 시도로는 지크문트 프로이트의 『**종교의 기원**』**(이윤기 옮김, 열린책들, 2004)과 칼 구스타프 융의 『**인간의 상과 신의 상**』**(한국융연구원 C.G.융 저작 번역위원회 옮김, 솔, 2008)을 참고하기 바란다. 레온 페스팅거의 『**인지부조화 이론**』**(김창대 옮김, 나남출판, 2016)은 인간은 자신의 행동이 기초하고 있는 인지(지식, 의견, 신념)와 모순을 일으키는 다른 인지가 발생할 때 심리적 부조화를 감소시키기 위해 어떻게 대응하는지를 밝힌 고전적 연구다. 참고로 애덤 하트데이비스의 『**파블로프의 개**』*(이현정 옮김, 시그마북스, 2016)는 심리학의 역사를 관통하는 중요한 50가지 실험을 쉽게 설명해주고 있으니 함께 읽어보기 바란다.

우리 시대에 등장한 '무신론 운동'의 주요 저작을 빼놓을 수 없다. 샘 해리스의 『**종교의 종말**』**(김원옥 옮김, 한언출판사, 2005), 리처드 도킨스의 『**만들어진 신**』**(이한음 옮김, 김영사, 2007), 대니얼 데닛의 『**주문을 깨다**』**(김한영 옮김, 동녘사이언스, 2010), 크리스토퍼 히친스의 『**신은 위대하지 않다**』**(김승욱 옮김, 알마, 2011), 빅터 J. 스텐저의 『**신 없는 우주**』**(김미선 옮김, 바다출판사, 2013)가 바로 그 논란의 책들이다. 혹 전투적인 적그리스도 같은 불신자들의 책들만 추천해 마음 상한 독자가 있다면 프란치스코 교황과 에우제니오 스칼파리의 『**무신론자에게 보내는 교황의 편지**』*(최수철·윤병언 옮김, 바다출판사, 2014)로 마음을 달래기 바란다.

한데 아마도 가장 근원적인 기독교 부정은 예수의 실존 사실을 의심하는 차원일 것이다. 티모시 프리크와 피터 갠디의 『**예수는 신화다**』**(승영조 옮김, 미지북스, 2009)가 그런 입장이다. 고대 지중해

지역에 태양과 같은 신인神人의 죽음과 부활이라는 은유적 텍스트를 통해 개인적이고 수준 낮은 자아의 죽음과 보편적이고 수준 높은 자아로의 재생이라는 영적 고양을 추구하는 신비스러운 교리(미스테리아)가 있었는데, 그런 믿음의 일종이 문자주의자들에 의해 입문과 깨달음을 위한 은유가 아니라 '예수 이야기'라는 역사적 사실로 둔갑하기 시작했다는 것이다.

어쨌거나 종교는 끊임없이 현실에 적응해왔다. 오늘날엔 미국 무신론자협회의 '즐거워하되 신화를 버려라'는 광고에 맞서 창조과학연구단체가 '당신들이 틀렸네요. 하느님 감사합니다'란 문구로 광고배틀을 하는 시대가 됐다.[51] 그리고 다른 한편에서 로마교황청은 지구 밖 생명체의 존재를 탐구하는 학술행사를 열고,[52] 바티칸 천문대의 디렉터 호세 후네스는 "외계문명이 존재할 수도 있지만, 외계인 예수는 없다"는 주장을 한다. 교황 프란치스코도 "내일이라도 녹색 피부에 긴 코와 큰 귀를 가진 화성인이 세례받기를 원한다면 그렇게 할 것"이라고 의외로 발 빠르게 미래에 대처하는 형국이다.[53]

우리는 종교의 역사를 통해 궁극적으로 현실이 종교에 적응해온 것이 아니라 대체로 종교가 현실의 발목을 잡다 어쩔 수 없는 상황이 오면 뒤늦게 현실에 적응해왔다는 사실을 알게 된다. 그러니 어쩌겠는가? 누구라도 종교의 역사를 타락시킨 맹신을 벗어나려면 앞으로도 끊임없이 현실에 맞춰 입장을 바꿔나갈 신성한 종교에 대해서도 다른 모든 분야와 마찬가지로 열심히 책을 읽고, 따지며, 공부하는 수밖에 없지 않겠는가?

제4장

책과 헤어지기

1
'책의 신비화'로부터 벗어나기

이제 책과 헤어질 마음의 준비를 해야 한다. 아마도 책에 대한 로망이 큰 사람일수록 '책의 신비화'라는 용어에 대해 잠깐이라도 흥미로운 시선이 스쳤을 것이다. 그런데 다짜고짜 책의 신비화를 논하기보다는 주제를 이런 식으로 살짝 바꿔 문제제기를 해보면 좀 쉬울 듯하다. '좋은 연애편지란 좋은 애인이 쓴 연애편지인가?' 더 아리송해졌는지 모르겠다. 하지만 책의 신비화와 연애편지가 무슨 상관인지는 차차 생각하기로 하고, 우선 문제에 대한 각자의 대답을 정리해보기 바란다.

좋은 애인은 당연히 좋은 연애편지를 쓸 수 있다. 하지만 좋은 애인임에도 불구하고 문장력이 없어 좋은 연애편지를 못 쓸 수도 있다. 사기꾼은 어떨까? 사기꾼이 좋은 연애편지를 못 쓸 경우는 그나마 다행이지만 우리의 관심 사안은 아니다. 문제는 사기꾼도 좋은 연애편지를 쓸 수 있는가 하는 점이다. 두 입장이 있을 것이다. 우선 사기꾼이 좋은 연애편지를 쓰는 건 불가능하다고 주장한다면 그건 좋은 연애편지란 쓴 사람의 진실성에 의존한다는 생각일 것이다. 반면 사기꾼도 좋은 연애편지를 쓰는 게 가능하다고 주장한다면 그건 좋은 연애편지, 즉 좋은 문장이란 쓴 사람의 진실성과는 별개라는 생각일 것이다.

그런데 그 정체를 모르는 상태라면 사기꾼이 쓴 연애편지(?)가 좋은지 나쁜지 판단할 수 있을까? 그 경우 '마음의 진실성'과 '문장 표현'이 일치해야 한다는 기준을 들이대는 것도 어렵다. 대놓고 좋은 얘기를 하는 이런 경우라면 더 난감할 것이다. 예컨대 두 사람이 '원수를 사랑해야 한다'는 같은 문장을 썼다. 한 문장은 암살을 모면한 교황이 암살범에게, 그리고 다른 문장은 어떤 살인범이 피해자 유가족에게 보낸 편지글이라 하자. 어쩌면 문장의 진실성은 가증스럽게도 살인범의 편지에 더 있다고 할 수도 있다. 이런 상황이라면 어떻게 문장만으로 좋고/나쁨을 구별할 수 있다고 주장할 것이며, 거꾸로 교황과 살인범의 인품을 확인했다 한들 그에 따라 같은 문장을 좋다고/나쁘다고 규정하는 게 또 가능할 것인가?

실제 사례를 통해 되새겨보자. 지금은 까맣게 잊힌 듯하지만, 25년 전엔 꽤 유명했던 인물이 있다. 2001년에 고인이 된 파문 승려 석용산이다. 나는 잘 모르겠는데 당시 많은 여성들이 '잘생겼다'고들 했다. 그의 『여보게, 저승 갈 때 뭘 가지고 가지』라는 에세이 책이 1년 만에 100만 부가 팔려나가면서 1993년 종합 베스트셀러 1위에 오르는 기염을 토했다. 당시 직장인들이 최근에 읽은 책 중 가장 감명 깊었다고 꼽은 책 중 하나이기도 했다.[1] 그러다 1997년, MBC 〈PD수첩〉이 민망한 의혹을 탐사 보도한다. 관련 기사를 직접 인용하면 이렇다.

그[석용산]는 현재 여자 문제와 재산 사유화 등으로 신도회측과 분쟁을 일으키며 야누스의 얼굴로 의심받고 있다. 스캔들은 석용산 스님이 이모씨를 비롯한 여인을 농락했다는 것. 이 사건은 맞고소 사태로 번지면서 지금까지 법정싸움이 진행중이다. 재산 문제는 대구 공덕원과 경산 와촌 지장도량 설립부지의 소유권을 석용산 스님이 자신의 속명인 김영호로 등재한 데서 비롯됐다. 신도들은 당초 이를 신도 공동이나 조계종단 명의로 할 예정이었다며 약속이행을 요구하고 있다.[2]

석용산의 책을 감명 깊게 읽은 사람들은 이런 보도 후에도 여전히 그의 책이 감명 깊다고 느껴졌을까? 그런 독자라면 책의 내용은 책을 쓴 사람의 인품과는 무관하다고 생각하는 셈이다. 만약 보도 이후 책을 내팽개친 독자라면 책의 내용이 책을 쓴 이의 인품과 밀접한 관련을 맺고 있다는 감정의 표현을 한 셈이다. 그렇다면 왜 똑같은 책의 내용이 책을 쓴 인물의 인품에 영향받는 것일까? 나아가 그 인품의 영향을 당연하게 생각해야 한다면 그 이유가 뭘까? 오래된 숙제이기도 하다.

나는 하찮은 사례 하나를 인용했을 뿐이다. 한데 맘먹고 이와 유사한 사례를 열거하고 분석하자면 별도의 책 한 권을 쓰고도 남을 것이다. 얼핏 떠오르는 예만 들자 해도 친일파인데다 전두환 찬양시까지 썼던 서정주의 「국화 옆에서」라는 작품은 어쨌든 시만 그 자체로 좋으면 좋은 것인가? 이완용의 서예는 어떤가? 안익태의 음악은 어떻게 들리는가? 최근 '미투운동' 대상자들의 작품은 또 어떤가? 외국이라고 사정이 다를 것도 없다. 나치에 동조한 철학자 하이데거나 칼 슈미트의 사상은 그 정치적 행각과 별개로 해석할 수 있으며, 따라서 그들의 철학은 존중받아야 하는가?

이 정도면 '책의 내용과 저자의 인품 관계를 어떻게 볼 것인가'에 대한 문제제기는 충분히 했다. 이제 이를 염두에 두고 '책의 신비화'라는 원래의 주제에 직접 맞닥뜨려 보자. 나는 지금 책을 신비화해서는 안 된다는 취지에서 말하려 한다. 그런데 책을 신비화하는 경향이 정말 있긴 있는가? 나는 대체로 문자가 책이라는 물질에 담겨 등장하는 순간 사람들이 필요 이상으로 그것을 신비화하는 경향이 있다고 본다. 쉽게 말하자면, '책에서 봤다'는 것을 마치 '진리를 봤다'는 말처럼 통용하기도 한다는 의미다. 특별히 하나의 주제와 관련해 하나의 책만을 겨우 읽는 책읽기 초보자의 경우, 이런 경향이 있을 가능성이 매우 크다.

물론 이런 사태는 그럴 만한 타당한 이유가 있긴 하다. 우선 전부는 아니지만 대체로 책으로 만들어낼 정도의 정성이 깃든 내용이라면 상당한 선별 과정을 거쳐 출판이 된다고 봐야 한다. 즉 보통 사람보다는 전문적인 필자가 책을 쓰기 때문에 일단 그들이 무슨 얘기를 하든 전문성을 신뢰할 수밖에 없다. 루머보다는 활자화된 뉴스를 신뢰할 수밖에 없듯이, 선술집에서 나누는 '아무 말'보다는 활자화된 글을 신뢰할 수밖에 없는 것이다. 내가 말하는 책의 신비화란 저자의 전문성에 대한 맹신을 포함해 여러 가지 이유 때문에 나타나는 무비판적인 활자 맹신 현상을 말한다.

하지만 나를 포함해 그 전문적 필자라는 사람들 역시 모두 그저 그런 같은 인간일 뿐이다. 그러므로 전문가들이 여러 가지 이유로 사실을 왜곡한다 해서 이상할 건 하나도 없다. 심지어 자신의 행위가 무엇을 의미하는지 그 전말조차 의식하지 못할 수 있다. 그 왜곡은 확신에서 자행되는 것일 수도 있고, 무의식의 결과일 수도 있고, 이데올로기적 행위일 수도 있고, 아니면 무지의 소치일 수도 있다. 따라서 그들에게 잘못을 돌릴 수 없는 경우도 있다.

분명한 건 어떤 분야의 어떤 전문적 의견도 관련 분야 전문가 모두가 만장일치로 동의하는 경우는 거의 없다는 사실이다. 예컨대 자연과학의 경우도 하루가 멀다 하고 기존 지식에 반론을 펴는 새로운 의견이 나오고 있다. 완벽하게 객관적일 것 같은 자연과학도 연구비가 개입될 수밖에 없으므로 자세히 들여다보면 그 전문적 의견의 신뢰성을 의심할 수밖에 없는 경우 또한 허다하다. 하물며 여타 분야에서 활약하는 '이데올로기 청부업자' 같은 전문가들은 또 어떻겠는가? 심지어 신학에서도, 아니 신학에서야말로 전문적 의견이 일치하기를 기대하는 건 불가능하다. 만약 어떤 분야에서 그 분야의 모든 전문가들이 '이 분야는 모든 연구가 끝나서 영구불변하게 더 이상 다른 이론異論이 나올 수 없다'고 선언하는 경우가 있다면 그 학문은 더 이상 학문이 될 수 없다. 우리는 그것을 그저 컴퓨터 프로그램 이용하듯 고민 없이 배워 이용하기만 하면 된다. 즉 그 경우 학문의 생명이 끝난 것이다.

자, 그런 저런 이유로 책을 신비화하지 말아야 한다면, 결국 책에 적힌 문자의 진실성은 독자가 전적으로 판단해야 한다는 말인데, 그게 가능한가? 당연히 모든 독자가 전문가는 아니다. 한 분야의 전문가도 다른 분야에선 문외한이다. 그러니 어떡해야 하는가? 다행히 방법이 없는 건 아니다. 한 전문가의 책을 다른 전문가의 책으로 검증해가면 된다. 이런 식으로 활자화된 문자를 신비화하지 않고 검증해간다면 비전문가라 할지라도 상당부분 진실에 접근할 수 있을 것이다. 그것이 바로 책의 신비화로부터 벗어나는 길이다.

물론 다소 번잡한 노력이 필요하다. 더군다나 자신의 기존 관념과 일치하지 않는 '도끼 같은 책'은 누구나 본능적으로 싫어하는 경향까지 있다. 하지만 그것을 두려워해서는 절대 안 된다. 고집스럽게 자신의 관점에서 일관된 주장을 하는 건 얼마든지 있을 수 있다. 오히려 권장해야 할 일이다. 한데 그 일관된 주장이 반대논리에 대한 나름의 반박을 담기는커녕 그 반대논리가 존재한다는 사실조차 모른 채 그저 목소리만 높이고 있는 것이라면 그건 어린아이의 울음소리만큼이나 시끄러운 소음일 뿐이다. 저자든 독자든 자신의 생각을 지키려면 최소한 자신의 수준에서라도 다른 의견에 반론할 수 있어야 하고, 반론할 수 없으면 인정해야 한다. 잘 모르는 경우라면 당연히 겸손해야 하는 게 순리다.

'책의 신비화'라는 주제를 조금 더 넓혀보자. 위에서 책의 내용과 저자의 인품 관계를 따져본 이유 중 하나는 책을 가능하면 심도 있게 읽어야 한다는 취지에서 한 얘기였다. 우리가 책을 읽을 때 그저 글자만 읽어서는 안 되는 이유가 있다. 가끔 친구와 싸우거나 생각이 부딪힐 때 그 친구의 말을 곧이곧대로 듣지 않고, 그 친구가 처한 상황까지를 염두에 두면서 이런 저런 의심을 하거나 해석을 하는 경우가 있을 것이다. 놀라운 사실은 그렇게 의심하거나 해석했더니 그냥 액면 그대로의 발언이 새로운 의미로 느껴져 더 기분이 나빠지거나 아니면 오해가 풀리는 경우도 꽤 있다는 것이다.

책도, 아니 책이야말로 그럴 수밖에 없다. 생각해보라. 일상의 언어와 대화도 그럴진대, 하물며 그보다 훨씬 방대하고, 체계적이고, 의도적인 책 내용을 이해하는 건 어떻겠는가? 그 책을 쓴 저자가 어떤 시대에, 어떤 상황에서, 어떤 의도를 가지고 그런 발언을 했는지를 종합적으로 판단해야 한다. 그렇지 않으면 진실을 이해하지 못하는 경우가 많다. 또 그렇게 했을 때만 우리 시대, 우리 상황, 우리 처지에서는 그 발언을 어떻게 해석해야 하는지까지 알게 된다. 이런 책읽기는 상당한 공력을 필요로 하는 것이지만 불가능한 게 아니다. 노력해가면 누구라도 점차 익숙해지리라고 본다.

이제 '책을 수단 삼는 기회주의자'의 문제를 검토해보자. 다시 상기하자면, '나쁜 저자가 좋은 책을 쓸 수도 있는가?'의 문제다. 일단 그럴 수도 있다. '입은 비뚤어져도 말은 바로 해라'는 우리 속담이 바로 이런 상황을 위한 해결책이다. 자신이 처한 상황과 상관없이, 심지어 과오가 있는 경우라도 바른 말을 하는 게 가능하고 또 그렇게 해야 한다는 말이다. 만약 '당신은 입이 비뚤어졌기 때문에 바른 말을 할 자격이 없으며, 오직 완벽한 사람만 바른 말을 할 수 있다'고 한다면 우리 중 바른 말을 할 수 있는 사람이 얼마나 될까?

하지만 비뚤어진 입으로 바른 말을 하는 건 생각보다 매우 힘들다. 그 경우에는 겉보기에 바른 말이 정말 바른 말일까 하는 검증까지 반드시 통과해야만 한다. 우선 비뚤어진 입이든 아니든, 자신의 이익에 반하는 주장을 하는 경우는 그것이 바른 말일 가능성이 아주 높다. 한데 바른 말로 들리는 누군가의 말이 일관성엔 아무 관심도 없고 그저 눈앞의 자기 처지를 유리하게 감쌀 뿐인 경우라면 어떤가? 일단 그렇게 이기적으로 바른 말을 하는 건 아주 쉽다. 그러니 그 쉬운 바른 말의 정체를 꼼꼼히 따져봐야 한다. 예컨대 어제까지 독재의 앞잡이 노릇을 하며 독재를 찬양하다 상황이 뒤바뀌자 오늘은 마치 둘도 없는 민주주의 신봉자처럼 민주주의를 말하는 것도 우리가 주목하고 존중해야 할 바른 말인가? 전혀 아니다.

속담이 애초에 비뚤어진 입에서 나오는 바른 말에 관대했던 것은 비뚤어진 입임에도 불구하고 그것이 바른 말을 위한 성찰적 수단이 된 경우를 전제로 한 관대함이었다. 한데 겉보기에 바른 말이 사실은 비뚤어진 입을 위한 기회주의적 수단으로 되고 있다면 그것은 본말이 전도된 사태다. 이 경우 그 비뚤어진 입에서 나온 이런저런 말은 바른 말도 아니고 그른 말도 아니다. 그것은 그저 언제라도 이렇게 저렇게 바꿔가며 비뚤어진 입에 봉사하는 잡소리의 일종일 뿐이다. '악어의 눈물'이라고 일컫기도 한다. 한마디로 그것은 우리가 진지하게 들어야 할 유의미한 말로 인정할 수 없다.

지금 나는 도덕적 흠결이 없거나 완벽한 사람만이 좋은 책을 쓸 수 있다고 주장하는 게 아니다. 단지 성찰 없는 비뚤어진 입을 가지고는 좋은 책을 쓸 수 없다는 말을 하는 것뿐이다. 전혀 사랑하지도 않으면서 다른 목적을 위해 비뚤어진 손으로 쓴 보기 좋은 연애편지는 잘 분석하면 그 거짓 사랑을 폭로할 수 있을 것이다. 마찬가지로 독립운동과 민주주의를 찬양하는 친일파나 독재지지자 전력의 저자가 쓴 책도 잘 분석하면 '비뚤어진 입에서 나온 바른 말'로 인정해야 할 경우는 매우 드물 것으로 본다. 물론 사전 지식 없이 이완용의 글씨만 보고, 또는 안익태의 음악만 듣고 그 심리상태를 완벽하게 확인하는 건 지금으로선 어려울 테니, 성찰을 기만한 '나쁜 저자의 좋은 책'이나 '카사노바가 쓴 좋은 연애편지'의 가능성이 전혀 없다고는 말을 못 하겠다. 하지만 분석 능력의 점진적 고도화는 그 가능성을 크게 낮출 것이다.

마지막으로 책의 신비화 경향을 부추기는, 따라서 대응이 필요한 한 가지 사실을 더 추가해야 한다. 그건 '저자의 미화 가능성'을 염두에 두는 일이다. 책을 쓰는 저자는 의외로 현실의 적나라한 삶보다 '미화'된 얘기를 담기를 좋아한다. 물론 별의별 책이 다 있긴 하다. 하지만 대놓고 나쁜 짓을 선동하는 책은 현실에서 횡행하는 나쁜 짓의 비율을 고려할 때 거의 없다고 할 수 있다. 예컨대 '새치기와 음주운전을 즐겨라' '가난한 자를 모욕하고 갑질을 하라' '어린아이나 여성을 대상으로 범죄를 저질러라'는 등의 주장을 담은 책을 찾기는 힘들다. 물론 바람직한 경향이긴 하다. 한데 이 아름다운 책들의 세상에만 빠져든다면 추악한 현실을 매트릭스의 환상으로 경험할 수도 있다. 다음은 작가 고종석의 날카로운 통찰이다.

여러분은 많은 아름다운 책이나 글을 읽었을 것이고, 저자를 만나봤을 것이다. 자신을 드러내는 자서전, 회고록, 자전적 소설이든 사람은 자기애가 있어서 그 글에 드러나기 마련이다. 그 수행과정은 거의 예외 없이 자기 미화의 과정을 포함한다. 그래서 글보다 사람이 아름다운

경우는 없다.[3]

나는 글쓰기에 있어서의 '미화'가 단순히 자기 개인을 보호하는 데 그치지 않는다고 본다. 어쩌면 기득권의 혜택 속에서 글을 쓸 수 있을 정도로 교육받은 사람들이 기존 질서를 바라보는 눈에도 적용될 것으로 본다. 작가 커트 보니것은 이런 상황을 "누구든 작가가 되면 전속력으로 아름다움과 교화와 위안을 생산해내야 할 신성한 의무를 지게 된다고 생각해요"[4]라고 냉소했다. 이 냉소를 단지 문학 작품에만 국한시킬 이유는 없다. '책엔 (듣기) 좋은 얘기를 담아야 한다'는 압박이 무슨 이유에서 나오는 것이든, 현실과 동떨어진 좋은 얘기로 세상을 턱없이 미화하는 책이 난무한다. 이런 사실이야말로 독자가 책의 신비화로부터 벗어나기 위해서는 반드시 유념해야 할 상황이다. 그러니 무엇보다 아름다운 책을 조심하라!

2
책읽기의 함정:
글자만 읽는 바보가 되지 않으려면

이쯤에서 이 책을 읽는 독자들에게 나름 진지하게 고백할 일이 있다. 독자들은 책에 관한 책을 쓰는 내가 당연히 아주 많은 책을 읽었으리라 보고 이 책을 집어들었을 것이다. 그런데 내가 정말 그렇게 많은 책을 읽었는지 딱 집어 대답하라면 좀 난처하다. 아니, 그럼 책을 많이 읽지도 않고 어이없게…? 아, 잠깐! 내가 평균보다 책을 형편없이 더 안 읽고서, 남들에게는 책을 많이 읽자고 입만 바른 얘기를 하는 건 아니다. 그러니 성질 급하게들 화를 내며 이 책을 내동댕이치지는 말기 바란다. 변명이 필요하다.

내가 책과 관련된 직업을 가졌던 덕에 분명히 평균보다는 책을 많이 읽긴 했다고 할 수 있다. 하지만 정말 많은 책을 읽은 애서가들에 비하면 감히 많이 읽었다는 말은 못 하겠다. 나는 책을 거의 안 읽는 사람들도 많지만 엄청나게 읽는 사람들도 많다는 사실을 잘 알고 있다. 어쨌거나 내 얘기를 하자면 책을 평균보다는 많이 사

모은 건 사실이고, 만지작거린 책들까지를 포함한다면 상당히 많이 읽었다고 할 순 있겠지만, 순수하게 정독한 책만을 셈하면, 그래서 내 것으로 만든 책만을 셈하면 아주 많이 읽은 축에 들 수 없다고 생각한다.

그럼 왜 열심히 읽지도 않은(을) 책을 사 모았느냐고 인정사정 없이 냉정한 질문을 하고 싶은 논리적인 사람도 있을 것이다. 여기에도 할 말이 아주 없는 건 아니다. 세상은 넓고 내가 하고 싶은 말을 대신해주는 고마운 사람도 언제나 있기 마련이다. 이번 경우엔 '활자유랑자'(서평가) 금정연이 나의 구세주다. 그는 그렇게 부조리한 사태에 대해 이렇게 조리 있게 설명을 해준다.

마우스 휠을 바쁘게 돌려가며 표지와 제목, 저자를 일별할 뿐이지만, 꼭 읽어야 할 것 같은 강박을 안겨주는 책은 어김없이 등장한다. 지긋지긋하지만 그렇다. (…) 그럴 때는 눈 딱 감고 책을 주문하는 수밖에 없다. 돈이 많아서가 아니다. 꼭 읽어야 할 것만 같은 강박을 안겨주는 책을 읽지 않는 가장 좋은 방법은 바로 그 책을 사는 것이기 때문이다.[5]

심지어 남의 입까지 빌린 구차한 변명에도 불구하고, 아직 내 독서량에 대해 의구심을 갖고 화가 덜 풀린 독자들도 분명 있을 것이다. 그들을 위해 이제 내가 가장 아끼는 나름 비장의 에피소드를 최후의 카드로 꺼내들고자 한다. 말이 좀 가볍게 나왔지만 사실은 매우 비극적인 사연을 담고 있는 철학자 알튀세르의 자서전에 나오는 얘기다. 이 유명한 철학자는 잘 알려졌듯이 자신의 아내를 순간적인 정신착란에 빠져 목 졸라 죽였지만 면소 판결을 받고 여생을 절망적인 고립감 속에서 지내다 고인이 됐다. 그는 그 비극적인 말년에 쓴 자서전『미래는 오래 지속된다』에서 자신의 우울증을 악화시킨 한 원인이라며 이런 고백을 한다.

> 그 해[1965년] 10월에 나는『마르크스를 위하여』와『『자본』을 읽자』를 막 출판한 다음 행복에 젖어 있었다. 그러다가 갑자기, 이 책들이 나를 많은 대중 앞에 적나라하게 드러내게 될 것이다, 적나라하게, 다시 말하자면 있는 그대로의 나 자신을, 인위적인 것과 거짓으로 가득 찬 존재 이외에는 아무것도 아닌 모습을, 철학사에 대해, 또 마르크스에 대해(물론 나는 그의 초기 저작들은 자세히 연구했으나『자본』은 제1권만 1964년에 그 책에 관한 세미나를 하면서 진지하게 읽었을 뿐이며, 그 세미나의 결과『『자본』을 읽자』가 나오게 된 것이다) 거의 아무것도 모르는 철학자임을 드러내게 될 것이라는 생각에 견딜 수 없는 두려움에 사로잡혔다.[6]

알튀세르가 '적나라하게' 자신의 모습을 드러내게 될 것이라며 두려워했다는 심리상태는 우리도 웬만하면 어렵지 않게 이해할 수 있다. 하지만 지금 내 관심은 아니다. 오래전 일이지만, 사실 내가 (왜지 모를 약간의 위안과 함께) 크게 놀랐던 건 그런 심리상태보다는『자본론을 읽는다』(국내번역본 이름이다)로 일약 마르크스의 새로운 권위자로 등장한 알튀세르가『자본』제1권만 읽었다는 고백이었다. 물론 그는 '진지하게'라는 단서를 달았다. 참고로『자본』제2권,

제3권은 마르크스 사후 엥겔스에 의해 편집돼 출간된 것이고, 게다가 제3권은 좀 두껍기도 하다. 아니, 근데 진지하게든 아니든, 유작이든 아니든, 두껍든 얇든, 마르크스의 『자본』 연구로 명성을 날린 그가 『자본』 전체를 읽지 않았다는 게… 말이 되는가? 누구라도 이런 생각이 들 법하다.

그렇지만 조금만 관대해보자. 우리는 세계적 철학자의 이 놀라운 고백에서 '읽는다'는 의미를 새삼 곱씹을 수밖에 없다. 마르크스의 『자본』이 어렵다 한들, 우리식대로 대충 읽는다면 제2권과 제3권을 읽는다는 게 뭐 그렇게 엄청난 시간이 필요하다고, 또 뭐 대단한 일이라고 읽지 않겠는가? 한데 알튀세르의 읽기는 우리와는 좀 달랐다. 그는 그 읽기를 통해 (정작 알튀세르 본인은 이런 표현을 싫어할지도 모르겠지만) 마르크스를 재창조해냈다. 어쩌면 그의 생각에 자기식대로의 마르크스 재창조는 『자본』 제1권만으로도 충분했는지 모른다. 그러니 그의 고백에 너무 놀랄 일은 아니다.

사실 알튀세르의 마르크스 읽기는 세계적인 이슈가 된 경우일 뿐이고, 예컨대 학문을 위한 일종의 자격증 역할을 하는 대부분의 인문·사회과학 박사논문들도 사실상 '자기식대로의 고전 읽기'라고 할 수 있다. 책을 읽는다는 것은 엄청난 에너지를 소비하는 일이다. 우선은 쓰인 글 그대로의 뜻을 이해하는 일이고, 그 허점이나 모순을 발견하는 일이고, 자기식대로 비판하는 일이기도 하다. 이런 차원에서 말한다면 읽는다는 것은 저자의 내적 논리를 추적하는 일이고, 동시에 저자의 외적 주장과 투쟁하는 일이다. 그리고 그것은 곧 끊임없이 내 자신의 입장을 정립해가는 일인 것이다.

다시 하던 얘기로 돌아가면, 내가 아주 많은 책을 읽지 않았다는 '고백'을 한 것은 나를 은근슬쩍 알튀세르의 책읽기와 비교해 '의문의 무임승차'를 해보려던 꼼수는 아니었다. 내 의도는 그저 읽기를 분량의 문제로 치환하지는 말자고 제안하려던 것뿐이었다. 읽기를 글자 많이 읽기의 문제로 치환하는 순간 다음과 같은 바보스런 문제가 발생한다. 제바스티안 브란트의 『바보배』는 바보들의 천국 '나라고니아'로 향하는 바보배에 탄 바보들의 이야기인데, 이 배의 맨 앞자리에 탄 바보는 다름 아닌 이런 사람이다.

> 책은 항상 나의 믿음직한 평계요, 책 속에 파묻히면 근심걱정은 끝일세. 가갸거겨도 모르는 처지지만 딴에 책을 무척 숭상한다네. 파리가 얼씬대면 얼른 쫓아내지. 사람들이 학문을 논할 때면, "나도 집에 책 많다!"고 자랑하네.[7]

왠지 뜨끔한 게 있어서 굳이 인용을 하지 않으려다 난 바보와 무관한 척 시치미 뚝 떼고 인용했다. 인용 글에서 '가갸거겨도 모르는 처지'를 '내용은 모르고 글자만 읽는'으로 조금 순화시켜보자. 그 많은 책 읽기가 다 무슨 소용이겠는가? 물론 우리는 처음부터, 아니 나중에라도 모두가 알튀세르처럼 책읽기를 할 수는 없다. 하지만 적어도 모두 그런 책읽기를 향해 걸어가야 한다. 책을 '숭상'하기만 하면서, 책에 있는 얘기를 그저 내 생각에 권위를 입히기 위한 파편적 '장식'으로만 이용하려는 독서는 '가짜 독서'다. 책읽기는 내 생각을 위한 수단이다. 즉 책읽기는 어제의 지식을 이해하고 내일을 향해 오늘을 살아가는 지혜를 얻기 위한 수단일 뿐이다.

사실이 그러하다면 책을 단순히 얼마나 많이 읽었냐는 것은 부수적인 관심사로 차치해야 할 것이다. 그런데도 우리는 책읽기의 '분량'에 너무나 많은 관심을 기울이고 있다. 왜 그럴까? 내 보기엔 책읽기라는 행위가 즐거울 때나 괴로울 때나 보통 사람들의 한결같은 무심한 일상이기는커녕, 일 년에 한 차례씩 돌아온다는 '독서의 계절'이 왔다 한들 바쁘면 언제라도 일순위로 내팽개쳐지는 우리 사회 풍토의 멋쩍은 반영인 듯하다.

상상해보자. 만약 우리가 날마다 하루 세 끼 밥을 먹는 게 아니라 사정이 어려워 하루에 한 끼나 두 끼, 혹은 그마저도 사정이 안 돼 하루이틀이나 며칠씩 건너 한 끼를 먹는다거나, 아예 밥을 못 먹어 굶어 죽는 사람도 허다한 사회라면 밥에 관한 우리의 관심은 어떻게 표현될까? 아마도 당연히 하루에, 혹은 일주일에 몇 끼를 챙겨 먹는지가 주된 관심사일 것이다. 한데 모두가 하루 세 끼를 먹는 게 일상인 사회라면, 심지어 다이어트 때문에 일부러 밥을 굶어야 하는 사회적 풍토라면 얼마나 많은 끼니를 챙겨먹는지가 도대체 무슨 관심사나 심지어 자랑이 될 수 있을까?

현재 책읽기에 대한 우리 사회의 관심 수준이 딱 그런 정도의 모양새다. 책을 읽는 사람이 희귀하고, 그 시간이 부족하니 당연히 사람들이 얼마나 많은 책읽기를 하는지가 주요 관심사인 것이다. 그런데 일상적으로 모두의 곁에서 책이 떨어지는 법이 없다면, 그래서 오히려 '책읽기 중독'이라는 부작용 때문에 노심초사하는 사회라면 한 달에 몇 권, 일 년에 몇 권을 읽느냐가 대체 무슨 관심사겠는가? 그런 사회에서 '책읽기 분량'에만 관심을 기울이는 건 마치 모두가 다이어트를 걱정해야 하는 판국에 누가 대식가인지를 경쟁하고 부추기는 것과 비슷한 사태일 것이다.

이런 차원에서 말하건대, 우리 사회는 언제쯤이나 모두들 대식가를 부러워하고 찬양하는 수준이 아니라 한 끼라도 제대로 먹는 미식을 논하는 수준으로 진보할 수 있을까? 이는 책에 대해서는 둘째가라면 서운해할 정약용도 자신의 깨달음을 아들에게 전하며 당부했던 문제이기도 하다. 그의 말을 직접 옮겨본다.

내가 몇년 전부터 독서에 대하여 깨달은 바가 큰데 마구잡이로 그냥 읽어내리기만 한다면 하루에 백번 천번을 읽어도 읽지 않는 것과 다를 바가 없다. 무릇 독서하는 도중에 의미를 모르는 글자를 만나면 그때마다 널리 고찰하고 세밀하게 연구하여 그 근본 뿌리를 파헤쳐 글 전체를 이해할 수 있어야 한다. 날마다 이런 식으로 책을 읽는다면 수백가지의 책을 함께 보는 것과 같다. 이렇게 읽어야 책의 의리義理를 훤히 꿰뚫어 알 수 있게 되는 것이니 이 점 깊이 명심해라.[8]

유의할 점은 정약용도 처음부터 이런 식으로 독서할 수 있었던 건 아니라는 사실이다. 분명히 그도 나중에서야 '깨달은 바'다. '독서 근력'이 생겨야 자신의 사고를 할 수 있는 근력도 함께 생긴다. 다시 한 번 강조하지만 처음엔 어쩔 수 없이 마구잡이식 난독도 다소 필요하다. 그러다보면 속독과 정독, 통독과 발췌독, 여러 책을 동시에 읽거나 한 권을 반복해 읽는 책읽기를 자유롭게 할 수도 있을 것이다. 사실 독서 근력이 약한 사람은 고수들이 쉽게 읽는 책도 느리게 읽을 수밖에 없고, 비교적 많이 아는 내용을 읽는 사람은 남들보다 훨씬 빨리 읽으면서도 그 내용을 이해하고도 남아 비판까지 겸할 수도 있다. 한마디로 미식가가 되기 위해선 우선 이것저것 일상적으로 많이 먹어봐야 한다. 그런 사람만이 미식가 수준에 도달할 수 있다는 사실을 이해할 필요가 있다.

한데 (일반적인 경우는 아닐지라도) 경우에 따라서는 남들보다 훨씬 적은 책을 읽고서도 특별한 미식가처럼 완전히 다른 인생을 경험하기도 한다. 실제 사례도 종종 있겠지만 소설을 통해서 우리도 그런 특별한 세계를 한 번 경험해보자.

베른하르트 슐링크가 쓴 『더 리더』의 주인공 열다섯 살 소년 미하엘은 간염으로 길에서 심한 구토를 하다 서른여섯 살의 여인 한나에게 도움을 받는다. 이렇게 그들의 '불륜'이 시작된다. 그들의 정사가 특이하다. 한나는 정사를 갖기 전 마치 의식처럼 미하엘에게 책을 읽어줄 것을 요구한다. 그러다 한나가 갑자기 사라진다. 법대생이 된 미하엘은 놀랍게도 법정에서 전범재판을 받는 한나를 보게 된다. 그 재판이 진행되는 도중, 미하엘은 기가 막힌 사실을 눈치 챈다. 그녀는 글을 모르는 문맹이었다. 그녀는 재판에 유리한 그 부끄러운 사실을 끝내 밝히지 않고 무기징역을 선고받는다. 이후 법제사 연구학자가 된 미하엘은 지속해서 카세트테이프에 책을 녹음해 한나에게 전달한다. 한나는 그 거기에 녹음된 책을 빌려 글자를 해독하고, 여러 피해자가 쓴 책들까지 읽는다. 하지만 사면되던 날 새벽녘, 한나는 목을 매 자살한다. 미하엘은 학술회의 참석차 미국에 가는 길에 한나가 유대인 생존자에게 남긴 약간의 유산을 전하려 뉴욕에 간다. 그 유대인은 면죄의 의미를 부여하기 싫다며 돈 받는 걸 거부한다. 미하엘은 다시 이런 제안을 한다.

> "글을 읽고 쓰는 법을 배우고 싶어 하는 문맹자들을 위해서 쓰면 어떨까요? 그 돈을 전달할 수 있는 비영리 재단이나 연맹 혹은 단체가 분명히 있을 겁니다." (…) "이와 관련된 유대인 단체도 있을까요?"[9]

'문맹'은 인간의 야만에 대한, 그리고 미하엘과 한나의 '불륜'은 나치세대와 전후세대의 관계에 대한 은유다. 윗 세대는 죄를 지었어도 사랑할 수밖에 없지만 '성찰 없이 공공연하게' 사랑해서는 안 되는 관계다. 한나와 미하엘은, 아니 나치세대와 전후세대는 그렇게 함께 '문맹'을 극복했다. 이것은 독일의 성찰이다. 그럼에도 불구하고 유대인 생존자는 가해자에게 면죄부 주는 것을 거절하며 독일인의 보잘것없는 성찰에 가차없이 채찍을 가한다. 물론 그럴 수 있다. 다만 그렇게 과거에 당당한 유대인도 스스로 현재를 한번쯤 바라볼 필요는 있을 것이다. 오늘을 살아가는 유대인 중에는 과연 역사 앞에 죄를 짓고 있는 '문맹'이 없다고 자부할 수 있을까? 미하엘이 문맹퇴치를 위한 유대인 단체를 묻는 것은 의미심장하다. 이는 과거의 가해자 독일인이 과거의 희생자 유대인에게 묻는 현재의 뼈아픈 질문이다. 그 유대인 생존자는 미하엘에게 한나의 이름으로 유대인 문맹퇴치 단체에 기부하는 데 동의한다. 그들뿐만 아니라 우리 모두 이 현재의 '문맹' 앞에서 진지해져야 한다.

우리가 책을 읽는다는 건 단순히 글자를 읽는 행위가 아니다. 같은 말이지만 문맹은 단순히 글자를 모르는 상태가 아니다. 책을 읽는 행위는, 즉 무지몽매를 깨우치는 일은 나와 너를 알아가는 행위이고, 과거와 현재를 알아가는 행위이며, 내일의 세상을 함께 바라보는 행위이다. 그러니 책읽기를 분량의 문제로만 생각해 많은 글자를 읽었다고 공연스레 자부할 일도 아니고, 그것이 보잘것없다고 지나치게 의기소침할 필요도 없다. 우리들은 각자의 삶 속에서 각자의 방식대로 모두 각자의 책을 읽고 있을 뿐이다.

3
책읽기의 위기:
기억나지 않는 책 내용에 대하여

책에 관한 책 중에서 아주 인상적인 책이 있다. 책을 읽으면서 '내가 썼으면 좋았겠다' 싶은 생각까지 들었는데, 하다못해 제목만이라도 내 것이었으면 했던 책이다. 책 제목을 들으면 누구라도 내 생각에 상당히 공감해줄 것이다. 그 대담한 제목은 『읽지 않은 책에 대해 말하는 법』이다.

훌륭하지 않은가? 누구라도 읽지 않은 책에 대해 (마치 읽은 것처럼) 자연스럽게 대화를 나눌 수 있다면 시간과 비용 면에서 얼마나 효율적인가? 『읽지 않은 책에 대해 말하는 법』을 읽지 않은 독자들은 제목만 보고 마치 읽은 것처럼 이런 감탄을 나눌 수도 있겠다. "읽지 않은 책으로 전문적인 논문을 쓸 수야 없겠지만(그런 경우가 전혀 없다고 할 수도 없겠다. 특히 그 내용을 모두 알고 있는 것 같은 고전을 스치듯 인용하는 경우에), 책 비평까지는 거의 가능하고, 일상 대화를 나누는 것이야 식은 죽 먹기라는 걸 가르쳐주는 이 책이야말로 훌륭한 자기계발서의 미덕을 갖춘 것 아닌가?"

물론 책읽기 행위 자체가 자기계발이라고 할 수 있으므로 이 책을 자기계발서가 아니라고 하는 것도 이상하다. 하지만 이 책의 저자 피에르 바야르는 그저 그런 우스개를 위해 책까지 써 너스레를 떤 게 아니다. 이 책은 무겁지 않은 문체지만 책을 읽는 행위에 대해, 아니 독서와 비독서의 불확실한 경계에 대해, 읽지 않은 책들을 말하는 것이 무엇인지에 대해, 그리고 그것이 결국 어떻게 창작(자기 얘기)으로 연결되는지에 대해 근원적 성찰을 하고 있다. 그의 부끄럼 없는 담대한 주장을 이해하기 위해 이 책의 핵심이랄 수 있는 내용 중 한 부분을 인용한다.

어떤 책에 관한 대화는 겉보기와는 달리 대부분 그 책을 대상으로 하는 것이 아니라, 훨씬 더 폭넓은 어떤 앙상블, 즉 특정 순간 특정 교양이 의거하는 결정적인 모든 책들 전체를 대상으로 한다. 진짜 중요한 것은 앞으로 내가 '집단 도서관'이라 명명하고자 하는 바로 이 앙상블이다. 책들에 관한 담론에서 관건이 되는 것은 바로 이 전체를 숙지하고 있느냐 하는 것이기 때문이다. 한데 여기서 숙지란 관계들을 잘 알고 있느냐 하는 것이지, 어떤 고립된 요소를 잘 알고 있느냐 하는 것이 아니며, 그러므로 그것은 그 전체의 대부분을 모른다고 해도 전혀 문제가 되지 않는다.[10]

책의 구체적 내용을, 그것이 비록 파편적이라 할지라도 어쨌거나 가능하면 오랫동안 기억하는 것이 책읽기의 본질이라고 생각하는 독자일수록 상당히 놀랄 만한 얘기다. 한데 이 낯선 얘기는 책읽기, 아니 책이란 무엇인가에 대한 결정적 핵심을 담고 있다. 물론 이것이 책읽기에 관한 모든 것은 아니다. 하지만 나는 일반교양을 위한 책읽기뿐만 아니라 더 수준 높은 책읽기라도 일단 이 결정적 핵심을 건너뛰어서는 안 된다고 본다.

우리는 우선 바야르가 '집단 도서관'으로 부르는 앙상블을 이해해야 한다. 이는 어떤 책도 하늘에서 떨어진 것처럼 시공을 초월해 단독으로 존재하는 책은 없다는, 즉 총체성에 대한 이해라는 문제의식에서 나온 말이다. 당연히 세상에 존재하는 모든 책은 내용적으로 수없이 많은 다른 책들과 시공 속에서 관계를 맺고 있다. 만약 어떤 책을 읽지 않았지만 이 관계를 속속들이 알고 있다면 그는 그 책을 거의 속속들이 알고 있는 것이나 진배없다. 예컨대 (비현실적 가정이지만) 누가 내게 마르크스의 『자본』이 탄생한 맥락을 전혀 모른 채 그 세부적 내용을 속속들이 알고 있는 경우와 『자본』을 전혀 읽지 않았지만 이 책이 맺고 있는 역사·사회적 맥락을 속속들이 아는 경우 중, 어느 쪽이 더 『자본』을 잘 알고 있느냐고 묻느냐면 약간의 망설임 끝에 후자라고 대답하겠다.

'집단 도서관'이란 바로 이 총체적 맥락이 시공 속에서 유통되는 보이지 않는 앙상블인 것이다. 그것은 당대의 권력관계뿐만 아니라 역사·사회·문화적 영향 등을 총체적으로 받을 수밖에 없다. 왜 하나의 책이 문제작이나 베스트셀러가 되고, 어떤 경우는 당대에 유명한 책이 시간 속에서 의미 없이 사라져가고, 거꾸로 숨어 있던 책이 마치 새 책처럼 발굴돼 각광을 받는지 상기해보기 바란다.

자연과학책이라고 해도 근원적으로는 다를 것이 없다. 한 책의 구체적 내용을 읽는다는 건 그 구체적 내용의 총체적 맥락인 '집단 도서관'에서 극히 파편적인 어떤 한 부분을 읽는다는 것에 불과하다. 그러니 독자가 하나의 책을 읽는다는 건 단순히 그 구체적 내용을 얼마나 많이 기억하느냐의 문제가 아니라 그 총체적 맥락을 얼마나 많이 이해하느냐의 문제인 것이다.

이런 차원에서 조금 과장하자면, 어떤 책의 파편적인 한 부분을 읽지 않았거나 읽었지만 기억하지 못하는 경우(그 차이가 얼마나 크다고 생각하는가?)에도 '집단 도서관'을 총체적으로 잘 이해하고 있다면 얼마든지 읽지 않은 책에 대해 자기 생각을 말하는 것이 가능하다. 이는 마치 외국어 독해 시험에서 모르는 단어가 군데군데 있더라도 제시된 전체 글을 총체적으로 이해할 수 있다면 그 모르는 단어들의 뜻을 유추해갈 수 있는 '원리'와 비슷하다. 아마도 그 모르는 단어가 다른 단어들과 맺는 관계를 많이 알수록, 즉 제시문의 총체적 맥락을 잘 이해하는 학생일수록 모르는 단어에 대한 유추 능력이 뛰어날 것이다. 심지어 시험을 지도하는 교사들도 학생들에게 '모르는 단어에 대해 아는 척 하는 법'이 아주 중요하다고 지도하지 않는가?

나는 '집단 도서관'뿐만 아니라 그것과 밀접하게 상호관계를 맺고 있는 '개인 도서관'도 존재한다고 생각한다. 책을 상당히 많이 읽었는데도, 그리고 읽은 책에 대해서는 누구보다도 특정 내용을 많이 기억하고 있다고 자부하는 데도 책읽기를 계속할수록 왠지 자신의 머리가 뒤죽박죽인 것 같은 느낌을 받는 독자라면 한번쯤 깊이 생각해볼 문제다. 이 경우 그의 책읽기는 그저 현재 읽고 있는 책의 글자나 문장, 혹은 부분에 파편적으로 매몰돼 있을 가능성이 크다. 이런 문제 때문에 책읽기의 한계를 확장시키지 못한다는 느낌이 드는 경우라면 자기 두뇌 속에 자리하고 있는 '개인 도서관'을 한번쯤 점검해볼 것을 권한다.

나는 누구라도 어떤 책을 읽는다는 건 자신의 '개인 도서관'의 한계 속에서 읽을 뿐이라고 생각한다. 그의 두뇌 속에 형성돼 있는 '개인 도서관'은 크고 화려할 수도 있고, 보잘것없이 빈약할 수도 있다. 그리고 다양한 책들이 나름의 방식대로 질서정연하게 자리 잡고 있을 수도 있고, 편향된 책들이 무질서하게 뒤엉켜 혼란스러울 수도 있다. 따라서 누군가 새 책을 읽는다는 건 빈자리가 많은 '개인 도서관'에 질서정연하게 새로운 책을 정리한다는 의미일 수도 있고, 그렇지 않아도 난잡한 책 무더기에 다시 책 한 권이 던져지는 것일 수도 있다.

만약 책읽기라는 게 그저 현재 읽고 있는 책 내용만을 구체적으로 기억하는 문제가 아니라 그 책이 다른 책과 어떤 관계를 맺는지를 이해하는 일이고, 나아가 책이 단순히 독자적으로 상상한 얘기를 하는 것이 아니라 시대적 현실을 반영하고 그 맥락을 설명하는 작업이라는 것을 이해한다면, 즉 책읽기란 두뇌 속 '개인 도서관'에 책을 올바르게 정리하는 일이라고 생각한다면 책읽기는 두 배로 어려울 수도 있고, 두 배로 쉬운 문제일 수도 있다. 두 배로 어려울 수 있다는 건 책 내용을 구체적으로 이해하는 데 추가되는 다른 부담이 있다는 의미고, 두 배로 쉬워질 수도 있다는 건 구체적 내용을 기억하려는 부담에서 조금 벗어나 책과 현실의 맥락을 이해하는 일에 자연스럽게 적응해가면 된다는 의미다.

기억과 관련해 누구나 느끼는 고민 중의 하나는 나이에 따른 기억력 감퇴다. 나이가 들어감에 따라 분명히 책을 읽었는데 그 내용이 가물가물하다거나, 심지어 며칠 전에 읽었던 책의 내용을 기억하기는커녕 현재 읽고 있는 책의 앞부분도 기억나지 않아 자꾸 앞부분을 뒤적이는 경우도 많아질 것이다. 물론 자신이 읽은 책의 구체적 내용을 빠짐없이 기억할 수 있다면 그거야말로 더 이상 바랄게 없는 일이다. 하지만 어쩔 수 없는 현상은 자연스럽게 받아들이고 극복해야 한다. 나이가 들수록 근육이 약해진다고 해서 아예 근육운동을 안 하면 어떻게 되겠는가? 기억력이 감퇴할수록 책읽기로 기억력 감퇴에 '저항'해야 한다. 책을 조금씩이라도 읽고 있으면 기억력이 그나마 조금씩 퇴행할 것이고, 아예 읽지 않는다면 사고능력이 현상유지는커녕 급속도로 퇴행해갈 것이다.

다행인 것은 대체로 나이가 들수록 기억력은 감퇴하지만 이해력은 향상될 수도 있다는 점이다. 이해력은 맥락에 대한 이해에 깊이 의존한다. 그리고 맥락에 대한 이해는 나이가 들수록 자연스럽게 깊어진다. 예컨대 형제간에 부대끼는 맥락밖에 모르던 어린아이가 나이가 들면서 부모가 형제를 대하는 맥락을 이해하고, 부모간 다툼의 맥락도 이해하고, 이웃과 살아가는 맥락도 이해하고, 나아가 세상과의 맥락까지 이해하는 능력을 갖추게 된다. 이렇게 맥락을 이해하는 능력은 나이나 기억력이 감퇴와 상관없이 향상될수 있다. 말하자면 나이가 들고 경험이 누적되면서 나무만이 아닌

숲까지 볼 수 있는 능력도 다행히 향상될 수 있다는 것이다.

이와 관련해 한 가지 흥미로운 생각거리가 있다. 왜 우리는 유명한 고전일수록 잘 읽지 않는데도 잘 아는 것처럼 느끼는 것일까? 그 고전의 맥락을 학교에서든 사회에서든 수없이 반복적으로 접하기 때문이다. 물론 유명한 고전을 직접 읽지 않아서 그 내용에 대해 상당히 오해하는 일도 잦지만, 읽지 않았다는 점에 비추자면 너무나 많은 것을 알고 있는 셈이기도 하다. 그러니 우리는 어떤 특정한 책의 구체적 내용을 기억하는 일에만 집착할 것이 아니라, 다양한 책을 꾸준히 읽어 두뇌 속 '개인 도서관'에 소장된 책들 간의 맥락을 이해하고 최대한 활성화시키는 것에 주의를 기울여야 한다. 책의 구체적 내용을 기억하는 능력이 점점 떨어지는 것, 즉 나이듦에 수반되는 기억력 감퇴는 결코 책을 읽지 않아도 되는 변명이 될 수 없다. 오히려 나이가 들수록 책읽기를 억지로라도 챙겨야 할 정신건강 보약쯤으로 생각해야 마땅하다.

여전히 책읽기를 책의 구체적 내용을 많이 기억하기로만 생각해 내 말에 회의적인 독자가 있다면 이렇게 상상해보기 바란다. 당신은 1년 전 오늘 점심에 먹었던 메뉴를 기억하는가? 특별한 날이 아니었다면 그걸 기억하는 사람은 거의 없을 것이다. 1년이 아니라 일주일 전, 심지어 어제 먹은 점심 메뉴도 한참을 생각하고서야 겨우 기억해낼지 모른다. 건강을 위해 운동한 것은 어떤가? 그 모든 운동의 구체적 동작과 시간, 장소를 다 기억하는가? 이런 건 어떤가? 당신은 고등학교 때 풀었던 수학문제를 얼마나 기억하고 있는가? 기억을 못한다면 그런 문제를 익히기 위한 공력과 시간은 모두

무의미한가? 아니다. 지금 구체적 내용은 도무지 기억나지 않는 그 많은 식사 메뉴가, 운동 과정이, 그리고 그 많은 두뇌활동의 총체가 모두 당신의 육체와 정신을 만들어온 것이다. 그리고 현재 당신의 기억에는 잡히지 않는 모든 총체적 활동이 미래에 당신이 가질 지혜와 능력을 결정해갈 것이다.

이와 관련해 한 가지 흥미로운 얘기를 덧붙이고자 한다. 우리는 보통 기억이 과거의 지식을 단순히 저장하고 재현해내는 것이라는 생각을 갖고 있다. 책을 읽고 기억나지 않는 걸 걱정하는 주된 이유 중 하나는 책을 단순히 과거의 정보로만 생각하는 경향이 있기 때문이다. 책이 과거의 정보라는 말은 틀린 말이 아니다. 하지만 책이 과거의 정보일 뿐이라는 말은 틀린 말이다. 만약 책이 과거의 정보를 담고 있을 뿐이라면, 그래서 책읽기는 그 과거의 정보를 습득하는 일일 뿐이라면 이 사실이야말로 책의 구체적 내용 기억에 집착할 일이 아니란 증거다. 요즘 휴대폰에 저장된 전화번호를 기를 쓰고 외우는 사람은 찾기 힘들다. 언제라도 그 정보는 꺼내 쓸 수 있기 때문이다. 인터넷 정보를 모두 외우려고 노력하는 사람은 없지 않은가? 책읽기도 단순히 정보 차원이라면 굳이 내용까지 읽을 필요 없이 필요할 때 꺼내 쓸 수 있도록 책에 관한 대략적인 정보노트만 있으면 될 것이다.

실제로 책읽기가 단순히 과거의 정보를 내 기억 속으로 옮겨 저장하는 일이 아니라면 책읽기의 정체는 뭘까? 한나 모이어와 마르틴 게스만은 『기억은 미래를 향한다』라는 책에서 이 질문에 대한 답을 유추할 수 있는 흥미로운 주장을 펼친다.

그[전혀 새로운] 관점에서 기억은 과거뿐 아니라 미래와도 관련이 있다. 기억은 경험을 그저 서랍 속에 넣어 보존하기 위해서가 아니라 경험을 항상 새롭게 재처리하여 미래를 위해 유용하게 만들기 위해서 존재한다. 기억이 따르는 논리는 기본적으로 앞을 내다본다. 그 논리는 우리가 이미 경험했고 오래전에 처리가 끝났다고 여기는 것들을 다룰 때에도(또한 바로 그럴 때에) 앞을 내다본다.[11]

그들은 '과거 기억이 망가졌을 뿐인 치매환자들이 왜 미래 삶의 모든 것이 불가능해지는가'라는 화두를 던졌다. 우리는 과거 기억이 어떻게 미래 삶의 계획과 판단에 영향을 끼치는가를 생각해볼 필요가 있다. 예컨대 로스쿨에서는 단지 몇 개의 법과목만을 배우는데(기억하는데) 어떻게 법조인들은 수천 가지나 되는 법령을 오만가지 사례에 적용하는 능력을 갖게 되는지를 생각해볼 필요가 있다. 우리의 삶도 마찬가지다. 실제로 과거의 삶을 기억하는 것이 미래의 삶에 결정적으로 영향을 미치고 있다면, 우리는 기억에 대해 본질적으로 다른 차원에서 접근해야 한다.

기본적으로 책읽기에는 과거의 유용한 정보를 모아 우리에게 제공하는 기능이 있다. 따라서 그 정보를 기억하고 활용해야 한다. 수시로 인용이 필요한 전문직 종사자가 아니더라도 (충분히 부지런하다면) 책읽기 후 필요한 내용을 요령껏 요약해 기록해보는 것은 책읽기 여운을 활용하는 좋은 방법이다. 하지만 그 '기억'을 단순히 과거 정보의 저장으로만 생각해서는 안 된다. 그런 생각은 책읽기를 책이라는 원본에서 USB 같은 두뇌 저장장치로 옮기는 일로만 치부하는 것이다. 그런 식의 단순 정보는 굳이 두뇌로 옮기지 않아도 원본인 책이 언제나 곁에 있으므로 크고 작은 기억력 감퇴가 있다 한들 크게 걱정할 일이 아니다.

우리가 정작 신경쓸 일은 두뇌의 저장용량이 아니라 과거의 기억을 저장하는 과정에서 획득하는 미래를 향한 대응능력이다. 그 능력은 새롭게 저장되는 기억이며, 새롭게 획득되는 논리력이며, 새롭게 계발되는 미래를 향한 창의력이고 판단력이다. 그 능력의 향상이 눈에 잘 보이지 않는다고 부수적인 것 혹은 존재하지 않는 것으로 착각해서는 안 된다. 자신의 기억력을 자랑할 생각이 전혀 없는 몽테뉴는 재치 있게 이런 비유를 우리에게 남겼다. "우리는 불이 필요해서 이웃집에 불을 얻으러 가서는, 거기서 따뜻하게 피어오르는 불을 보고 멈춰서 쬐다가 얻어 온다는 것을 잊어버리는 자와 같다."[12] 책읽기는 결국 현재와 단절적인 '과거 정보 저장하기'가 아니라 미래를 향한 창의적인 '과거 정보 활용하기'라는 사실을 잊어서는 안 된다.

4
책읽기가 우리에게 남기는 것: 지혜를 위한 지식

우리는 모두 지혜로운 사람이 되고 싶어 한다. 하지만 지혜의 정체가 뭔지는 아리송할 뿐이다. 우리는 그저 지혜라는 단어에서 부족을 이끄는 나이 든 인디언 추장의 깊은 눈빛이나 무리를 이끄는 노숙한 암코끼리의 침착한 이미지를 연상할 뿐이다. 분명한 것은 지혜롭다는 게 단순히 지식이 많다는 말과 동의어는 아니란 사실이다. 지식이 많은 사람들이 얼마나 멍청한 짓을 저지르며 사는지는 굳이 예로 들지 않아도 잘 알 것이다. 시도 때도 없이 언짢은 뉴스를 장식하는 지식인들의 행태를 보고 있자면 심지어 지식이 많을수록 멍청하지 않는가라는 현명한 생각이 들 때조차 있다.

어쨌거나 지혜롭고 싶은 우리는 도대체 지혜란 무엇일까라는 질문에 빠져들 수밖에 없다. 하지만 지혜가 무엇인가를 조금이라도 진지하게 생각하려 하면 어김없이 간단히 해결할 수 없는 큰 장

벽에 부딪히고 만다. 갈수록 태산인 것이다. 그 태산이란 종교·철학적 화두다. 쉽게 말하자면 지혜를 '무엇이 고귀한 인생인가'라든가, '차나 한잔 하고 가시게' 같은 유의 고담준론에 연계시키는 차원이다. 그렇다고 이런 화두를 손쉽게 포기한 채 그저 많은 지식을 획득해 잘 먹고 잘사는 법이 곧 지혜라고 결론 내리면 그건 또 뭔가 금방 이상해진다. 그건 지혜의 문제를 다시 지식의 문제로 환원하는 것이고, 우리는 같은 자리를 맴돌 뿐이기 때문이다.

그래서 우리는 급할수록 차분하게 하나씩 짚고 넘어갈 수밖에 없다. 우선 지혜에 관한 고담준론은 그 자체로 잘못된 것은 결코 아니다. 깊이 있게 논의될수록 좋은 일이다. 하지만 그 기품 있는 담론이 현실 속에서 부딪히는 치사한 삶을 지혜롭게 이끌 능력을 보이지 못하고 괴리되기 시작한다면 분명히 문제가 된다. 누구도 훌륭한 고담준론을 비웃을 이유가 없다. 하지만 고담준론이 제 지위에 걸맞는 대우를 받으려면 현실의 삶을 이렇게 저렇게 해결하는 능력이 있음을 분명하게 보여줘야만 한다.

한데 누구라도 절감하듯이 우리의 현실적 삶은 얼핏 지혜의 고담준론과는 거리가 먼 치사한 문제들의 연속이다. 예컨대 『삶을 살아가는 나쁜 지혜』를 쓴 사이바라 리에코가 열거하는 삶의 문제 목록들을 한번 살펴보자.[13] ''실수는 남의 탓, 공은 내 것'이라는 상사의 못된 심보를 고치는 방법은 없을까요?' '남편의 전처 딸과 거리감이 느껴집니다' '가정이 있는 사람과의 관계를 끊어야 할까요, 계속해야 할까요' '지독한 길치를 개선할 방법이 없을까요?' '개똥 피해를 막을 방법은 없을까요?' 이런 문제들은 고담준론의 차원에서는 하찮게 보일 수 있지만 일상 속에서는 진지한 고민들이다. 어쨌거나 이런 문제들을 어떻게 해결해 나가야 지혜로운 것일까? 아니, 그보다 고담준론의 지혜는 이런 문제들에 대한 관심이나 해결 능력이 있긴 하는 걸까?

우리는 근원적으로 물어야 한다. 세속적인 우리가 산사에서 고승과 차나 한잔 마시고 내려왔다고 해서 우리의 일상에 지혜롭게 대처하는 능력이 일취월장하게 되는 것일까? 설령 어떤 하나의 구체적인 사례에 대한 훌륭한 조언을 들었다 한들, 그래서 그 조언으로 그 사례가 훌륭하게 해결됐다 한들, 이제 우리는 다른 조언이 필요 없을 만큼 지혜롭게 된 것일까? 파편적인 지혜는 파편적인 지식으로 환원될 뿐이다. 우리의 삶은 언제나 새롭게, 그리고 끊임없이 지혜로운 판단을 기다리고 있을 뿐이다. 결국 이 대처 능력이 향상되지 않으면 지혜로움이 향상된 것이 아니다.

책읽기로 돌아가면, 책읽기가 단순히 과거의 지식이 아닌 미래의 지혜를 배우기 위한 것이라고 말하기는 쉽다. 그러나 지식과 지혜가 완전히 별개는 아니라는 점이 함정이다. 우리가 마트에 가서 물건 구입하듯 지식만 많이 구매하면 지혜롭게 된다고 생각할 순 없지만, 지식이 전혀 없는 지혜 또한 불가능하다는 점도 인정해야 한다. 인디언 추장이나 암코끼리도 많은 과거 경험을 바탕으로 형성된 지혜를 발휘하는 것이다. 그런 의미에서 지식은 과거, 지혜는 미래라고 단절적으로 말하는 것도 어폐가 있다. 과거 없는 미래는 없기 때문이다. 한마디로 우리는 '지혜를 위한 지식, 미래를 위한 과거'를 위해 책읽기를 해야 한다.

이런 측면에서 살필 때, 지혜를 어떻게 정의할 수 있을까? 심리학자 폴 발테스와 재키 스미스는 지혜에 관한 자신들의 한 연구를 지혜의 일상적 개념으로부터 시작하는데, "중요하면서도 불확실한 삶의 문제들에 대한 훌륭한 판단과 조언"[14]이 그것이다. 추상적이긴 하지만 얼추 지혜에 관한 일상적 관념이라고 인정할 순 있겠다. 하지만 당연하게도 그 판단과 조언을 하는 사람들의 지혜는 그들 각자의 가치판단에 의존할 수밖에 없을 것이다. 그래서 제임스 비렌과 로렐 피셔는 당연히 이런 주장을 하게 된다.

특히 현대의 맥락에서 다른 가치지향을 지닌 사람을 '지혜롭다'로 표현할 가능성은 크지 않다. 이런 생각들은 가치 연구의 영역이 지혜의 영역과 결합되어야 한다는 것을 보여준다. 이 점에서 다시 시간이 중요해진다. 어떤 사람은 미래의 여러 해까지 효과가 파급될 최선의 장기적 해결책을 찾을 것이고, 또 어떤 사람은 현재의 해결책에 관심을 집중할 것이다. 일반적으로 지혜로운 사람은 자신의 결정이 먼 미래까지 미칠 결과를 내다본다고 여겨진다. "나는 내가 보지 못할 봄에 자라날 씨를 뿌릴 것이다." 이렇게 보면 가장 많은 사람들에게 장기적으로 좋은 것이 가장 지혜로운 결정일 것이다. 결정권자에게 요구되는 것은 관련 지식, 경험, 선례를 찾아 과거를 조사하고 해결해야 할 문제의 현재 맥락을 살피며 미래의 장기적인 효과를 예상할 수 있는 시간적인 방향감각이다.[15]

이 주장이 관심을 갖는 지혜는 개인이 아닌 사회적 차원의 지혜처럼 보인다. 하지만 이런 입장은 개인적 차원에서도, 지혜란 '나와 내 주변이 주어진 여건 속에서 장기적으로 최대한 행복해질 수 있는 그때그때의 판단'이라고 유사하게 정의 내리는 것으로 볼 수 있겠다. 한데 사회적이든 개인적이든 '장기적으로 최대 다수에게 최대행복을 가져다주는 그때그때의 판단'을 지혜라고 한다 해도 여전히 '가치판단'의 문제는 풀리지 않는다. 당장 이런 식의 정의는 철학적으로 공리주의가 갖는 한계에 부딪힐 수밖에 없다. 여기서 이를 자세히 논하기는 어렵지만, 공리주의적 지혜는 다른 가치체계를 갖는 철학적 입장의 반박을 감수해야만 할 것이다.

그렇다면 이 인용문이 우려하는 대로 서로 다른 철학적 가치체계를 갖는 경우 대립하는 두 당사자 사이에는 서로가 인정할 수 있는 지혜로운 판단이란 존재하지 않는 것일까? 한쪽 당사자의 지혜는 대립하는 다른 쪽 당사자에게는 멍청한 짓에 불과한 것일까? 개인적이든 사회적이든 지혜는 한쪽 당사자에게 최대한의 이익을 가져다주는 사태를 설명하는 자의적 용어에 불과한 것일까? 만약 실제로 그렇다면 지혜는 철학적 가치판단에 대한 각자의 입장을 표현하는 장식적 용어라고 볼 수밖에 없다.

하지만 난 가치판단에 대한 입장과 상관없이 대립하는 상대방 모두에게, 그들이 지혜롭다면 각자 도달할 수 있는 최선의 판단이 어디에나 존재한다고 생각한다. 경우에 따라서는 상대방의 태도와 상관없이 자신만이라도 지혜롭다면 적어도 자신에게만은 최선인 판단도 있다고 본다. 유의할 점은 나의 이런 관점에는 주어진 여건을 일단 인정하고 그 여건 속에서 미래를 상상하자는 전제가 있다는 것이다. 이는 주어진 여건과 상관없이 꿈꾸는 이상적 세상만을 단절적으로 논하는 고담준론과는 많이 다르다. 하지만 이런 방식으로 볼 때에만 철학적 가치판단 문제와 별개로 지혜의 의미를 생각해볼 여지가 있을 것이다.

말하기가 조금 지저분할뿐더러 아직 국립국어원의 정식 속담으로도 등재되지 못했지만, 민초들의 지혜와 관련한 최고의 깨달음이 있다. '똥인지 된장인지 먹어봐야 아나?'라는 충고형 속담(?)이다. 우리는 누구라도 똥과 된장을 쉽게 구분할 수 있다고 믿는다. 그래서 누군가 이 구분을 못해 손으로 직접 찍어먹고 난 다음에서야 그 정체를 구분하는 것은 상상만 해도 충분히 역겨운 멍청한 짓으로 생각하며 이 속담을 사용한다. 하지만 우리들의 삶은 그 반대로 보인다. 나는 대단히 많은 경우에, 과장하면 대부분의 경우에, 개인이든 사회든 똥과 된장을 구분하지 못해 누가 뭐라든 손으로 직접 찍어 먹어보면서 근근이 문제를 해결해가는 것으로 보인다.

찬찬히 생각해보자. 결과가 그렇게 나쁠 줄 알았다 해도 과거로 돌아가면 역시 똑같은 선택을 할 것 같은 경우가 우리 인생에, 사회에, 역사에 얼마나 있을까? 이 가정에 착오를 일으키면 안 된다. 예컨대 죽음을 각오하고 정의로운 투쟁에 나서는 경우, 설령 그 결과가 죽음이라고 해도 후회가 없을 것이고, 심지어 다시 태어나도 같은 선택을 할 것이라고 말하며 감수하는 경우도 있다. 이런 경우엔 심지어 죽음도 나쁜 결과가 아니다. 내가 말하는 건 누구라도 쉽게 판단할 수 있는 나쁜 선택이다. 즉 좋은 결과를 기대했지만 나쁜 결과가 되고 만 일상적인 경우다. 이럴 땐 당연히 자신의 나쁜 선택을 후회한다. 심지어 나쁜 결과가 눈에 빤히 보이는데도 빠져드는 경우까지 있다. 이는 모두 지혜의 부재로 비롯되는 문제다.

한 개인에 국한된 선택이 아니라 서로 다른 가치판단으로 적대하는 경우에도 서로가 지혜를 발현할 수 있는 여지는 분명히 있다. 우리들의 삶은 개인과 개인의 대립, 당파 간의 정쟁, 전쟁으로 치닫는 국가 간의 분쟁에서도 대립하는 각자의 입장과 상관없이 그 결과를 예측할 수 있었다면 하지 않았거나 다른 대안을 찾았을 행동들로 가득 차 있다. 이런 관점에서 볼 때, 어떤 이해관계나 이념을 가지고 있든, 단기적이든 장기적이든, 각자의 입장에서 각자의 이익을 거스르는 멍청한 짓을 반드시 직접 행한 후에서야 사태를 인식하고 그 악화된 결과를 감당할 수밖에 없어 후회한다면 이는 그 자체로 지혜롭지 못한 것이라고 말할 수 있다. 이런 지혜의 부재는 가치판단의 문제와는 별개다. 나는 이런 사태 속에 지혜 문제의 본질이 있다고 생각한다. 우리는 개인적으로나 사회적으로나 바로 이 쉽지 않은 문제를 지혜롭게 풀어야 한다.

앞서 얘기한 조금 지저분한 속담(?) 대신에 지혜 문제에 대해 격을 갖춰 정리한 최고의 통찰이 있다. 손자의 병법이다. 그는 간단치 않은 문제지만 간단한 표현으로 이런 지혜로운 주장을 했다.

그러므로 말한다. "적을 알고 나를 알면 백 번 싸워도 위태롭지 않을 것이다. 적을 알지 못하고 나만 알면 한 번은 이기고 한 번은 지게 될 것이며, 적을 알지 못하고 나도 알지 못하면 싸울 때마다 반드시 위태롭게 될 것이다."[16]

어쩌면 지혜에 관한 거의 모든 것이 함축돼 있다고 볼 수 있다. 하지만 그 정교한 실천은 현실적으로는 사실상 불가능하다고 생각한다. 우선 나를 안다는 것, 그리고 적을 안다는 것 자체가 불가능하다. 피상적인 능력이야 서로간에 충분히 어림짐작할 수 있을 것이다. 그래서 그 싸움의 결과는 어느 정도 알 수도 있을 것이다. 하지만 그런 정도의 '지피지기'가 가능하다고 해도 그 싸움의 결과 얻는 것과 잃는 것의 수치까지를 정확하게 예측할 정도로 아는 건 불가능하다. 문제는 여기에 있다. 그 손익의 수치까지 정확히 알 수 있어야 싸움에 대한 서로의 태도나 입장까지 알 수 있기 때문이다.

손자의 명제에 따라 생각해보자. 강대국이 약소국에게 승리한 뒤 얻을 수 있는 이익이 싸움에서 잃는 손해보다 적다면 굳이 침범해야 할 이유가 없다. 약소국도 마찬가지다. 싸우지도 않고 항복해서 잃는 손해가 싸운 후 패배해서 잃는 손해보다 크다면 싸워야 할 이유가 분명히 있다. 더군다나 항복이나 패배의 결과가 장·단기적으로 어떤 것인지 정확히 알 수조차 없다. 하물며 승리든 패배든, 전쟁의 경과가 어떨지조차 정확히 모르는데 그 결과 발생할 손익의 수치를 어떻게 알 수 있겠는가? 손자의 '지피지기' 명제를 실현하는 것은 운이 좋으면 대충 맞기는 하겠지만 알파고와 같은 '지피지기'의 정확한 명세서를 근거로 미래를 통찰하는 것은 현실적으로 불가능하다. 이는 우리가 완전한 지혜에 도달하기 힘든 이유이기도 하다.

일상에서도 우리는 같은 문제에 봉착한다. 손자식으로 말하자면, 우리는 그리고 상대는 어떤 사람인지, 상대와 왜 싸워야 하는

지, 싸우지 않고 이길 수 있는지, 싸우지 않고 이길 수 있음에도 싸워 끝장을 봐야 하는지, 싸울 수 없다면 어떤 식으로 나를 보전해야 하는지, 싸워도 지는 걸 아는데 그래도 싸워야 하는지, 싸워 질 것 같지만 상대가 잘못 판단하고 있지는 않는지, 심지어 우리는 그리고 상대는 이런 문제에 대해 앞길을 스스로 내다볼 역량이 있는지 등등 도저히 판단하기 힘든 어려움에 봉착할 수밖에 없다. 상대가 특정되지 않은 선택의 경우에도 유사한 판단능력이 필요하다. 이는 마치 프로 바둑기사들의 수 싸움과 비슷하다.

그런데 지혜로운 삶과 관련해 문제를 더 어렵게 만드는 것은 알파고 이전에는 완벽하다고 자부했던 수읽기가 알파고 이후에 보니 실은 엉터리였다는 결론이 날 수 있는 사태다. 그게 아니더라도 우리가 세상을 살아가는 지혜를 얻는다는 건 정말 어려운 일인데, 이런 상황 속에서 살아갈 수밖에 없다면 도대체 우리에게 지혜란 무엇인가라는 회의가 일어날 수밖에 없다. 그래서 우리는 지혜로운 길을 아예 종종, 아니 매우 자주 포기하는지도 모른다. 즉 표현을 조금 바꾸자면 어차피 모두가 정확히 '지피지기' 할 수 없는 세상이므로 해볼 수 있는 건 가능한 다 해본 다음에, 하다못해 사태가 진행되는 와중에 간이라도 조금 본 다음에 결판내는 게 멍청하지만 이유 있는 우리의 인생이고 인류의 역사인지도 모른다.

하지만 지혜로운 삶이 어렵다고 해서 그것을 아예 처음부터 포기할 순 없는 일이다. 오늘의 삶이 덜 지혜롭다고 해도 내일의 더 지혜로운 삶을 향해 가야 한다. 그런 의미에서 나는 지혜란 주어진 환경에서 자신의 가치판단에 입각해 어떤 사안의 결과를 예측하고

통찰해 보다 효율적으로 대처하는 능력이라고 정의한다. 책읽기는 바로 이런 지혜의 기초를 마련해줄 것이다. 즉 책읽기는 과거의 지식으로부터 벗어나 미래를 위해 다시 자유로워지는 지혜로운 길을 안내해줄 것이다.

5

내 책읽기 수준? 써보면 안다!

모두가 작가도 아니고, 작가가 되려 하지도 않는데 모두에게 글쓰기가 중요할까? 결론부터 말하겠다. 중요하다! 모두에게 글쓰기가 중요하다고 해도 글쓰기가 책읽기 책에서 다룰 주제인가? 그렇다! 뭔가 믿는 구석이 있지 않고서는 이렇게 자신 있게 대답하긴 힘들다. 그런데 막상 주저 없이 큰소리치고 보니 그 근거를 설득력 있게 제시할 수 없을까봐 조금 걱정이 되는 것도 사실이다. 하지만 다른 저자들에게서 절대로 듣지 못할 특별한 내용은 아닐지라도 일단 내가 나름 정리한 근거를 듣는다면 어느 정도 공감할 수 있을 것으로 확신한다.

우리가 좋아서 스스로 글을 쓰든 아니든, 일상에서 글을 쓰는 경우는 구체적으로 얼마나 많이 있을까? 하나씩 꼽아보자. 누구도 피할 수 없는 각종 시험 글쓰기, 단어 하나의 뉘앙스에도 신경 쓰는 썸남썸녀의 카톡·문자 글쓰기, 입사를 위한 자기소개서와 입사 후에 실감하는 업무용 글쓰기, 자영업자의 광고문안 글쓰기, 상당한 실력을 발휘해야 할 사업계획서·기안·보고서 글쓰기, 파업 투쟁용 글쓰기, 살다보면 닥칠지도 모를 경위서·소청심사청구서·피의자 자술서 글쓰기, 연예인이나 정치인이 아니더라도 쓰게 될지 모를 사과문 글쓰기, 나를 표현하고 싶어 쓰는 SNS 글쓰기, 자녀 공부 봐주는 글쓰기, 가족에게 여러 감정을 전달하려는 글쓰기 등 과연 누가 이런 글쓰기와 전혀 무관한 삶을 살 수 있을까?

다시 위 글쓰기 기회를 찬찬히 살펴보기 바란다. 글쓰기를 피할 수 없다는 사실은 그렇다 치고, 글쓰기를 잘하나 못하나 자신의 인생에 별 영향도 끼치지 않을 사소한 것으로 생각할 수 있는가? 그럴 수 없을 것이다. 우리가 글쓰기를 잘하면 글쓰기를 못하는 사람에 비해 엄청나게 많은 그리고 좋은 기회를 잡을 수 있다. 글쓰기로 좋은 기회를 잡아보지 못한 사람은 모두 다 그러려니 하며 글쓰기의 중요성에 대해 심드렁할 수 있다. 하지만 글쓰기로 좋은 기회를 잡아본 사람은 그것이 얼마나 큰 자산이었는지 절감할 것이다.

글쓰기는 우선은 문장을 만드는 기술이다. 하지만 단지 문법을 잘 적용해 비문을 만들지 않는 것으로 끝나는 문제가 결코 아니다. 문법적 문장 기술은 열심히 익히면 속성으로도 어느 정도 익숙해지는 것이 가능하다. 어렵고 세밀한 문장 기술은 하나씩 익숙해질 수 있다. 문제는 그 내용이다. 아무리 문장 기술이 좋다 한들 할 말이 없으면 대체 무슨 내용으로 문장을 만든단 말인가? 예컨대 아무리 영어를 잘한다 한들 상대에게 말할 내용이 아무 것도 없다면 그게 다 무슨 소용이겠는가?

이런 사태를 피하기 위해 우리는 불가피하게 문장의 내용을 고민하기 시작한다. 그런데 그 순간 글쓰기에는 왕도가 사실상 존재하지 않는다는 사실을 깨닫게 될 것이다. 물론 속성으로 익히는 글쓰기 과정을 통해 잘된 글을 비슷하게 흉내 낼 수 있을지는 모른다. 하지만 진심으로 자신의 글쓰기 능력이 좋아지기를 기대한다면 차분히 접근할 수밖에 없다. 차분히 접근할 수밖에 없는 건 글쓰기의 근본은 책읽기고, 책읽기는 시간이 걸릴 수밖에 없는 지속적인 행위이기 때문이다.

글쓰기에는 다른 수단으로 대체하기 힘든 몇 가지 배타적이고 결정적인 기능이 있다. 첫째, 사실 혹은 생각의 엄밀한 저장수단으로서의 기능이 있다. 둘째, 내가 무엇을 알고 있는지 확인하는 기능이 있다. 셋째, 내가 아는 것을 논리적으로 표현해낼 수 있는지 검증하는 기능이 있다. 넷째, 글쓰기는 내 생각의 표현이지만 동시에 내 생각을 형성해주는 기능도 있다.

첫째 기능은 녹음이라는 수단으로 대신할 수도 있겠지만, 구어체 말을 그대로 기록하는 것과 글로 쓴 문장은 엄밀성이라는 측면에서 상당한 차이가 있다. 그리고 이 저장 기능은 역사적 수준에서 차원 높게 생각해볼 수도 있겠지만 개인적 수준에서도 그 못지않은 의미를 찾을 수 있다. 오래전 정약용은 유배지에서 아들에게 이런 편지를 썼다.

너희들이 끝끝내 배우지 아니하고 스스로를 포기해버린다면 내가 해놓은 저술과 간추려놓은 것들을 앞으로 누가 모아서 책으로 엮고 교정하며 정리하겠느냐? 이 일을 못한다면 내 책들은 더이상 전해질 수 없을 것이며, 내 책이 후세에 전해지지 않는다면 후세사람들은 단지 사헌부(司憲府)의 계문(啓文)과 옥안(獄案)만 믿고서 나를 평가할 것이 아니냐? 그렇게 되면 나는 어떤 사람으로 취급받겠느냐?[17]

정약용은 글쓰기가 기록으로서 어떤 의미를 갖는지 너무나 잘 알고 있었다. 개인이든 나라든 기록된 글이 없다면 아무것도 없는 것이다. 잘못 기록된 글만 있다면 잘못 기록된 글이 진실로 간주될 것이다. 이런 사태를 직시하고 절망 속에서도 글을 써 스스로의 생각을 알리고 그것이 곧 자신을 변호하는 글이 된 정약용에 대해 어떤 생각이 드는가? 그야 역사 속 위인이니까 글쓰기가 중요했던 것이지 보통 사람인 우리 문제는 아니라는 생각이 드는가? 착각하면 안 된다. 정약용은 글을 썼든 안 썼든 역사 속 위인인 것이 아니라 훌륭한 글을 썼기 때문에 위인이 된 것이다.

정약용의 글만큼 훌륭한 글쓰기가 아니라도 상관없다. 우리들 보통 사람이라고 해서 스스로를 알리고 변호할 일이 인생에서 전혀 없을까? 그런 일이 닥쳤을 때 어떤 매체든, 호소문이든 자술서든, 사실을 기록하고, 자신을 알리고, 변호하는 능력이 있는 것과 없는 것은 하늘과 땅 차이가 될 수 있다. 단순히 말로 자신의 입장을 호소할 수도 있겠지만 글이야말로 잘할 수만 있다면 훨씬 큰 파괴력을 가져올 수 있다. 이런 소극적인 경우가 아니라 적극적인 차원에서 볼 때 글쓰기는 더욱 중요하다. 누군가 남들보다 높은 지위에 올라가 고난도의 일을 수행하게 될수록 그 필요성이 배가된다. 글로 사실이나 생각을 조리 있게 기록할 수 있는 능력을 기르는 것은 결코 소홀히 생각할 문제가 아니다.

다음으로 글쓰기의 둘째와 셋째 기능, 즉 무엇을 아는지 확인하고, 그것을 논리적으로 표현할 능력이 있는지 검증하는 글쓰기 기능에 관한 것이다. 나는 이 둘째와 셋째 기능을 구분했지만 논리적으로 표현해내지 못하면 사실상 알고 있다고 할 수 없으므로, 즉 논리적으로 표현한 만큼만 알고 있는 것이므로 같이 묶어 설명하는게 더 효율적일 것 같다. 이에 관한 흥미로운 에피소드를 인터넷 뉴스에서 발견했다. 서울경제신문사 부설 백상경제연구원과 서울시교육청이 공동으로 진행한 생애주기별 인문아카데미에 참여한 한 중학교 학생과 강사와의 대화다.

강사: "글쓰기는 왜 어려울까요?"
학생: "써놓고 보면 앞뒤가 안 맞아요."[18]

이 중학생은 아주 단순한 표현으로 우리에게 글쓰기에 관한 은밀한 비밀을 드러내준다. 말은 우리의 입 밖으로 나오는 즉시 사라진다. 반면 기록된 글은 계속 그 내용적 선후관계를 우리에게 보여준다. 즉 말은 (토론이라고 해보자) 그 앞뒤에서 비논리가 있더라도 약화되거나 안 보이지만 글은 그것이 눈에 빤히 지속적으로 보일 수밖에 없다. 연설문이나 준비된 발언들이야 그 차이가 줄어들겠지만 특히 일상의 대화를 기록해 들어본다면 말과 글의 차이를 실감할 수 있을 것이다. 위 중학생처럼 우리는 글이라는 형식에 맞추려 하기만 해도 자신의 앎을 논리적으로 표현해야 한다는 압박을 피할 수 없게 된다.

더 큰 문제가 글쓰기를 앞에 둔 우리를 다시 압박한다. 논리적으로 자신의 생각을 표현하려고 하는 순간 어이없게도 내가 뭘 알고 있는지 불분명해지고, 심지어 내가 무슨 말을 하고 싶은지조차 불분명하다는 걸 알게 될 수 있다. 이런 사태는 아주 흔한 일이다. 독일 함부르크공대 우베 스타로섹의 오랜 경험이 묻어나는, 학생들의 글쓰기에 대한 발언을 들어보자.

신입생들은 글쓰기에 취약한 편입니다. 무엇을 명확하게 말하고자 하는지 요점이 없습니다. 한마디로 비논리적이죠. 글에서 전하려는 핵심을 잘 모르겠습니다. (…) 전체적인 글의 형식(서론-본론-결론)은 유지하지만, 자세히 뜯어보면 문장과 문장 사이의 연결고리가 약합니다. A와 B가 서로 연결되어야 하는데 논리적으로 이어지지 않는 글이 의외로 많습니다. A가 엉뚱하게 C나 D와 연결되어서 읽는 사람이 이해를 못하는 것입니다. 용어를 엉뚱하게 사용하는 사례도 많습니다. 개념의 뜻을 잘 모르거나 용어의 차이점을 이해하지 못한 채 문장을 쓰는 바람에 명확하지 않은 글이 나오기도 합니다.[19]

글을 쓸 때 주의할 문제점을 잘 요약해주고 있다. 많은 사람들이 자신이 무엇을 원하고, 말하고자 하는지 모르는 경우가 비일비재하다. 즉 생각이 정리되지 않은 채 뒤죽박죽 살아가는 경우가 비일비재하다는 의미다. 이런 사태를 극복하기 위해서는 글쓰기를 대충 생각하면 안 된다. 글을 쓴 후에도 자신의 문제가 뭔지 고민하지 않고, 알아도 크게 걱정하지 않는다면 아무리 시간이 흘러도 나아질 가능성은 전혀 없다. 교수인 스타로섹은 대학 신입생을 접한 경험만 얘기했지만 이것이 비단 대학 신입생들만의 문제겠는가?

그런데 왜 이런 이상한 현상이 생기는 걸까? 그리고 심지어 왜 그런 사실조차 인식하지 못하고 사는 걸까? 우리는 글을 쓰기보다는 주로 말을 하면서 살지만 글이 아닌 말은 이 문제를 해결할 수 있는 좋은 수단이 아니다. 즉 말만으로는 이를 교정할 기회가 거의 없다. 말은 히틀러의 연설처럼 엉망진창의 내용으로도 사람들에게 지지받기 쉽지만 글은 말에 비해 훨씬 그러기가 힘든 수단이다. 글은 스타로섹의 지적처럼 A문장-B문장-C문장이 지속적으로 연결되지 않으면 지지받기 힘든 소통 수단인 것이다.

물론 주위에 소크라테스 같은 현인과 사시사철 대화를 나눌 수 있는 여건이 되는 사람이라면 말만으로도 자신의 생각을 논리적으로 검증하고, 그 한계를 인식할 수 있을지 모른다. 하지만 대부분은 그런 환경에서 살고 있지 않다. 그래서 우리는 그 대안을 반드시 찾아야 한다. 어떻게 우리는 자신의 생각을 명료하게 다듬고, 그 한계가 무엇인지를 정확하게 인식할 수 있을까? 글쓰기야말로 모든 사람들이 쉽고 값싸게 그런 능력을 기를 수 있는 어쩌면 가장 좋은 수단이다. 글쓰기는 잔인할 정도로 자신의 한계를, 마치 거울을 들여다보는 것처럼 비춰준다. 위에서 인용한 대로 글을 써보면 중학생의 눈으로도 (말로 할 때는 잘 모르겠는데) '스스로' 앞뒤가 안 맞다는 사실을 쉽게 볼 수 있는 것이다.

이제 글쓰기의 넷째 기능, 즉 글쓰기는 생각의 표현인 동시에 형성 기능이 있다는 의미에 대해 얘기해보자. 이는 좀 의외의 주장이라고 생각하는 독자도 있을 것이다. 왜냐하면 상식적으로 글쓰기는 이미 형성된 자신의 생각을 더 논리적으로 정리하는 것뿐이라고 생각하기 쉬운 까닭이다. 물론 기본적으로 글쓰기는 이미 형성된 자신의 생각을 표현하는 것이다. 하지만 글쓰기의 독특한 효과 때문에 그 반대의 기능도 의미 있게 작동한다. 이는 앞에서 얘기한 글쓰기의 모든 기능과 연계돼 있다.

글쓰기를 하면 우리는 어쩔 수 없이 자신의 생각이 어떻게 전개되는지 전 과정을 스스로 바라볼 수밖에 없다. 즉 사고를 논리적으로 할 수밖에 없는 환경 속에 돌입하는 것이다. 예컨대 그저 말이나 생각으로 '민주주의'를 생각하고 말할 때와 엄밀하게 그 관념을 글로 생각하고 표현할 때의 환경은 매우 다르다. 그저 막연히 생각할 때는 몰랐던 문제들, 즉 자기 생각의 한계 혹은 모순을 글을 써보면 금방 느끼게 되는 것이다.

그럴 땐 어찌해야 하는가? 책읽기를 통해 다시 자신의 생각을 가다듬고, 조금씩이라도 논리에 맞게 바꿔 나가거나 수정할 수밖에 없다. 다른 말로 하면, 글쓰기가 오히려 나의 생각을 정리하고 형성해주는 것이다. 그런 의미에서 생각을 완벽하게 정리한 뒤 글쓰기를 하려 하지 말고, 일단 글쓰기를 해가면서 부족한 생각을 완성시키는 방법을 권한다. 이렇게 책읽기와 글쓰기, 그리고 글쓰기의 모든 기능은 상호작용하면서 연계돼 있다.

이제 글쓰기가 중요하다는 것, 그리고 그것은 책읽기와 밀접한 관계를 가질 수밖에 없다는 사실에 어느 정도 공감한다면 글쓰기에 대한 차원을 약간 높여 생각해봐도 좋을 것이다. 조지 오웰은 글쓰기의 핵심을 이렇게 말한 바 있다.

무엇보다 필요한 것은, 의미가 단어를 택하도록 해야지 그 반대가 되도록 해서는 안 된다는 점이다. 산문의 경우, 단어를 가지고 할 수 있는 최악의 일은 단어에 굴복하는 것이다.[20]

이것이 왜 핵심인가? 우리는 글쓰기 그 자체에 매몰돼 글이 생각을 표현하는 수단이라는 사실을 자칫 잊기 쉽다. 말하자면 우리의 삶 속에서 형성된 생각을 표현하기 위해 단어를 선택하고 지배하는 것이 아니라, 거꾸로 지배 이데올로기에 영향 받은 상투적이고 불명확한 표현이 우리의 생각을 지배하는 사태가 발생하는 것이다. 글쓰기는 이러한 사태에 대한 저항이어야 한다. 생각의 부족이나 나태함으로 아무 고민 없이 택하는 단어들이 우리의 생각을 지배하도록 허용해서는 안 된다.

진지한 형식의 글은 물론이고 이메일, 블로그, 가벼운 문자, 댓글 등 그 어떤 종류의 글이든 표현하는 순간 그것이 바로 당신이다. 문장 하나하나 조금이라도 명료하게 자신의 생각을 나타내 보이도록 노력하기 바란다. 남들에게 내 외면을 보이는 외출을 할 땐 아무리 무신경한 사람이라도 세수를 하고 외출옷 정도는 입지 않는가? 그런데 남들에게 내 두뇌를 내보이는 글을 쓰면서는 내면의 세수는커녕 잠옷 차림으로 잠꼬대하듯 무신경하다면 뭔가 한참 이상한 일이 아닐 수 없다.

말도 그렇지만 글쓰기야말로 당신이 생각하는 것보다 훨씬 더 당신이 어떤 생각을, 어느 정도 하며 사는 사람인지, 즉 당신이 어떤 사람인지 적나라하게 드러내준다. 책읽기와 글쓰기는 둘이면서 동시에 하나다. 모두들 의식적으로 혹은 불가피하게 마주하는 글쓰기 기회를 의미 없이 낭비하지 말고 정성들여 한 문장 한 문장 써보며 자신이 어떤 사람인지, 자신의 책읽기 수준이 어느 정도인지 확인해보기 바란다.

6
책으로부터의 해방을 위하여

이 책은 기본적으로 독자들에게 책읽기의 의미와 중요성을 알리고, 책을 많이 읽게 하기 위한 지침서 목적으로 쓰였다. 그 최종 목적을 위해 제3장에서 꽤 많은 나름의 책들을 소개·추천했다. 그런데 이 소개·추천 책들을 일별해본 독자(특별히 내가 독자로 예상치 못한 내공 깊은 독자) 중에는 책에 대한 내 관점에 상당한 불신이 생겼을 수도 있다. 각자 알고 있는 '좋은 책'이 어떻게 추천 목록에서 빠질 수 있느냐는 문제일 것이다. 그 독자들이 이 책을 여기까지 계속 읽어왔는지는 모르겠지만 여기서 그에 대한 해명을 하고자 한다.

제3장의 주된 목표는 이 세상의 좋은 책들을 내 기준에서 모두 빠짐없이 열거하는 게 아니었다. 그렇다고 대충이나마 전형적인 좋은 책들의 목록을 답습하려는 의도도 아니었다. 또한 좋은 책의 서열을 정해 열거한 것도 아니었다. 유명 고전을 제쳐놓고 참고하기에 적합한 책들을 넣기도 했다. 심지어 읽지 않아도 좋을(?) 악명

높은 책까지 들어 있다. 그러니 당연히 (이 책에 등장한 좋은 책들보다 더) 좋은 책들이 '엄청나게' 빠졌을 것이다.

무엇보다 가장 큰 문제는 '좋은 책'의 분량이다. 이 세상에는 왜 그렇게 좋은 책들이 많단 말인가?! 이는 내가 해결할 수 있는 것도 아니고, 절대 해결하고 싶지도 않은 문제다. 어쨌거나 이런 사정을 고려해 수준 높은 독자들에게 그럭저럭 불신받지 않도록 대충이라도 '좋은 책'의 범위를 넓혔다면 아마도 제3장에서 소개·추천한 책들의 최소 3~5배 이상은 열거해야 했을 것이다. 생각건대 그래봐야 겨우 면피할 정도다. 한데 그럴 경우엔 쏟아지는 책 무더기에 짜증이 날 보통 수준의 독자들이 또 문제다. 그래서 내가 택한 방법은 '내 맘대로 얼기설기 엮어낸 좋은 책들의 네트워크'였다. 그렇다고 짜임새가 아주 없진 않을 터이니 웬만한 독자들은 크게 걱정하지 말고, 이 네트워크를 참고해 이곳저곳에서 왠지 마음이 가는 책을 곶감 빼먹듯 한 권, 한 권씩 꺼내 읽다보면 책읽기의 효과적인 시동은 될 것이다.

사족이지만 한 가지 더 첨언할 얘기가 있다. 모두에게 좋은 책을 선정해 추천하는 건 만병통치약을 추천하는 일만큼이나 어불성설의 측면이 있다고 본다. 물론 모두가 읽으면 좋을 고전 목록은 존재한다. 하지만 이 고전 목록은 궁극의 책들을 나열하고 있을 뿐이다. 단번에 직접 읽을 수 있는 고전들도 많지만 관련 책들을 함께 보면서 공부해야 이해 가능한 고전들은 훨씬 더 많다. 이런 사정을 염두에 두고 말한다면, 높은 수준의 고전에 도달하기 위한 수단이 되는 책들은 각자의 사정이나 수준에 따라 천차만별일 수밖에 없다. 반드시 특정 책만이 모두에게 좋은 책이라고 말하기도 힘든 것이다. 그러므로 각자 점진적으로 자신의 처지와 수준에 맞는 좋은 책을 고르는 능력도 일종의 책읽기 능력이라고 할 수 있겠다.

이런 사연과 관련 있는 얘기인데, 사실 내 방식대로 책을 소개·추천하면서도 나름 자신이 있었던 건 나의 숨겨진 의도 때문이다. 그 의도는 독자들이 언젠가 스스로 자기에게 맞는 좋은 책을 찾아 읽는 능력을 기르는 것이었다. 책읽기 내공이 약한 독자들은 일단 이 책에 실린 목록을 참고하면 출발선상의 지침은 될 수 있을 것이다. 하지만 내 목록은 결코 완벽하지 않다. 잘 봐줘야 구멍이 숭숭 뚫린 조각그림 정도다. 그러니 그 구멍을 찾아 메꿔가며, 혹은 고치거나 버려가며 끊임없이 자신이 작성한 새 목록을 마음속으로라도 만들어보기 바란다. 그렇게 하다 보면 어느 순간 자신의 머릿속 '개인 도서관'이 만들어져 있을 것이다. 그 건축 과정에서 군소리 없이 조용히 사라지는 것이 이 '책에 관한 책'의 진정한 목적이다.

이제 우리는 책으로부터의 해방을 정리해야 한다. 이 주제에 맞는 적당한 퀴즈가 있다. 그 유명한 돈키호테의 문제거리가 뭐였는지 아는가? 바로 책이었다! 돈키호테는 책만 읽다 결국 정신이 이상해진 것이다. 그는 방랑기사를 꿈꾸며 첫 가출을 했지만 사정이 여의치 않아 잠시 집에 다시 돌아왔다. 뒤늦게라도 이 불행한 사태를 막아보고자 동네 신부와 이발사, 가정부와 조카딸이 작심하고 돈키호테가 잠에 빠진 틈을 타 그의 서재에서 그 황당무계한 기사소설들을 끄집어내 마당에 내던져 불태우려 한다. 신부가 그 와중에 기사소설 한 권을 들고서 아깝다며 화형을 면하게 한다. 그의 주장은 이런 것이었다.

정말이지, 이 친구야, 이 책이야말로 세상에서 제일 잘 쓴 책일세. 말하자면 이 책에서는 기사들이 밥도 먹고, 잠도 자고, 죽기도 하고, 죽기 전에 물론 유언도 하고, 모든 걸 보통 사람 하는 짓 그대로 하는 거야. 수많은 기사소설에 나오는 허무맹랑한 이야기들과는 달리 말이야.[21]

돈키호테를 구하려는 이 신부가 좋은 책을 판별하는 소박한 기준은 그 내용이 '현실적'이어야 한다는 것이다. 신부가 그런 현실적 주장을 하니 좀 아이러니하기도 하다. 어쨌거나 생각해보면 돈키호테의 친지들이 화형에 처하려는 소설 장르는 누가 뭐래도 픽션이므로 사실만을 그 내용으로 요구할 수 없음은 당연하다. 하지만 소설(예술)적 허구도 그것을 통해 뭔가 현실적인 진실을 구하지 않으면 그저 황당무계한 이야기로 전락할 뿐이다.

이런 사태를 허구가 아닌 현실 그 자체를 다루는 분야로까지 확대하면 어떨까? 이 세상에 유통되는, 심지어 유행하는 그 많은 책들이 모두 돈키호테가 빠진 황당무계한 기사소설과 거리가 멀다고 자부할 수 있을까? 어떤 책도 세상의 영원한 진리를 설파할 수는 없다. 그러므로 모든 게 정도 문제라고 관대하게 봐줄 수도 있다. 하지만 그 황당무계한 정도를 판단하고 판별해내는 능력을 스스로 기르지 않으면 돈키호테의 모험담이 자신의 얘기로 돌변할 수도 있다. 이런 경우 책을 읽으면 읽을수록 자신의 기대와는 달리 '세상착오, 시대착오'라는 늪에 점점 더 빠져들 것이다.

어떤 책이 현실을 직시하고 있느냐 아니냐의 과제를 남기는 건 비단 각종 이데올로기가 난무하는 사회과학 등 분야의 문제만은 아니다. 연구비와 관련된 정치적인 고민이 있다지만 어쨌거나 현실 그 자체를 기준으로 삼을 수밖에 없는 자연과학 분야에도 어쩔 수 없이 그런 문제는 제기된다. 물론 사회과학 등과는 성격이 조금 다른 문제라는 건 감안해야 한다. 새뮤얼 아브스만의 책『지식의 반감기』에는 이런 흥미로운 얘기가 등장한다.

2005년,《플로스 바이올로지PLoS Biology》에 이오안니디스[당시 그리스의 이오안니나 대학 의대 교수]가 발표한 논문의 제목은 '왜 출판된 연구 결과의 대부분은 오류인가?'였다. 2011년 현재 이 논문의 열람 횟수는 40만 회가 넘었고, 인용도 800회 이상 이루어졌다.[22]

설마 학자들이 그러고 싶어서 그러겠는가? 논문 한 편을 쓰자면 온갖 힘든 노력을 다해야 한다. 하지만 아무리 진지하게 진리를 추구하는 노력을 해도 어쩔 수 없이 그 노력은 모두 시대의 한계, 곧 지식의 한계 속에서의 노력에 불과하다. 오늘의 지식은 어제의 지식을 밀어낸 그 모습 그대로 내일의 지식에 자리를 물려줄 준비를 할 수밖에 없다. 그런 사실을 받아들이면 우리가 알고 있는 어제의 지식을 신비화할 일도 없고, 그렇다고 내일의 지식을 받아들이기 위해 오늘 내 머리를 모두 텅텅 비우고 살 이유도 없다. 다만 분명한 건 모든 논의의 출발 기준은 언제나 우리가 뿌리박고 살고 있는 현실이어야 한다는 점이다.

여기서 약간의 의문을 짚고 넘어가자면 인간의 지식이, 그리고 지혜가 시대적 한계 속에 갇혀 있다면 우리가 철 지난 고전을 굳이 읽어야 하는 이유는 뭘까? 사회과학이든 자연과학이든 아니면 그 어떤 분야의 고전이라도, 우리가 그것을 귀하게 여기는 이유는 그 자체가 완전하고 영원한 진리를 담고 있어서가 아니다. 그건 그 고전들이 역사의 한계를 어떻게 돌파했는지 영감을 얻기 위해서다. 나 역시 고전읽기를 강조하고 있지만 그건 시대의 한계 속에서 이런저런 터무니없는 얘기가 군데군데 들어 있는 고전을 무턱대고 신비화하자는 얘기가 결코 아니다. 제아무리 유명한 고전도 그 시대의 현실과 그 시대의 관점으로 이해하면서 동시에 우리 시대의 현실과 우리 시대의 관점으로 반추해가며 새겨 읽어야 한다.

지금 나는 우리의 시대, 우리의 현실에 뿌리박고 세상을 이해해야 한다고 말하고 있지만 그건 말만큼 쉬운 일은 아니다. 이해하기 힘들고 너절하기 짝이 없는 현실보다 지식·이론·책이 더 순수하고 완전한 것으로 보여서 그 틀로 세상을 보려는 유혹을 참아내기 힘들기 때문이다. 『파우스트』의 악마 메피스토펠레스는 이론보다 언제나 현실이 우선이라며 우리의 정곡을 향해 이렇게 비수를 찌른다.

여보게, 이론이란 모두 회색빛이고, 푸르른 것은 오직 인생의 황금나무 뿐이라네.[23]

얄궂게도 악마의 입을 통해 이런 진실을 듣는 게 좀 거시기하다. 하지만 음미할 만한 충분한 가치가 있는 유명 문구다. 우리가 세상을 설명하는 지식·이론·책만을 숭상하다보면 아주 흔한 착각에 빠지기 쉽다. 우리가 살고 있는 현실이 아닌 상상된 이론 틀에 비친 그림자가 곧 세상이라는 환상에 빠지는 것이다. 그렇게 세상 그 자체의 모습과 상관없이 마음에 드는 이론 틀로 이리저리 작위적으로 재단하고 조작한 현실을 진짜 세상이라고 믿게 되는 것이다. 자신은 결코 이런 돈키호테 같은 착각에 빠지지 않을 자신이 있다고 생각할지 모르지만 누구도 피하기 힘든 덫이다.

그 대표적인 증상은 이런 것이다. 이론이 현실에 들어맞지 않을 경우 당연히 이론이 잘못됐다는 사실을 인정해야 하지만 대단히 많은 '이론적' 사람들이 그러기 힘들어한다. 그래서 그들은 이론이 아닌 현실이 잘못됐다고 주장하기 시작한다. 사회과학이라면 인간과 사회가 ('도덕적'으로) 잘못됐다는 비난으로 자신이 믿는 이론을 정당화시키며, 자연과학이라면 자연현상을 잘못 설명하고 있는 이론을 (그것이 유명할수록) 의심하기보다는 자신의 연구나 실험이 잘못됐다는 인정으로 권위 있는 이론을 정당화시켜준다.

그렇다면 언제까지 '인생의 황금나무는 모두 회색빛이고, 푸른 것은 오직 이론뿐'이라는 착각에 빠져 살게 되는 것일까? 보통은 아주 오랜 시간이 걸린다. 사람들은 통상 더 이상 이론이 이론으로, 책이 책으로 존립할 수 없을 정도로 무망無望하거나 엉터리라는 사실이 드러났을 때, 더 적나라하게는 세대교체가 돼 새로운 눈으로 세상을 바라볼 수 있을 때에야 비로소 그 착각에서 벗어나 어렵사리 다른 이론을 생각해본다.

하지만 기억해야 한다. 이론이 현실에 패배하는 건 굴욕이 아니다. 언제나 모든 기준은 현실이지 이론이 아니다. 메피스토펠레스가 조롱하는 도덕적 당위조차도 진지하게 그 실천을 원한다면 반드시 현실에 토대를 두고 논의돼야만 한다. 독자들이 책을 좋아해 책 속 이론에 빠져들 단계가 되면 반드시 염두에 둬야 할 간교한 악마 메피스토펠레스의 유혹적 충언이다.

기본적으로 책읽기가 우리에게 주는 힘은 세상 현실을 이해할 수 있는 능력에서 나온다. 어두운 곳이 두려운 것은 그 안에 무엇이 있고, 어떤 일이 일어날지 모르기 때문이다. 그렇게 우리가 사는 세상이 어둡게만 느껴진다면 세상에 대한 두려움은 배가될 것이다. 반면 세상이 밝아 보인다면, 그래서 예컨대 자본주의적 삶에 대해, 정치권력에 대해, 인간의 이기심에 대해 그 정체가 무엇인지 잘 안다면 그 두려움은 훨씬 감소할 것이다. 몰라서 발생하는 두려움은 아는 것만으로도 대부분 해결된다. 어두운 곳에 사실은 두려워할 아무것도 없고, 다만 해를 끼칠 수 없는 작은 고양이 한 마리만 있을지도 모르기 때문이다.

물론 알아도(알고 나니 더) 두려움이 지속되는 상황도 있을 것이다. 어두운 곳이 밝은 곳으로 변했는데 정작 고양이를 넘어 호랑이가 있을 수도 있다. 그렇더라도 우리는 알아야 한다. 고양이가 아닌 호랑이라는 사실을 아는 것일지언정 아는 것이 힘이다. 왜냐하면 그것이 호랑이인지 모르는 것보다는 무섭더라도 아는 것이 호랑이에 실천적으로 대응할 방법을 찾을 가능성이 더 높기 때문이다. 피해를 완전히 없앨 수는 없을지언정 최소화라도 해야 할 것 아닌가? 말을 바꾸면 책이 우리들의 모든 문제를 해결해주진 못한다. 하지만 최소한 몰라서 두려운 그 어두운 곳에 불을 켜주는 역할은 해줄 수 있을 것이다.

책이 이해시켜준 세상을 창의적인 방식으로 조금이라도 더 새롭게 진전시키고 싶다면 이제 책을 넘어서야 한다. 즉 책으로부터 해방돼야 한다. 물론 쉬운 일은 아니다. 설마 책으로부터 해방되겠다고 모든 책을 집어던지며 책에 나온 얘기들을 무조건 반대하고 거부하려는 독자야 없을 것이다. 그럼 대체 어떻게 해야 하는가? 그 유명한 저자들만 봐도 기가 질리는데 그들의 문제의식을, 그 해결책을 어떻게 넘어설 수가 있단 말인가?

독자들에게 책으로부터 해방되는 아주 간단한(?) 비법을 선물해주는 것을 답변으로 이 책을 마무리하려 한다. 선물을 받기 위해서는 우선 이 책을 쓴 목적인 책읽기를 아주 열심히 해야만 한다. 그럴 것으로 믿겠다. 이 과정을 열심히 수행한 독자라면 너무나 당연한 사실 한 가지를 발견할 것이다. 그건 모든 훌륭한 책은 저자 자신이 제기한 문제에 대해 스스로 대답하고 있다는 사실이다. 이 '자문자답'의 메커니즘이 문제의 핵심이다.

그런데 우선, 남이 제기한 문제를 푸는 게 더 어려울까 내가 제기한 문제를 푸는 게 더 어려울까? 단연 후자다. 아니, 모든 수험생들의 로망처럼 보이는 후자가 더 어렵다고? 진정하기 바란다. 내가 말하는 문제는 새로운 문제다. 지금 우리의 눈엔 분명한 문제인 식민지배·착취·가부장제도 마차·타자기·흑백TV·집 전화, 컴퓨터 없는 세상, 환경공해, 심지어 이발사와 외과의사의 겸업 등도 한 때는 아무 문제도 아니었다. 그것이 문제라고 생각하지 않으면, 그래서 아무도 문제제기를 못 하면, 세상엔 아무 문제도 없는 것이다. 굳이 철학적 담론에 의존할 필요도 없이, 역사적 경험만 살피더라도 문제가 있으면 답은 어떻게든 찾아지기 마련이다.

그러니 책을 볼 만큼 봤다면 그 책들의 경험을 깊이 새겨, 그 책들이 그래왔던 것처럼 창의적으로 자신의 문제를 상상해봐야 한다. 창의력이란 익숙한 것을 낯설게 바라볼 수 있는 능력이다. 그 창의력으로 당신의 일터에서 남이 보지 못하고, 느끼지 못하는 당신의 문제를 제기하라! 우리가 주목했던 "창의성은 서로 다른 사물들을 결부시키는 것"이라는 잡스의 통찰도 사실상 제기된 문제의 해결을 위한 창의성일 뿐이다. 태초에 '무엇을 위해 서로 다른 사물들을 결부시켜야 하는지'에 관한 창의적인 문제제기가 있어야 한다. 해결책은 그 다음이다.

책읽기의 본질은 지식의 노예가 되는 것이 아니라 그 지식을 지배하는 지혜의 주인이 되는 것이다. 그것이 책으로부터의 해방이다. 과거의 지식을 담은 모든 책은 당신의 지혜로운 창의력에 의해 죽기 위해 태어났다. 그리고 미래는 바로 그 과거의 죽음으로부터 시작된다. 그러니 어쩌겠는가? 여러분이 가장 사랑하는 책을 만나면 그 책을 죽여야 한다! 우리는 모두 이 아름답고 잔인한 '생각의 진화과정' 따라잡기, 즉 책읽기를 기꺼이 수행해야만 한다. 아쉽지만 책에 관한 내 얘기는 여기까지다. 이제 당신이 당신의 책과 함께 하는 길에 행운 있기를 바란다.

■ 註

머리말

1 한국출판문화산업진흥원, 『2017년도 상반기 KPIPA 출판산업 동향』, 2017, 69쪽.

2 「"성인 40% 책 안 읽었다…지난해 독서율 사상 최저"(종합)」, 『뉴스1』, 2018년 2월 5일.

3 「[단독] 이세돌 닮은 허사비스…체스·게임에 빠진 뒤 AI 연구」, 인터넷 『한국경제』, 2016년 3월 16일(수정17일).

제1장

1 「조훈현 "하나뿐인 제자…이창호가 져서 마음 아파"」, 인터넷 『한겨레』, 2012년 10월 7일.

2 「Obama's Secret to Surviving the White House Years: Books」, 『The New York Times』, JAN. 16, 2017.

3 「Obama's Secret to Surviving the White House Years: Books」, 『The New York Times』, JAN. 16, 2017.

4 http://kosis.kr/statisticsList/statisticsList_01List.jsp?vwcd=MT_ZTITLE&parentId=O#SubCont.

5 전체 응답자 6.4% 중, 18~29세: 0.1%, 30~39세: (자료없음), 40~49세: 0.2%, 50~59세: 2.0%, 60~69세: 10.9%, 70~79세: 37.8%, 80세 이상: 63.0%(응답자 비율은 소수점 둘째자리에서 반올림)이다.

6 김은하(연구책임자)·이태문(연구자), 『해외 주요국의 독서실태 및 독서문화진흥 정책 사례 연구』, 문화체육관광부, 2015. 이 연구에서는 "원래 언어능력은 읽기와 쓰기를 포함하지만, 쓰기는 평가의 어려움 때문에 제외되었다"(같은책, 16쪽)고 밝히고 있다.

7 「[더, 오래] 고혜련의 내 사랑 웬수(9) 남편의 뒤늦은 홀로서기」, 인터넷 『중앙일보』, 2017년 9월 6일.

8 「"유대인 교육법의 핵심은 '질문하라'"」, 『연합뉴스』, 2010년 8월 6일.

9 「지난 밀레니엄 가장 위대한 사상가 마르크스」, 『연합뉴스』, 1999년 10월 1일.

10 Pancer S. M., 「Salience of appeal and avoidance of helping situations」, 『Canadian Journal of Behavioral Science』, 1988, 20, p. 133-139; 로랑 베그, 『도덕적 인간은 왜 나쁜 사회를 만드는가』, 부키, 2013, 203쪽에서 재인용.

11 프란츠 카프카, 서용좌 옮김, 「쥐레츠 근교의 오버슈투데네츠 성의 오스카 폴락 앞: 프라하, 1904년 1월 27일 수요일」, 『행복한 불행한 이에게: 카프카의 편지 1900~1924』, 솔, 70쪽.

12 「'종교관·역사관' 집중 추궁⋯박성진 청문회서 쏟아진 질문」, 인터넷 『JTBC』, 2017년 9월 11일.

13 「'이승만 독재 찬양'이 '생활보수'라는 靑의 무리수」, 『노컷뉴스』, 2017년 9월 2일.

14 「'이승만 독재 찬양'이 '생활보수'라는 靑의 무리수」, 『노컷뉴스』, 2017년 9월 2일.

15 「[전문] 박성진 중기부 장관 후보자 "이번 정부와 생각 다르지 않다"」, 인터넷 『경향신문』, 2017년, 8월 31일.

16 이유선, 『아이러니스트의 사적인 진리』, 라티오, 2008, 16~17쪽.

17 「4.5조 쓰고 '논문 공장' 된 한국 대학⋯ 논문 질은 세계 평균 밑돌아」, 인터넷 『한국경제』, 2017년 9월 19(수정20)일.

18 「2015개정 교육과정 Q&A⋯수능 개편안 2017년 발표」, 『연합뉴스』, 2015년 9월 22일.

19 「10년간 스티브 잡스 연구 갤로씨가 본 '뭔가 다른 그'」, 인터넷 『동아일보』, 2010년 10월 22일.

제2장

1 http://www.mathnet.or.kr/; http://www.mathnet.or.kr/file/2016kmo1-m-ga.pdf.

2 http://book100.snu.ac.kr/book/.

3 「주요대 논술 지문에 어떤 책 나왔나…고전·베스트셀러 등 다양」,『연합뉴스』, 2017년 4월 9일.

4 「'인문고전 만화 50선' 4년반 만에 완간」, 인터넷『한겨레』, 2009년 12월 11일.

5 「[문유석 판사의 일상有感] 마구잡이 독서를 위한 변론」, 인터넷『중앙일보』, 2016년 7월 26일.

6 「용기를 내서 해야만 해!」, 인터넷『중앙선데이』(514호), 2017년 1월 15일.

7 「디지털 패러다임 바꾼 애플·트위터…IT 성공신화뒤 '인문학'이 뜬다」, 인터넷『한겨레』, 2010년 6월 13일(수정 2011년 2월 1일).

8 「[단독] 삼성전자 '인문학 소양' 갖춘 SW전문가 뽑는다」, 인터넷『조선일보』, 2011년 8월 22일.

9 「[삼성전자 40년의 기적] (1) 앞으론 소프트 싸움…출근부 없애라」, 인터넷『한국경제』, 2009년 10월 25일(수정31일).

10 「삼성이 구글을 인수하면 SW강국 될까?」, 인터넷『시사코리아』, 2011년 8월 26일.

11 「IT 인력은 여전히 찬밥이고..」, 인터넷『아시아경제』, 2011년 8월 23일.

12 「박대통령, '인문학의 힘' 부쩍 강조 왜」,『연합뉴스』, 2013년 6월 19일.

13 http://terms.naver.com/entry.nhn?docId=1089262&cid=40942&category Id=33440.

14 시어도어 래브, 강유원·정지인 옮김,『르네상스의 마지막 날들』, 르네상스, 2008, 56쪽.

15 시어도어 래브, 강유원·정지인 옮김,『르네상스의 마지막 날들』, 르네상스, 2008, 58쪽.

16 프리드리히 엥겔스, 윤형식 외 옮김,『자연변증법』, 중원문화, 1989, 15쪽.

17 프리드리히 니체, 백승영 옮김,『바그너의 경우·우상의 황혼·안티크리스트·이 사람을 보라·디오니소스 송가·니체 대 바그너』(니체전집 15), 책세상, 2002, 316쪽.

18 프리드리히 니체, 백승영 옮김,『바그너의 경우·우상의 황혼·안티크리스트·이 사

람을 보라·디오니소스 송가·니체 대 바그너』(니체전집 15), 책세상, 2002, 315쪽.

19 김상수, 「MB-이건희가 스티브잡스에게 배워야 할 것」, 『프레시안』, 2011년 10월 7일.

20 「'상상력의 원천' 인문학의 재발견」, 인터넷 『한국경제』, 2011년 10월 21일.

21 http://stdweb2.korean.go.kr/search/List_dic.jsp.

22 「검찰, '경찰 수사권독립' 반박 책자 발간」, 연합뉴스, 1998년 8월 19일.

23 「검찰, 경찰대 폐지론 제기」, 인터넷 『문화일보』, 2003년 1월 15일.

24 박숙자, 『속물 교양의 탄생』, 푸른역사, 2012, 108쪽.

25 E. J. 시에예스, 『제3신분이란 무엇인가』, 책세상, 2003, 46~47쪽.

26 「[전문] 김정은 제1비서 7차 당대회 중앙위원회 사업총화보고」, 『오마이뉴스』, 2016년 5월 8일.

27 조갑제, 「왜 21세기에 박정희인가?」, 인터넷 『조선pub』, 2016년 11월 9일.

28 「교육부 고위간부 "민중은 개·돼지…신분제 공고화해야"」, 인터넷 『경향신문』, 2016년 7월 8일.

29 「'우리 시대의 교양' 인문학 강좌 좌담 전문」, 인터넷 『경향신문』, 2008년 3월 4일.

30 「오서 코치 "4년전 김연아 거의 매일 울었다! 행복한 스케이터 아니었다"」, 『뉴스엔』, 2010년 3월 3일.

31 존 스튜어트 밀, 서병훈 옮김, 『공리주의』, 책세상, 2007/2017, 29쪽.

32 마이클 샌델, 이창신 옮김, 『정의란 무엇인가』, 김영사, 2010, 82쪽.

33 안소영, 『책만 보는 바보』, 보림, 2005, 21~22쪽.

34 안소영, 『책만 보는 바보』, 보림, 2005, 177쪽.

35 http://encykorea.aks.ac.kr/Contents/Index?contents_id=E0049803.

36 니체, 정동호 옮김, 『차라투스트라는 이렇게 말했다』(니체전집 13), 책세상, 2000, 61쪽.

37 슈테판 츠바이크, 정민영 옮김, 『에라스무스 평전』, 아롬미디어, 2006, 65쪽.

38 슈테판 츠바이크, 정민영 옮김, 『에라스무스 평전』, 아롬미디어, 2006, 66쪽.

39 김욱, 『교양으로 읽는 법 이야기』, 인물과사상사, 2007, 254쪽.

40 김욱, 『교양으로 읽는 법 이야기』, 인물과사상사, 2007, 118~119쪽.

41 「"한 권에 개념·풀이 구조적 정리…내용 한눈에 파악돼요"」, 인터넷 『조선일보』, 2015년 8월 31일.

42 「"독서는 섹시하다"…올해는 꼭! 결심해보세요」, 인터넷 『KBS NEWS』, 2016년 1월 2일.

43 https://brunch.co.kr/@strategyhacker/34.

44 https://brunch.co.kr/@strategyhacker/34.

제3장

1 공자의 문도들 편, 조광수 옮김, 『논어』, 책세상, 2003, 21쪽.

2 『禮記』에 나오는 "禮不下庶人, 刑不士大夫"에서의 禮는 宗法·爵位承繼·分封 등의 중요 의식을 말한다. 庶人에게 이런 예가 적용되지 않는 것은 당연할 것이다. 그리고 "刑不士大夫"의 본의는 "대부가 예를 준수하고 법을 지킨다"는 의미였는데 후에 "대부는 존귀하기 때문에 형벌로 모독할 수 없다"로 바뀌었다고 한다. 그러나 이것도 대부 이상의 귀족 범죄자를 모두 처벌하지 않는다는 것이 아니라 그들에게 몇 가지 형벌상의 특권이 있었음을 의미한다. 張國華 편, 임대희 외 공역, 『중국법률사상사』, 아카넷, 2003, 10쪽, 「머리말」, 역자주 3 참조.

3 김욱, 『교양으로 읽는 법 이야기』, 인물과사상사, 2007, 47쪽.

4 니콜로 마키아벨리, 강정인 옮김, 『군주론』, 까치, 1994, 122~123쪽.

5 마르쿠스 툴리우스 키케로, 허승일 옮김, 『키케로의 의무론』, 서광사, 1989, 196쪽.

6 임마누엘 칸트, 이원봉 옮김, 『도덕 형이상학을 위한 기초 놓기』, 책세상, 2002, 105쪽.

7 임마누엘 칸트, 이원봉 옮김, 『도덕 형이상학을 위한 기초 놓기』, 책세상, 2002, 31쪽.

8 이원봉, 「해제 – 자유로운 인간을 위한 도덕」, 『도덕 형이상학을 위한 기초 놓기』, 책세상, 2002, 144쪽.

9 강성률,『철학 스캔들』, 평단문화사, 2010, 58쪽.

10 존 스튜어트 밀, 서병훈 옮김,『공리주의』, 책세상, 2007/2017, 18쪽.

11 존 스튜어트 밀, 서병훈 옮김,『공리주의』, 책세상, 2007/2017, 82쪽.

12 칼 마르크스·프리드리히 엥겔스, 김재기 편역,「공산당 선언」,『마르크스·엥겔스 저작선』, 거름, 1988, 59쪽.

13 프리드리히 니체, 김정현 옮김,『선악의 저편·도덕의 계보』(니체전집 14), 책세상, 2002, 363~364쪽.

14 로랑 베그, 이세진 옮김,『도덕적 인간은 왜 나쁜 사회를 만드는가』, 부키, 95~97쪽.

15 「선조실록」 22권, 선조 21년(1588년) 5월 2일 갑신 1번째 기사, http://sillok.history.go.kr/id/kna_12105002_001.

16 「태조실록」 6권, 태조 3년(1394년) 6월 16일 갑신 1번째 기사, http://sillok.history.go.kr/id/kaa_10306016_001.

17 임마누엘 칸트, 김동욱 등 옮김,『1765-1766년 겨울학기 강의공고』, 전기가오리, 2016, 3쪽.

18 두산백과, http://terms.naver.com/entry.nhn?docId=1146429&cid=40942&categoryId=31433.

19 버트런드 러셀, 최민홍 옮김,「머리말」,『서양 철학사』, 집문당, 2017, vi쪽.

20 한국철학사상연구회 편,『철학대사전』, 동녘, 2002년, 271쪽.

21 애덤 스미스, 박세일·민경국 옮김,『도덕감정론』, 비봉출판사, 1996, 56쪽.

22 애덤 스미스, 박세일·민경국 옮김,『도덕감정론』, 비봉출판사, 1996, 27쪽.

23 칼 마르크스·프리드리히 엥겔스, 김재기 편역,「공산당 선언」,『마르크스·엥겔스 저작선』, 거름, 1988, 70쪽.

24 Jason Brennan,「Trump Won Because Voters Are Ignorant, Literally」,『Foreign Policy』(www.foreignpolicy.com), November 10, 2016.

25 토마 피케티, 장경덕 옮김,『21세기 자본』, 글항아리, 2014, 300, 304~305, 423, 691쪽.

26 「이번엔 외계인 존재가 입증될까?」 인터넷 『시사저널』, 2017년 12월 21일.

27 토머스 S. 쿤, 조형 옮김, 『과학혁명의 구조』, 이화여자대학교 출판부, 1980, 10쪽.

28 토머스 S. 쿤, 조형 옮김, 『과학혁명의 구조』, 이화여자대학교 출판부, 1980, 122 쪽.

29 토머스 S. 쿤, 조형 옮김, 『과학혁명의 구조』, 이화여자대학교 출판부, 1980, 143 쪽.

30 「성경과 '종의 기원', 영국인 선정 '중요한 책' 1,2위」, 『연합뉴스』, 2014년 11월 14일.

31 찰스 다윈, 김관선 옮김, 『종의 기원』, 한길사, 2014, 501~502쪽.

32 찰스 다윈, 김관선 옮김, 『인간의 유래 2』, 한길사, 2006, 570쪽.

33 「〈재송〉 "황우석의 발견은 최초의 과학적 성취"」, 『뉴시스』, 2007년 8월 14일.

34 다치바나 다카시, 이언숙 옮김, 『나는 이런 책을 읽어 왔다』, 청어람미디어, 2001, 44쪽.

35 W. 타타르키비츠, 손효주 옮김, 『미학사 1』, 미술문화, 2005, 98쪽.

36 요한 볼프강 폰 괴테, 이인웅 옮김, 『파우스트 1』, 문학동네, 2010, 75쪽.

37 프란츠 카프카, 이주동 옮김, 『소송』(카프카 전집 3), 솔, 2006, 9쪽.

38 움베르토 에코, 조형준 옮김, 『스누피에게도 철학은 있다』, 새물결, 2005, 139쪽.

39 A. 하우저, 백낙청 옮김, 『문학과 예술의 사회사―고대·중세편』, 창작과비평사, 1976, 17쪽.

40 A. 하우저, 백낙청 옮김, 『문학과 예술의 사회사―고대·중세편』, 창작과비평사, 1976, 22쪽.

41 「"종교개혁 의미, 신학 아닌 예술에서 찾으려는 이유…"」, 인터넷 『크리스천투데 이』, 2017년 5월 2일.

42 나카노 교코, 이연식 옮김, 『미술관 옆 카페에서 읽는 인상주의』, 이봄, 2015, 236~237쪽.

43 아서 단토, 김한영 옮김, 『미를 욕보이다』, 바다출판사, 2017, 56쪽.

44 아지트 바르키, 대니 브라워, 노태복 옮김, 『부정 본능』, 부키, 2015, 156쪽.

45 「창세기」(공동번역 개정판), 4:14 – 16.

46 「마태오의 복음서」(공동번역 개정판) 26:63 – 64.

47 루트비히 포이어바흐, 강대석 옮김, 『기독교의 본질』, 한길사, 1992, 71쪽.

48 K. 맑스, 홍영두 옮김, 「헤겔 법철학 비판 서문」, 『헤겔 법철학 비판』, 아침, 1988, 187쪽.

49 K. 맑스, 홍영두 옮김, 「헤겔 법철학 비판 서문」, 『헤겔 법철학 비판, 아침, 1988, 188쪽.

50 프리드리히 니체, 안성찬·홍사현 옮김, 『즐거운 학문 메시나에서의 전원시』(니체전집 12), 책세상, 2005, 200~201쪽.

51 「미 뉴욕은 기독단체–무신론자 '영적 광고' 전쟁 중」, 인터넷 『국민일보』, 2013년 10월 14일.

52 「'외계인을 찾아라' 교황청 과학학회 열어」, 『연합뉴스』, 2014년 3월 18일.

53 「바티칸 "외계인은 가능, 외계인 예수는 불가능"」, 인터넷 『크리스천투데이』, 2015년 8월 8일.

제4장

1 「직장인 한달평균 독서량 1.7권」, 『연합뉴스』, 1993년 10월 4일.

2 「[TV 마주보기] 'PD수첩', 석용산 스님의 '의혹' 추적」, 인터넷 『동아일보』, 1997년 11월 4일.

3 고종석, 「글을 잘 쓰고 싶은 사람들에게」, 『채널예스』, 2014년 7월 23일, http://ch.yes24.com/Article/View/25778.

4 커트 보니것, 김송현정 옮김, 『고양이 요람』, 문학동네, 2017, 276쪽.

5 금정연, 「'죽도록 책만 읽는 바보'를 위한 변명」, 『프레시안』, 2011년 9월 16일.

6 루이 알튀세르, 권은미 옮김, 『미래는 오래 지속된다』, 돌베개, 1993, 168쪽.

7 제바스티안 브란트, 노성두 옮김, 『바보배』, 2016, 인다, 27쪽.

8 정약용, 박석무 옮김, 『유배지에서 보낸 편지』, 창비, 2009, 97쪽.

9 베른하르트 슐링크, 김재혁 옮김, 『더 리더: 책 읽어주는 남자』, 이레, 2004, 229쪽.

10 피에르 바야르, 김병욱 옮김, 『읽지 않은 책에 대해 말하는 법』, 여름언덕, 2008, 32~33쪽.

11 한나 모이어·마르틴 게스만, 전대호 옮김, 『기억은 미래를 향한다』, 문예출판사, 2017, 21쪽.

12 미셸 몽테뉴, 손우성 옮김, 『몽테뉴 수상록』, 동서문화사, 2007, 152쪽.

13 사이바라 리에코, 장혜영 옮김, 『삶을 살아가는 나쁜 지혜』, 니들북, 2013, 8~11쪽.

14 폴 발테스·재키 스미스, 최호영 옮김, 「지혜의 세계와 그 해석」, 『지혜의 탄생』, 21세기북스, 2010, 148쪽.

15 제임스 비렌·로렐 피셔, 최호영 옮김, 「지혜를 이루는 몇 가지 요소들」, 『지혜의 탄생』, 21세기북스, 2010, 457~458쪽.

16 손자, 김원중 옮김, 『손자병법』, 글항아리, 2011, 106쪽.

17 정약용, 박석무 편역, 『유배지에서 보낸 편지』, 창비, 2009, 40~41쪽.

18 「'신문으로 미디어 글쓰기를 배우다'」 인터넷 『서울경제』, 2017년 6월 9일.

19 「[독일 글쓰기 교육 특집(12)] 독일 함부르크공대 토목공학과 우베 스타로섹 학장 인터뷰」, 인터넷 『독서신문』, 2015년 7월 23일.

20 조지 오웰, 이한중 옮김, 『나는 왜 쓰는가』, 한겨레출판, 2010, 274쪽.

21 미겔 데 세르반떼스, 민용태 옮김, 『돈 끼호떼 1』, 창비, 2012, 98~99쪽.

22 새뮤얼 아브스만, 이창희 옮김, 『지식의 반감기』, 책읽는수요일, 2014, 254쪽.

23 요한 볼프강 폰 괴테, 이인웅 옮김, 『파우스트 1』, 문학동네, 2010, 126~127쪽.

찾아보기

추천도서